LEILÃO DE CASAMENTOS

VOLUME 1

AUDREY CARLAN
AUTORA BEST-SELLER DA SÉRIE A GAROTA DO CALENDÁRIO

LEILÃO DE CASAMENTOS

❧ VOLUME 1 ❧

São Paulo
2023

Grupo Editorial
UNIVERSO DOS LIVROS

The marriage auction – season 1, volume 1
Copyright © 2021 Audrey Carlan

© 2023 by Universo dos Livros

Todos os direitos reservados e protegidos pela Lei 9.610 de 19/02/1998.
Nenhuma parte deste livro, sem autorização prévia por escrito da editora, poderá ser reproduzida ou transmitida sejam quais forem os meios empregados: eletrônicos, mecânicos, fotográficos, gravação ou quaisquer outros.

Diretor editorial
Luis Matos

Gerente editorial
Marcia Batista

Assistentes editoriais
Letícia Nakamura
Raquel F. Abranches

Tradução
Cristina Calderini Tognelli

Preparação
Marina Constantino

Revisão
Nathalia Ferrarezi
Bia Bernardi

Arte e capa
Renato Klisman

Diagramação
Nadine Christine

Dados Internacionais de Catalogação na Publicação (CIP)
Angélica Ilacqua CRB-8/7057

C278l	Carlan, Audrey Leilão de casamentos : volume 1 / Audrey Carlan ; tradução de Cristina Calderini Tognelli. –– São Paulo : Universo dos Livros, 2023. 304 p. (Coleção *The marriage auction, vol. 1*) ISBN 978-65-5609-602-5 Título original: *The marriage auction, season 1, volume 1* 1. Ficção norte-americana 2. Literatura erótica I. Título II. Tognelli, Cristina Calderini III. Série
23-4907	CDD 813

Universo dos Livros Editora Ltda.
Avenida Ordem e Progresso, 157 — 8º andar — Conj. 803
CEP 01141-030 — Barra Funda — São Paulo/SP
Telefone: (11) 3392-3336
www.universodoslivros.com.br
e-mail: editor@universodoslivros.com.br

Para mim mesma no futuro…
Veja só do que você é capaz.

OBSERVAÇÕES AOS LEITORES/ ALERTA SOBRE O CONTEÚDO

Olá, novos amigos.

Esta série de livros contém assuntos e cenas que alguns leitores podem considerar delicados ou desconfortáveis. Por favor, atentem a este alerta sobre o conteúdo antes de iniciar a leitura:

- Referência a estupro;
- Referência a maus-tratos e abuso infantil;
- Referência a violência doméstica/violência íntima por parte de parceiros;
- Referência a suicídio;
- Homicídio e tentativa de homicídio;
- Referência a tráfico sexual (incluindo o de menores);
- Personagens moralmente duvidosos;
- Violência;
- Violência armada;
- Descrição gráfica de atos sexuais (consensuais);
- Assuntos tabus, como leilão de indivíduos com troca monetária (consensual);
- Profanação.

Esta saga foi originalmente escrita e publicada na plataforma Vella da Amazon Kindle em episódios (capítulos) semanais por mais de um ano. Cada volume apresentado na forma de livro tem mais de dez por cento de conteúdo novo, incluindo cenas que nunca foram publicadas antes.

A princípio, vocês podem considerar o número de personagens narradores algo assustador. Eu lhes garanto que isso se atenua com o passar do tempo.

Fiquem comigo, amigos! Esta será uma jornada intensa e emocionante como nenhuma outra que vocês já tenham experimentado.

Bem-vindos à série.
Com amor,
Audrey

EPISÓDIO 1

PERDENDO A FÉ

FAITH

Eu não ia chorar. Ao longo dos últimos quatro anos, derramei lágrimas o suficiente para encher uma piscina olímpica. Este passo, por mais moralmente corrupto que fosse, significava que *eu* estava assumindo o comando do meu destino. Assegurando a capacidade de prover a quem eu amava e de escapar do demônio que destruiria todas as minhas esperanças de um futuro.

— Assine aqui e aqui.

Uma mulher bem-vestida e que devia ter mais de cinquenta anos apontou para o novo par de assinaturas exigidas no extenso contrato colocado na mesa diante de mim. Seus sedosos cabelos negros estavam presos num coque na base da nuca. O terno vermelho que vestia caía justo ao corpo, como se tivesse sido feito sob medida. Provavelmente foi. A mulher exalava dinheiro, poder, e tinha ares de importância. Do penteado bem-feito aos sapatos pretos de salto agulha de dez centímetros nos quais andava sem a menor instabilidade, essa mulher exalava confiança. Algo que fora tirado de mim à força no decorrer dos últimos poucos anos.

Engoli com força, combatendo a súbita secura na garganta, e perscrutei a página com mais atenção antes de acrescentar a minha assinatura. Não era uma boa ideia não compreender todos os parâmetros para os quais eu literalmente cedia a minha vida.

Por três anos.

Mais de mil dias.

Quando o contrato chegasse ao fim, eu teria vinte e sete anos e seria rica. Perder três anos da minha juventude não me importava. Perder três anos com as pessoas que eu amava era mais difícil de engolir. Cerrei os dentes e reli uma seção específica do contrato. Essa parte reiterava aquilo a que eu me comprometia por completo nos três anos seguintes.

Faith Marino concorda com os seguintes termos:

Servir como "esposa/marido" para o arrematante por um período de três anos.

Consumar o casamento no período de catorze dias após a cerimônia.

Ter relações sexuais frequentes com o arrematante, conforme definido no Anexo A.

Promover e participar de eventos de acordo com o desejo do arrematante.

Viajar conforme solicitado.

Residir em moradia(s) providenciada(s) pelo arrematante.

Participar de todos os eventos de relações públicas/mídia/profissionais como um(a) companheiro(a) feliz e voluntário(a) do arrematante.

Agir como "madrasta/padrasto" de quaisquer filhos que o arrematante possa ter aos seus cuidados.

Perdi o ar quando uma sensação ruim arranhou minha garganta ao ler o último item. Crianças só tinham sido mencionadas uma vez naquela pilha grossa de papéis que compunha o contrato insanamente detalhado que estava assinando. Contudo, eu me concentrara nas referências a qualquer criança que viesse a ser concebida por acidente num casamento que envolvia relações sexuais frequentes. Eu não estava preocupada com essa parte porque tinha colocado um DIU para evitar gestações. Meu coração começou a bater forte quando ergui a cabeça para olhar para a bela mulher que se apresentara apenas como "Madame Alana".

— Com licença, Madame Alana?

Seus olhos negros e inquisitivos se voltaram rápido para mim de onde ela estava, sentada atrás da mesa de vidro sobre a qual não havia nada além de um computador e um telefone.

— Pois não, senhorita Marino?

— Hum, esta parte aqui. Sobre ser a madrasta do filho do arrematante? — Um redemoinho de bile sacudia minhas entranhas, mas segurei a vontade de vomitar.

Ela não disse nada, esperando com paciência que eu perguntasse o que queria saber — o que, sendo bem franca, foi ainda mais intimidante.

— Vocês têm muitos licitantes com filhos? — perguntei.

— Alguns, sim. A maioria dos licitantes têm entre vinte e cinco e quarenta e cinco anos. É natural que homens e mulheres dessa faixa etária, com tamanhas posses, tenham filhos, não? — O sotaque francês em sua resposta fez com que sua explicação soasse bela, mesmo que a realidade fosse assustadora.

— Seria possível garantir que eu n-não fique com um licitante com filhos? — Minha voz vacilou, evidenciando o meu medo, por mais que eu tentasse escondê-lo.

Madame Alana estreitou o olhar.

— Não. Se não estiver disposta a aceitar todas as condições conforme descritas e muito bem explicadas no contrato, talvez esse estilo de vida não seja para você.

Um terror, frio e escorregadio, deslizou pela superfície da minha pele.

Eu *precisava* daquele acordo.

Não era apenas a minha vida que dependia dele.

Eu precisaria do dinheiro e do poder de cada licitante naquele leilão se quisesse sobreviver à situação na qual me encontrava. Deixar de assinar não era uma opção. Escolhi esse caminho por ser o modo mais garantido de ter a vida que queria, e ele me propiciaria os fundos de que eu precisava com urgência. O primeiro depósito iria direto para a minha conta no exato minuto em que o comprador assinasse e pagasse por seu prêmio.

Eu.

Esse dinheiro contribuiria muito para as minhas necessidades, e eu me ateria ao plano.

O medo, o desgosto de me vender de um modo que se assemelhava muito a uma forma de prostituição cara e abjeção não se comparava em nada com o que eu já passara. E, mais importante, isso me daria o que eu queria acima de tudo.

Uma saída.

A exaustão, as infindáveis horas de fuga, de olhar por cima do ombro, a infinita preocupação pela única alma que me importava mais do que qualquer outra terminariam na noite seguinte.

Só mais um dia.

Passei os olhos pelo resto dos itens detalhados do enorme contrato. Em resumo, eu desistia da minha vida por três anos. Não seria mais Faith Marino, filha do amado pai, Robert Marino, que perdera a esposa ainda jovem para uma overdose de drogas que a fez deixar a mim, ao meu pai e à minha irmã mais nova para trás. Em vez disso, eu seria uma esposa troféu para o arrematante.

Pensar no meu pai partiu meu coração ao meio. O homem que eu adorava e colocava no topo do pedestal odiaria o que eu estava prestes a fazer, ao mesmo tempo que seria bondoso o bastante para compreender e me dar seu apoio eterno.

Eu tinha esperanças de que, quem quer que me escolhesse, se eu fosse escolhida, permitiria que eu mantivesse contato regular com a minha família. Esses homens eram examinados com tanto cuidado quanto as candidatas colocadas a leilão. E a melhor parte? O meu segredo jamais seria descoberto, pois não existia nenhum registro dele. Garanti isso ao perder parte da minha alma. Uma parte que jamais ia querer de volta.

Contanto que eu conseguisse chamar a atenção de um licitante interessado, eu teria o poder de ganhar, no mínimo, um milhão de dólares por ano. Um depósito de 250 mil seria feito em boa-fé na noite do leilão. Se os lances superassem os três milhões, eu e aqueles a quem eu mais amava teríamos o futuro garantido pelo resto de nossas vidas — com dinheiro suficiente para desaparecer.

Para algum lugar em que o próprio diabo não seria capaz de nos encontrar.

Baixei o olhar para a última assinatura necessária e assinei com um floreio e uma determinação que não sentia até aquele exato momento. Agora eu era a senhora do meu destino.

Pela primeira vez em muito tempo… eu sorri.

Na noite seguinte, estaria num palco com diversas outras candidatas. Cada uma com os próprios motivos para vender o corpo e a alma a um arrematante no evento que a empresa clandestina que o organizava chamava de… o Leilão de Casamentos.

EPISÓDIO 2

TIRANDO O LIXO

Ruby

— *Ruby, menina, você nunca vai dar em nada. É melhor você aceitar logo o trampo como dançarina que o teu padrastro falou e começar a botar uma grana aqui em casa!* — O tom de zombaria da minha mãe ficou martelando na minha cabeça enquanto eu esfregava os olhos, cansada daquela papelada sem fim.

Pensei que me vender para o "Riquinho" seria uma situação parecida com uma rapidinha. Pelo visto, pessoas com grana gostavam muito das suas palavras de cem dólares.[1] Inferno, eu não entendia metade das malditas palavras daquele contrato da grossura de uma Bíblia. E passei a semana inteira lidando com aquele processo detalhado de documentação.

Dando uma espiada na Madame Alana, sentada atrás de sua mesa de vidro com suas roupas elegantes, unhas vermelhas que combinavam com o terninho e aqueles saltos que custavam mais do que seis meses de aluguel lá onde eu morava, no Estacionamento de Trailers Sunnyside, imaginei que ela não encararia numa boa se eu pedisse um dicionário ou um telefone com internet. Meu celular era pré-pago, com exatos dezenove dólares e quinze centavos de saldo, e eu o usava só pra ligar para a minha irmã caçula e ver se estava tudo bem. Com certeza não era um daqueles minicomputadores que custavam uns mil dólares e que as pessoas carregavam por todo canto colado à orelha enquanto o mundo passava ao redor delas.

---

[1] No desafio "a hundred dollar word" (palavras que valem cem dólares), cada letra do alfabeto equivale a um número crescente de acordo com a posição no alfabeto, portanto a = 1, b = 2... z = 26, ou seja, para uma palavra valer cem, deve conter um bom número de letras. A questão para Ruby é que o contrato é rebuscado, repleto de termos complicados e de difícil compreensão. (N.T.)

Eu? Pouco ligava para o que o mundo tinha a oferecer. Nunca nada de bom tinha acontecido comigo. Nada nunca aconteceria. Cresci pobre, bebendo Pepsi em vez de leite na mamadeira, tendo uma puta drogada como mãe. Foi um milagre os meus dentes não terem apodrecido pela falta de nutrientes na dieta. Minha mãe alegava ter feito o melhor que podia. Para quem acha que é cuidar dos filhos dar um teto sobre a cabeça e uma refeição na barriga dia sim, dia não, então ela fez isso mesmo. Mais ou menos.

O que ela não fez foi proteger a mim e à minha irmã do bando de "padrastos" que entravam pela porta enferrujada e barulhenta do nosso trailer de dois quartos. Quando a porta do quarto que eu dividia com a minha irmã se abria no meio da noite, eu me levantava e a mandava pro armário minúsculo, pra ela não ver nada. Quando ele por fim me deixava em paz, eu chorava nos cabelos dela, abraçando-a até que a gente acabasse dormindo.

Por anos sofri para que a minha irmã não tivesse que sofrer.

Então, aos dezesseis anos, arranjei um emprego. Garantia que a minha irmã, Opal, nunca ficasse em casa sozinha com nossa mãe. Eu a acompanhava até a biblioteca todos os dias a caminho do serviço e a apanhava na volta. Dava todo o meu salário à nossa mãe e dizia que, se ela não parasse de permitir o abuso, eu procuraria a polícia. Ela pegava o meu dinheiro e deixava a mim e a minha irmã em paz. Em resumo, a gente era colega de quarto da nossa mãe e seu desfile de pervertidos que lhe davam o que ela mais queria — a dose seguinte.

A papelada na minha frente me prenderia a outros três anos de prostituição. Mas aquilo era uma escolha minha, algo que eu podia fazer para fugir da vida que a minha mãe acreditava que eu merecia. Eu já não sentia mais vergonha da decisão de me tornar a esposa de um estranho. Ruby Dawson era uma sobrevivente. Uma mulher dona do seu destino pela primeira vez. Se eu tivesse que garantir o meu futuro deitada de costas, tudo bem. Eu já era mercadoria estragada mesmo. Lixo que ninguém queria. Se um homem com carteira grossa quisesse me embonecar e me pagar pra ter uns orgasmos, para me mostrar pros amigos e colegas dele como um troféu, eu faria esse papel. Porque, no fim das contas, depois de cumprir minha sentença, eu estaria livre.

A única coisa que importava era a minha irmã. Eu trabalharia duro. Daria o sangue. Cortaria fora meu braço pra garantir que a vida dela não parecesse em nada com a minha. Com só dezenove anos, ela já tinha completado o primeiro ano da Faculdade Comunitária Glory Springs. Nunca tive tanto orgulho de alguém e de nada em toda a minha vida. Mas Opal merecia uma escola melhor e um lugar só dela para descansar a cabeça à noite. Eu pretendia tornar isso possível. A minha irmã era a pessoa mais inteligente que eu conhecia. Deveria estar numa daquelas faculdades grandes e chiques de primeira linha, como Harvard ou Yale. Se a gente fosse diferente, tivesse tido outra criação, ela poderia ter sido capaz de entrar numa delas.

Minha irmã conseguiu bolsa para as mensalidades sozinha, mas eu pagava pelo aluguel de um quarto na casa de um casal de velhinhos gente boa perto da faculdade. Opal seria a primeira Dawson em toda a nossa história a ter sucesso fazendo alguma coisa especial. Eu garantiria isso. Os 250 mil dólares que entrariam na minha conta — desde que eu fosse escolhida na noite seguinte — dariam conta da minha irmã, pagando a mensalidade e os gastos com moradia de uma universidade distante, bem longe do buraco de merda em que a gente foi criada.

Madame Alana colocou duas folhas de papel brilhante na minha frente, cada uma com pelo menos trinta ou quarenta imagens de homens. Isso me fez lembrar da vez em que a polícia me interrogou e me pediu para identificar um criminoso que eles estavam perseguindo entre os limites de estado. Só que essas folhas tinham muito mais rostos, e não eram fotos tiradas na cadeia. E eles também não se pareciam em nada com criminosos. Eram fotos profissionais como aquelas que se vê nos sites de médicos ou advogados.

— Estes são todos os homens que darão lances amanhã à noite. Você tem permissão de assinalar um com quem não queira se casar, baseada apenas nessa foto, se assim o desejar — anunciou Madame Alana, gesticulando para as páginas.

Franzi o cenho.

— Não entendi.

Madame Alana pressionou os lábios como se estivesse aborrecida. O que não era surpresa. Recebi esse mesmo olhar e o aperto de lábios de muitos dos meus professores quando ainda estava no colégio. Eu não era considerada a mais esperta da escola, mas, na rua, sei me virar melhor do que a maioria das pessoas.

— Todos os candidatos em leilão podem recusar um homem ou uma mulher — declarou com suavidade.

— Há mulheres dando lances? — despejei enquanto a minha boca despencava de choque.

A sombra de um sorriso foi sua única resposta.

— Mulheres também precisam de parceiros, pouco importando quais sejam suas tendências sexuais. Na nossa empresa, atendemos a todas as necessidades. E ninguém está sendo *comprado*. Cada casal está entrando num casamento arranjado legal que inclui parâmetros específicos e o que gosto de chamar de "benefícios".

— Está falando de dinheiro — completei com um sorriso.

— Eu me refiro aos benefícios de um *casamento*. — Uma das sobrancelhas dela se arqueou como se me desafiasse a dizer algo em contrário.

— Então por que não vejo nenhum rosto feminino aqui? — Apontei para as folhas diante de mim.

— Porque você já preencheu os documentos relacionados à sua orientação sexual e assinalou a opção de heterossexual. Isso automaticamente reduziu o grupo de licitantes para aqueles do sexo oposto. O nosso objetivo é parear semelhantes na esperança de que os próximos três anos sejam agradáveis para você e para o seu futuro marido. — Ela me encarou daquele jeito que as pessoas inteligentes faziam quando eu não entendia algo que consideravam simples.

— Legal — sussurrei. Essa resposta me fez ganhar um sorriso genuíno. — Concordo. — Ela me entregou uma canetinha vermelha. — Se você vir um indivíduo com o qual não deseja se casar, faça um X em cima do rosto dele. Nenhuma pergunta será feita.

— Beleza... Hum, obrigada.

Dei uma olhada em cada foto. Havia um bonitão meio viking de cabelos compridos, barba e bigode. Ele podia parecer meio rústico para alguns, mas, com frequência, os que pareciam normais eram os mais problemáticos.

Todos os homens eram belos, com dentes bonitos, cabeleiras cheias e nada de nefasto no olhar. Havia até dois vaqueiros.

Bem lá para o final, vi dois homens de cabelos pretos e olhos negros sensuais que pareciam quase gêmeos idênticos. Só que um usava óculos e mantinha a aparência mais contida e arrumada, fazendo-me lembrar da minha irmã inteligente e estudiosa. Mas o cara ao lado, que só podia ser seu irmão, era gostoso demais para se descrever. Sorria largamente na imagem e parecia o tipo de cara convencido e mulherengo que falava de um jeito doce com as mulheres até trepar com elas, e depois sumia. Apesar de ser o mais bonito de todo o grupo na minha opinião, desenhei um X enorme em vermelho na imagem dele.

Não hoje nem nunca, gato.

— Está pronta para ser levada para a sala dos candidatos junto aos outros? — perguntou Madame Alana.

— Quer dizer que vou conhecer as outras pessoas que vão a leilão? — Pisquei, surpresa.

— Sim. Esses indivíduos serão as únicas pessoas que sabem exatamente pelo que você vai passar. Sugiro que vocês seis se tornem amigos.

Amigos.

A palavra veio de encontro ao desconforto que se formava na minha mente e no meu coração. Eu nunca tive nenhum amigo. Só a minha irmã.

De repente, essa decisão não me parecia mais tão solitária.

EPISÓDIO 3

UMA BOA MULHER

Dakota

— Meu bem, uma boa mulher sabe que o seu lugar é ao lado do marido. Ela age como se fosse a mão direita dele, assim como se ele fosse a sua esquerda. Não duas partes inteiras, mas duas metades que, juntas, formam uma unidade sólida.

As palavras do meu avô eram o coração, o sangue e a alma por trás do tipo de mulher de família que eu desejava ser. Sonhei em encontrar um homem só para mim, criar filhos na fazenda, ser a mão direita do meu marido sempre que fosse necessário. Passei a vida inteira trabalhando na terra ao lado do meu avô enquanto meu pai passava o tempo bebendo, na farra e traindo minha mãe.

Quando minha mãe, Carol McAllister, deixou este mundo na tenra idade de trinta e quatro anos, não havia uma só alma em nossa pequena cidade chamada Sandee, no estado de Montana, que não soubesse o exato motivo de ela ter tirado a própria vida. Existe um limite de quanto uma flor delicada como ela poderia aguentar depois de dezessete anos como o capacho do homem para quem devotara a vida.

Odeio meu pai com todas as forças, mas estava determinada a deixar meu avô orgulhoso, que sua alma descanse em paz. Só que meu pai estava fazendo um tremendo de um bom trabalho em arruinar tudo o que meu avô e as gerações antes dele construíram. O legado que era para ser meu e da minha irmã, sem falar nas gerações futuras.

Com foco renovado, passei os olhos uma vez mais sobre a seção do contrato que tratava das minhas tendências sexuais. As opções eram infinitas, e eu não tinha tanto conhecimento assim sobre aquelas que estavam disponíveis, tampouco tivera muitas experiências, por isso só assinalei o quadradinho para heterossexual e segui em frente.

Sexo não era a minha maior preocupação. Mesmo na adolescência, dediquei toda a minha atenção a ajudar a administrar a fazenda. Claro, tive uns dois rala e rola na parte de cima do celeiro com um dos jovens ajudantes que o meu avô contratava todo verão. Até tive um encontro secreto na caçamba da minha caminhonete Ford surrada com um garoto da minha escola numa noite quente e úmida de agosto. Nenhuma dessas experiências de adolescente me preparou para o coito adulto, isso é certo.

A primeira vez que fiz o que se pode chamar de "sexo de verdade" com um adulto, eu tinha vinte e um anos. Ele tinha vinte e seis na época e era um aspirante a um clube de motociclistas que passava pela nossa cidade e parara no bar local para um drinque e um pouco de diversão. Passei dois dias na cama com o brutalhão barbudo que sabia mais sobre sexo e sobre como dar prazer a uma mulher do que eu achava possível. Minha mãe nunca partilhou comigo quanto as experiências com o sexo oposto podiam ser boas e prazerosas. Deduzi que era porque meu pai era um babaca que nunca lhe demostrara amor e gentileza genuínos. Se ela não tivesse engravidado de mim aos dezessete, na primeira vez em que se deitara com um homem, toda a sua vida teria sido diferente. Ela ainda poderia estar viva.

Ainda assim, mamãe nunca reclamou sobre a vida que poderia ter tido. Fez o que pôde para deixar meu pai feliz. Fez tudo ao seu alcance para fazer com que ele gostasse dela, sem sucesso. Ele era egocêntrico demais para ser gentil com ela. E a lembrava com frequência que achava que ela o tinha amarrado com duas filhas e nenhum filho. *Sanguessugas inúteis*, ele nos chamava.

Era pior para mim, já que eu era a mais velha e uma versão mais alta e mais forte da minha mãe. Ele me odiava com uma ferocidade que senti a vida toda. Nada que eu fizesse era bom o bastante, e eu me esforçava para fazer com que sentisse orgulho de mim. Aprendi cada tarefa do rancho, desde cuidados com o gado, criação de cavalos, limpeza dos estábulos, conserto das cercas, os registros contábeis, até participar de leilões e tudo o mais. Nunca me neguei a realizar nenhuma tarefa e sempre me prontifiquei quando era necessário. Não existia nenhum trabalho em que eu não mergulhasse de corpo e alma.

Isso nunca teve importância para ele. Nada nunca era o bastante para Everett McAllister. Não a nossa mãe. Não as filhas dele. Nada. E agora o rancho passava por grandes dificuldades. Eu era a única esperança da família. Se conseguisse juntar dinheiro suficiente para pagar o empréstimo no banco e a dívida enorme que ele acumulara desde a morte do meu avô há quatro anos para, enfim, comprar a parte dele, nós estaríamos livres. Era o único jeito de afastá-lo daquele que acreditava ser um direito seu de nascença.

Assim que eu fosse escolhida no leilão, porque não havia alternativa, eu me tornaria a heroína aos olhos da minha família. Não mais a "garotinha" inútil, como meu pai costumava me rotular.

Assinando meu nome na última página, senti uma sensação de satisfação extrema.

— Está pronta para conhecer os outros cinco candidatos, senhorita McAllister? — Alana se levantou do outro lado da mesa, pronta para mim no segundo em que terminei de ceder meus próximos três anos de vida.

— Com certeza. — Meu sorriso era largo.

— Parece satisfeita. — Ela retribuiu o sorriso, mas o dela era comedido e educado.

Ajustei o cinto de vaqueira, passei as mãos pela minha camisa favorita, xadrez azul e verde com botões de pérola, e soltei uma exalação longa e torturada, como se estivesse prendendo o fôlego pelos últimos quatro anos.

Pela primeira vez eu respirava com nada além de orgulho e propósito.

— Nunca me senti melhor. Vamos em frente. — Sorri e coloquei uma bota diante da outra, pronta para tudo.

Madame Alana me conduziu por um belo corredor, avançando pelo cassino alto e elegante no coração de Las Vegas. Abriu um par de portas duplas que presumi que desse para uma sala de reuniões.

Perscrutei o rosto das cinco pessoas sentadas ao redor de uma grande mesa preta lustrosa.

Uma linda mulher de cabelos castanhos com atordoantes olhos azul--claros, diferentes que todos que já tinha visto.

Uma loira esbelta com cabelos lisos repartidos ao meio e sardas salpicando o belo rosto.

Uma asiática atraente com a pele impecável num tom de oliva mais lindo que eu já vira e pernas compridas pelas quais qualquer mulher arrancaria os dentes caninos.

Um homem negro sexy como o pecado vestindo uma camisa social roxo-escura e calças cor de ardósia. Não pude conter minha surpresa em vê-lo sentado ali. Não tinha entendido que homens também seriam leiloados.

E a última pessoa na sala, uma ruiva cujos cabelos tinham uma cor intensa e que virara a cadeira bem a tempo de os olhos azuis da cor do céu muito familiares encontrarem os meus. Eram da cor exata dos do meu pai. Vi quando se arregalaram de medo assim que me dei conta de quem era a última candidata.

— Mas que porra! Não! Inferno, de jeito nenhum! — rugi, tão alto que as janelas do teto ao chão à minha frente chacoalharam.

Minha irmã caçula, Savannah, levantou-se com as mãos erguidas num gesto de quem pede calma, o qual não serviu de nada para acalmar a raiva ardente que atravessava meu corpo como a explosão de uma usina nuclear.

— Dakota, me deixe explicar… — Minha linda e doce irmã de vinte anos, que deveria estar em aula, tentou dizer.

Balancei a cabeça e avancei com tudo para cima dela.

O cara sentado perto dela foi mais rápido do que aparentava ser e, de imediato, colocou-se entre mim e o meu próprio sangue.

— Saia — grunhi.

Ele meneou a cabeça.

— Acalme-se que eu saio. — Apontou por cima do meu ombro para uma cadeira desocupada.

— Você vai cair fora daqui. — Apontei um dedo acusatório para a minha irmã. — Agora! — berrei.

— O que quer que consiga amanhã à noite não vai bastar! — ela esbravejou, sendo tomada de tristeza. Lágrimas encheram seus lindos olhos e caíram pelas bochechas rosadas. — Você sabe que não vai. Precisamos de mais — disse com a voz embargada. — Eu vou fazer isso, Dakota. — Minha irmã fungou quando a mulher de cabelos castanhos se aproximou para ajudá-la, passando os braços ao seu redor, dando uns tapinhas nas suas costas. — Nada do que disser vai me impedir! Nada! — O fogo dentro dela brilhou mais do que um dia ensolarado no rancho.

De jeito nenhum nesta terra de meu Deus eu permitiria que a minha irmãzinha se metesse nisso. Essa batalha era minha. Era eu quem tinha que vencer essa guerra, não ela. Ela era boa demais. Inocente demais. Ingênua demais para ser mastigada e cuspida por este mundo frio e sombrio. Era meu trabalho protegê-la, e protegê-la era o que eu faria.

— Quer apostar? — grunhi entre os dentes.

EPISÓDIO 4

RIVALIDADE ENTRE IRMÃS

Savannah

A porta da sala de reuniões se abriu, e Dakota, a minha irmã mais velha, entrou. Eu a vi avaliar os outros candidatos pelo reflexo das janelas que iam do teto ao chão para as quais eu estava voltada, com a mesa de reunião às minhas costas. Sabia que ela seria a última candidata escolhida entre as pessoas que participariam do leilão na noite seguinte. Eu simplesmente sabia. Parte de mim tinha esperanças de que ela não chegasse entre os finalistas, apesar de outra parte minha saber quanto nós duas queríamos isso.

Precisávamos do dinheiro.

Os 250 mil pagos a apenas uma de nós mediante a assinatura do contrato com um licitante só cobriria a hipoteca da propriedade e o empréstimo empresarial da nossa família junto ao banco. Se nós duas fôssemos escolhidas para casar, o prêmio que receberíamos poderia ser o suficiente para pagar boa parte das dívidas em que nosso pai nos meteu.

Maus negócios que ficaram ainda piores.

Repetidas vezes.

Cada negociação de rebanho e de cavalos que meu pai fazia deixava a família num buraco ainda mais fundo. Primeiro foi o rebanho de touros doentes que ele logo juntou aos que já tínhamos no pasto: algo que todo bom fazendeiro sabe que não deve fazer. É preciso separar os novos animais, dar tempo para que se acomodem, fazer o check-up de saúde e garantir que tudo está bem antes de juntá-los ao seu rebanho. Esse processo pode levar meses. Nosso pai não quis esperar e acabou infectando mais cabeças do que as que havia comprado. Esse prejuízo nos afetou seriamente.

E também havia os cavalos. Contratos de gaveta não é como os McAllister fazem negócio. Não, nós compramos, vendemos e treinamos apenas os melhores. Tudo às claras, legalizado. Pelo menos era assim que o nosso avô cuidava de tudo e como nos ensinara desde o dia em que conseguimos montar num cavalo. Quando nosso pai comprou a última leva de cavalos, todos eles já estavam domados, mas não do jeito certo. Tinham sido maltratados, estavam mal nutridos e precisavam de muito tempo, cuidado, atenção e dinheiro que não tínhamos antes que ao menos chegassem perto de recuperar apenas o valor de compra deles.

Esse é o motivo pelo qual eu estava aqui.

Quando ouvi sem querer o que Dakota iria fazer para ajudar a salvar a propriedade da família, entrei em contato com a empresa que ela mencionara nos telefonemas. Pesquisei e enviei minha foto e meu perfil. Fiquei surpresa ao receber uma ligação da própria Madame Alana. Ela queria ter certeza de que eu estava pronta para tomar essa decisão drástica, que incluía deixar para trás os meus estudos, a família, os amigos e, talvez, até o estado e o país em que nasci.

Isso porque cada candidato tem que ir para onde o marido/a esposa o quiser levar. Tinha que estar pronto para viajar sem aviso-prévio. E, pelo que a Madame Alana me contou, muitos dos licitantes moravam fora dos Estados Unidos. Eu sofreria por ter que deixar a minha família e os meus amigos, mas não tanto quanto se perdesse o nosso legado. E aqueles malditos Goodall vinham rondando as nossas terras há gerações. A rixa entre os McAllister e os Goodall era quase tão conhecida quanto as dos Hatfield e dos McCoy[2] sobre as quais as crianças aprendiam ainda no jardim de infância.

O ódio entre o primeiro Duke Goodall e o meu avô, Earl McAllister, era um assunto lendário. Começou por causa de uma mulher e continuou por três gerações por conta de terras. Agora os Goodall tentavam comprá-las de nós e apagar o nosso legado para sempre. A propriedade deles, com um pouco mais de cem mil hectares, era vizinha da nossa, de cinquenta mil, metade do tamanho da deles. Eles sabiam que as nossas terras tinham recursos excelentes para as três mil cabeças que pastavam na nossa propriedade, bem como o programa de criação de cavalos que eu planejava assumir assim

---

[2] A briga entre os Hatfield e os McCoy foi uma disputa familiar que se tornou grande ícone do folclore dos Estados Unidos, com início ainda na Guerra Civil. (N.T.)

que terminasse a faculdade de veterinária. Já completara três dos quatro anos do curso, já que tinha me formado no colégio um ano antes do que o de costume. Só faltava um ano para concluir meus estudos acadêmicos. Depois de conseguir o diploma, eu planejava trabalhar para obter as horas necessárias de estágio com um veterinário equestre habilidoso na minha cidade natal de Sandee, em Montana — cuja população era pouco maior do que dois mil habitantes.

Por causa de todos os maus negócios do meu pai, porém, eu tinha que fazer alguma coisa para ajudar a salvar as terras. A minha irmã, a quem meu pai tratava muito mal desde que ela era adolescente, não podia ser a única da família a se sacrificar. Aquelas terras eram parte de mim. Uma parte que eu não pretendia perder tão cedo.

Determinada a enfrentar minha irmã, virei a cadeira, e o olhar dela se deparou com o meu.

— Mas que porra! Não! Inferno, de jeito nenhum! — ela rugiu e praguejou de um modo que eu nunca tinha ouvido antes. Foi tão alto que meus ouvidos doeram.

Levantei-me e ergui as mãos numa tentativa de acalmá-la enquanto o medo escorria pela minha coluna como cubos de gelo.

— Dakota, me deixe explicar… — Mal consegui dizer isso antes que a fúria dela tomasse conta do ar, abafando minhas palavras rapidamente.

Ela fez menção de me agarrar, como se fosse arrastar o meu traseiro porta afora. Antes que conseguisse, o homem bonito e de fala mansa que se apresentou como Memphis Taylor a deteve.

— Saia — Dakota grunhiu, nem um pouco preocupada que o cara que a bloqueava tinha o tamanho de um jogador da linha defensiva de um time de futebol americano.

Memphis balançou a cabeça.

— Acalme-se que eu saio. — Apontou para uma cadeira desocupada junto à mesa da sala de reuniões.

— Você vai cair fora daqui. Agora! — Dakota esbravejou, mais parecendo um cão raivoso ladrando do que a minha ajuizada, ainda que teimosa, irmã mais velha e melhor amiga em todo o mundo.

— O que quer que consiga amanhã à noite não vai bastar! — Lágrimas encheram meus olhos e caíram pelas bochechas, num jorro de emoção que eu já não conseguia mais conter. Nós duas estávamos fazendo algo que deixaria nosso avô horrorizado, por mais que as intenções por trás do ato o deixassem orgulhoso. — Você sabe que não vai. Precisamos de mais — disse com a voz embargada. — Eu vou fazer isso, Dakota. — Funguei quando a mulher de cabelos castanhos bonita chamada Faith se aproximou me dando um abraço de apoio. Eu me controlei e inspirei fundo, com o fogo crescendo no peito por causa da raiva hipócrita que minha irmã lançava sobre mim. — Nada do que disser vai me impedir! Nada! — reiterei.

— Quer apostar? — ela sibilou.

— Independentemente do que você pensa, Dakota, você não manda em mim. Eu tomo as minhas decisões e vou fazer isso pela nossa família, pelo nosso avô, que ele descanse em paz! E pelo nosso legado! — Soltei-me dos braços de Faith e me coloquei na frente de Memphis, que ficou por perto, para o caso de eu precisar dele. Um tremendo cavalheiro. Minha irmã jamais me machucaria fisicamente. Tivemos algumas brigas, rolamos pelo chão quando éramos mais novas, mas não nos últimos anos.

Dakota soprou os longos cabelos que caíam no rosto e depois pressionou os polegares e os indicadores nas têmporas.

— Isto não está acontecendo. Isto não está acontecendo. — Os ombros dela se curvaram, e ela apoiou as mãos no tampo da mesa.

Aproximei-me dela e coloquei a mão nas suas costas.

— Sinto muito não ter te contado, mas eu sabia que você nunca ia me deixar vir.

— Tem razão. Eu não deixaria! — ela rebateu.

Sorri de leve.

— Eu tenho que fazer isso. É o que *nós* temos que fazer para salvar as nossas terras.

— Você é tão nova. — As palavras se partiram. — A mamãe vai se revirar no túmulo — disse com uma tristeza profunda ao mencionar a perda da nossa mãe, que eu também sentia bem fundo.

— Já sou adulta há dois anos… — Tentei usar essa desculpa, mas não estava funcionando. Dakota era mais que superprotetora, sobretudo porque nosso pai não dava a mínima para nenhuma de nós. Ele só se ligava em dinheiro, bebida e mulheres.

— E a faculdade? Você ia ser a primeira de nós a se formar. O rancho precisa dos seus conhecimentos como veterinária. E o programa de criação…

Assenti quando o rosto dela se crispou e ela cerrou os punhos, como se estivesse tentando controlar a raiva.

— Vou terminar os estudos depois dos três anos. Vai passar rápido. E, até lá, já teremos salvado o rancho e as terras.

— Não posso permitir que você faça isso. Não posso. Deixar que um desconhecido *toque* na minha irmã… *case-se* com ela. Leve-a para longe de mim? — Balançou a cabeça com tanta força que eu sabia que ela estava tendo problemas para compreender a verdade.

Eu faria isso quer ela aprovasse, quer não.

Ela ia fazer isso.

Nós íamos salvar o que era mais importante para nós no mundo inteiro.

A nossa terra.

Com um toque suave, eu a virei de frente para mim. Seus cabelos loiro-acobreados estavam afastados do rosto, repartidos ao meio. Ela se parecia tanto com a nossa mãe que o meu coração deu uma descompassada. Esse era o motivo de o nosso pai a odiar tanto. Dakota era o lembrete vivo da mulher que ele já não podia mais controlar.

— Dakota, você pode e vai aceitar a decisão que tomei. Não seria muito diferente se eu tivesse me arranjado com um caubói em Sandee e fugido para casar.

— E quanto a Jarod? — ela mencionou o nome do único rapaz que amei a vida toda.

— Isto não tem nada a ver com Jarod — rosnei, não querendo sequer ouvir o nome dele porque eu fraquejaria, desmoronaria e viraria cinzas ali mesmo.

— Você o ama. *Sempre* amou. E agora vai se casar com um estranho? Você poderia ter tudo com ele, Savvy. Casa com cerca, cachorros, filhos. Ele te adora.

E adorava mesmo. Com todas as fibras de seu corpo. Jarod Talley sempre foi o meu amor. Crescemos juntos desde o jardim de infância até terminarmos a escola. Viramos namorados no primeiro ano do ensino médio e planejamos nos casar e ter uma casa repleta de bebês enquanto trabalharíamos lado a lado no rancho junto à minha irmã e à família que ela viesse a ter. Daí fui para a faculdade de veterinária e, até a semana anterior, ele esteve à espera de que eu voltasse, trabalhando no rancho da minha família com Dakota pelo que parecia uma eternidade.

Até eu partir o coração dele.

— Nós terminamos — disse a ela sem explicar.

— Savannah, não. Você está arruinando a sua vida. — Ela pressionou a mão em punho contra a boca enquanto os olhos marejavam.

— E você não? Temos o mesmo objetivo em mente, Kota. Esqueça-se de mim. Esqueça o Jarod. — Arranquei o nome do meu amado da garganta e segurei as lágrimas. — Você e eu vamos salvar as terras da nossa família. Juntas. Não lute contra isso. Você não tem a mínima chance de me fazer mudar de ideia.

— Por favor — minha irmã sussurrou ao meu ouvido. — Não faça isso. Deixe que eu me sacrifico.

— Dakota, eu te amo mais que a minha própria vida, mas vou participar desse leilão amanhã à noite, com ou sem o seu apoio.

CAPÍTULO 5

O CLUBE DOS CANDIDATOS

Faith

O drama familiar se desenrolando entre as duas vaqueiras teria sido cômico se eu não estivesse exausta pra caramba, tendo passado a noite sem dormir. Não tinha conseguido falar com a minha família desde que voltei para a cidade. Não seria nada bom para mim se boatos da minha presença se espalhassem pelos cassinos.

Sorri para mim mesma quando a garota de cabelos loiro-acobreados — que deduzi ser a mais velha das duas — parecia prestes a perder a cabeça. As bochechas dela ganharam um tom rosado como o miolo de uma ameixa, e as mãos estavam cerradas junto ao corpo.

Deixei aquele quadro vivo seguir em frente enquanto encarava pelas janelas a Strip de Las Vegas[3] logo ali embaixo. Uma partezinha minha adorou ter conseguido entrar sorrateira na cidade *dele*. Anos passados debaixo das asas dele me ensinaram que até os prédios tinham olhos. Claro, evitei os cassinos que sabia serem frequentados por ele e, óbvio, aqueles dos quais ele era dono, mas o diabo tinha olhos em todas as partes e permanecia sempre alerta. Ele se esforçava para ficar atento aos cassinos concorrentes, aos jogadores e, em especial, a mim.

Eu era o seu brinquedinho predileto, motivo pelo qual passei boa parte dos últimos quatro anos em fuga. Só voltei porque estava completamente desesperada. Para todo canto que eu ia, seus capangas logo estavam no meu rastro. De Vegas a Boston, em Massachusetts; para Portland, no Oregon; até Miami, na Flórida; e, em cada estado e cidade entre essas, ele me perseguiu.

---

[3] A Strip de Las Vegas corresponde a uma secção de 6,7 km da Las Vegas Boulevard, onde se localiza a maioria dos hotéis e dos casinos da cidade. (N.T.)

Ainda bem que sempre consegui ficar alguns passos à frente. Nunca criando raízes num lugar específico por muito tempo, porque sabia que não havia nenhum lugar no mundo em que eu poderia me esconder sem que, no fim, ele me encontrasse. Era inevitável. Eu sabia disso, ele sabia disso. Mas se eu fosse rica e legalmente ligada a outro homem poderoso, não haveria nada que ele pudesse fazer a respeito.

Virei a cabeça e me concentrei nos outros candidatos.

— Ei, tudo bem? — O único homem no grupo deu um tapinha no ombro da garota. — Sem ressentimentos por eu ter te segurado? Faz parte da minha natureza proteger uma mulher... ainda mais irmãs. — Deu de ombros. — Tenho cinco, então sei bem a que ponto podem chegar duas mulheres bravas. — Sorriu com suavidade, e percebi que não só era um lindo homem, como também imenso.

A vaqueira estendeu a mão.

— Obrigada. Se você tem irmãs caçulas, sabe bem como é. Nunca deixamos de nos preocupar ou de querer o melhor para elas.

— Sei mesmo. — Ele riu e apertou a mão da mulher. — Memphis Taylor — apresentou-se, a voz um ribombar grave e suave que lembrava a experiência de beber uísque de qualidade pela primeira vez.

Os olhos da vaqueira se arregalaram.

— *Aquele* Memphis Taylor? O homem que, sozinho, fez quatro touchdowns e duas interceptações para o Georgia State Panthers há dois anos no jogo contra os Texas State Bobcats, ganhando o jogo?

— É fã de futebol americano universitário? — A cabeça dele se ergueu rapidamente, em sinal de surpresa.

— Adoro. Você era incrível. Daí foi derrubado daquela vez e...

Ele a interrompeu com um tapa nas costas típico de um atleta.

— Notícia antiga, garota.

Ela entendeu a dica e deixou a conversa morrer, assentindo. Depois relanceou pela sala para o restante de nós, sentados ao redor da mesa, encarando-os.

— Dakota McAllister. — Apontou para si mesma. — E esta é a minha irmã, Savannah. — Apontou o polegar por cima do ombro.

Savannah acenou e olhou diretamente para mim, como se estivesse pedindo uma apresentação, então fiz a sua vontade.

— Sou Faith Marino, de Las Vegas mesmo. Trabalho como garçonete e como crupiê nos cassinos. Meu pai é dono e gerente de um pequeno restaurante italiano. — Informei o mínimo necessário. Não precisava que essas pessoas ficassem falando de mim ou pedindo informações minhas pela cidade. Não que fôssemos continuar ali por muito tempo depois do leilão da noite seguinte. — É isso. Um resumo sobre mim. — Cruzei os braços diante do peito e tentei dar um sorriso genuíno, apesar de não haver nenhum motivo real para isso, considerando-se tudo.

— Vocês já ouviram a nossa história — a ruiva flamejante chamada Savannah anunciou para o grupo. — Precisamos salvar as nossas terras e o nosso rancho em Montana. É por isso que estamos aqui.

Dakota contraiu a mandíbula com tanta força que consegui ver um músculo de sua bochecha latejando. Ela não gostava do que a irmã estava prestes a fazer, e eu compreendia. Não que a minha irmã não se agarraria a essa oportunidade. Infelizmente, ela jamais teria passado no processo seletivo. Minha irmã, Grace, era uma drogada imunda que rondava as ruas da cidade à procura de esmola e da próxima dose. Fazia quatro anos que eu não a via, o que partia meu coração, mas também me dava uma enorme sensação de alívio. Por ela ser uma andarilha, atendo-se ao lado sombrio da Strip de Vegas, era bem improvável que alguém considerasse o que ela poderia ou não saber sobre mim e o meu passado. Soltei o ar devagar, aliviada, quando o único homem no grupo se apresentou.

— Memphis Taylor. Numa vida passada, fui jogador de futebol americano universitário. Estava prestes a me profissionalizar quando me lesionei. A minha família precisa de mim agora mais do que nunca... então, é por isso que estou aqui. — Ele se recostou na cadeira e virou de lado para se concentrar nas outras mulheres.

A loira bonitinha acenou.

— Sou Ruby Dawson. Nascida e criada num trailer, no meio do nada lá no Mississippi. Passei grande parte da vida cuidando da minha irmã e trabalhando como garçonete. Quero uma vida melhor, e esse leilão vai me dar isso.

— Prouvera a Deus — a asiática, que ainda não se apresentara a ninguém, murmurou.

— O que você quis dizer com isso? — Ruby inclinou a cabeça, o tom de voz provocador.

Ruby era uma bombinha prestes a explodir, sem dúvida.

— Só que esperamos que quem quer que nos compre faça exatamente o que você está querendo. Nos dê uma vida melhor.

— Está com medo de ser maltratada, meu bem? — Dakota perguntou, tamborilando os dedos no tampo da mesa, com preocupação na voz.

A mulher deu de ombros.

— Não sei. Talvez. Estamos entrando de cabeça num casamento arranjado com o arrematante. O homem, ou a mulher, dependendo da sua preferência, pode ser um psicopata. Mas faz parte do risco que estamos aceitando, certo?

Assenti, mas não disse nada. Ela tinha tocado numa questão bem importante — uma que vinha me incomodando todas as noites na última semana. E se eu fosse escolhida por alguém que gostava de surrar a esposa para que ela fosse obediente? Ou, quem sabe, o cara fosse um desajustado que quisesse fazer coisas estranhas na cama sobre as quais eu não tinha ouvido falar nem visto? O que aconteceria se eu recusasse alguma coisa no quarto?

Madame Alana deixara claro no processo seletivo que os homens participantes tinham boa reputação, era muito bem-sucedidos, cheios da grana e também haviam sido investigados. Ela alegava que os licitantes só poderiam dar lances nas candidatas cujas preferências sexuais combinassem com as deles. Para mim, isso significava que tinham se certificado de todos os lados, mas nós todos estávamos entrando em águas nunca antes navegadas. Não fazíamos ideia do que de fato aconteceria depois que fôssemos escolhidos.

— Qual é o seu nome mesmo? — perguntei à mulher.

— Jade Lee, da Importações Lee, de Beverly Hills — disse como apresentação.

— Uau! — deixei escapar, reagindo com surpresa. — Você já não é rica? Toda cidade tem uma loja da Importações Lee. Por que diabos está aqui?

Jade estreitou os olhos, e os lábios em forma de coração se retorceram numa rosnada.

— Não é da conta de ninguém. Ninguém tem nada a ver com o que nos traz até aqui e o que estamos dispostos a fazer de nossa vida pessoal. A minha situação diz respeito só a mim e não quero partilhá-la com ninguém.

Observei Ruby colocar a mão sobre a de Jade, já que era ela quem estava sentada mais próxima.

— Não esquenta, Jade. Você não tem que dizer nada. Ninguém tá aqui para julgar ninguém, nem deveria… — Seu olhar se virou para mim, e eu me senti uma megera.

— Desculpe, Jade. Foi rude da minha parte. — Suspirei, tentando não meter mais os pés pelas mãos. — Fiquei surpresa por encontrar aqui alguém que pensei que não precisaria de dinheiro. Sinto muito mesmo. — Engoli, tentando me livrar daquele lado preconceituoso meu. Eu não costumava ser assim. Estar sempre fugindo me mudou.

— Desculpas aceitas. Talvez mais tarde, quando a situação não for mais tão recente, eu me sinta à vontade o bastante para falar das minhas experiências. — Baixou o olhar para as próprias mãos. Parecia que Jade um dia fora forte, mas sofrera com algo que ainda não queria partilhar.

Savannah assentiu.

— E pode contar com todos nós. Pessoal, somos os únicos no mundo que sabem o que vai acontecer amanhã à noite. Se formos todos escolhidos, e acredito mesmo que isso vá acontecer, precisamos cuidar uns dos outros. Os acordos de confidencialidade que assinamos são inegociáveis. Não podemos contar a ninguém como é que acabamos nos casando ou que fomos negociados num leilão. Isso anularia o pagamento, e tenho certeza de que ninguém aqui quer arriscar isso. — Todos ao redor da mesa assentiram em silêncio, mas ela continuou: — Também temos que considerar o que aconteceria se a imprensa ficasse sabendo. Imagino que fosse atingir os negócios da família de Jade, como, com certeza, afetaria os nossos. O nome McAllister tem um significado de onde nós viemos, e, se algum dos nossos parceiros de negócios ficar sabendo do Leilão de Casamentos, correríamos o risco de perder tudo. Honra e reputação são tudo no nosso pedaço de mundo.

— Ela tem razão, pessoal. — Dakota apoiou a irmã. — Estamos metidos nisso por pelo menos três anos, com a possibilidade de mais tempo, caso sejam bons casamentos ou nos apaixonemos pelos nossos parceiros. Se tivermos uns aos outros como apoio quando a situação ficar difícil será um alívio em meio aos segredos.

Concordei.

— Vamos trocar números de telefone. Pelo menos assim não estaremos sozinhos nisto. — Mal conseguia acreditar nos meus próprios ouvidos com essa sugestão. Há quatro anos eu não fazia novas amizades. Amigos são algo perigoso. Significavam criar laços. E, quando se vive em fuga, não há espaço para laços.

— Isso mesmo! — Savannah concordou, toda feliz. A irmã anuiu, assim como Jade e Memphis.

Ruby franziu o cenho ao dizer:

— Só tenho um pré-pago, mas vou arranjar um novo com o dinheiro do depósito e mando o número. Vou anotar o número de vocês num pedaço de papel, se vocês concordarem. — Baixou o olhar, como se estivesse com vergonha.

Savannah se esticou sobre a mesa para se aproximar.

— Só ganhei um celular quando fui para a faculdade. Está tudo bem. Você nos manda uma mensagem quando puder, combinado?

Ruby assentiu com avidez.

— Obrigada, Savannah. Estou contente mesmo por ter todos vocês ao meu lado. Sempre só tive a minha irmã. É muito bom saber que não estamos sós.

Surpreendendo a mim mesma, procurei a mão de Ruby. Em seguida, como se fôssemos fumar kumbayá no meio da floresta sob a lua cheia, nós seis nos demos as mãos.

— Vamos fazer um pacto de permanecer sempre em contato. Podemos nos autodenominar "O Clube dos Candidatos" — sugeriu Savannah, dando um largo sorriso.

— Ao Clube dos Candidatos! — disse com o meu melhor sorriso falso. Essas pessoas eram legais, e cada um de nós tinha seus motivos para participar do leilão, mas a situação deles não era de vida ou morte. No fim, aquilo era uma competição, e eu precisava me concentrar no jogo e ficar de olho no prêmio.

Eu não tinha opção.

Aquela era a minha última chance de conseguir o que mais precisava... uma saída.

CAPÍTULO 6
A LOUCURA DA TRANSFORMAÇÃO

Ruby

— Merda, merda, merda!

Corri descalça pelo corredor do elegante hotel de Vegas, com as roupas que pretendia vestir no dia jogadas no braço. Meus compridos fios loiros estavam presos no coque torto e bagunçado no alto da cabeça com que passei a noite. Entrei num elevador luxuoso e pressionei o botão para subir até o andar onde seria a reunião da manhã, que devia ter começado uns quinze minutos antes.

— Por favor, não me expulsem do leilão por causa disto — gemi ao arrancar os shorts do pijama e rebolar para subir o meu melhor jeans. Havia rasgos nos joelhos, mas minha irmã jurou que essa era a moda agora. Não faço a mínima ideia do que está na moda. Ter nascido e sido criada num trailer numa das cidades mais pobres do Mississippi queria dizer que eu não tinha uma seleção de belas roupas ao alcance. Não, tudo o que eu possuía, inclusive o que estava vestindo no momento, vinha de brechós. Cacete, aquele jeans podia até ser masculinos, porque tinha cinco botões que estavam me dando muito trabalho para vestir antes que o elevador me levasse ao andar certo.

Estava com uma camiseta regata canelada branca simples, a mesma com que tinha dormido, sem sutiã. Na mesma hora enfiei os braços no meu único blazer preto decente, cobrindo a regata, e fechei o botão da frente para esconder os peitos sem sutiã.

Nas mãos, eu trazia o meu par predileto de sandálias de salto de verniz. Joguei-as no chão e soltei os cabelos do coque bagunçado. Enfiei os pés nas sandálias, por milagre sem me estatelar no chão pela velocidade com que me movia, abaixei a cabeça e sacudi os cabelos, depois me endireitei. Eles se ajeitaram numa cascata de mechas douradas bagunçadas que teria que servir.

Eu não estava maquiada, mas, pelo que entendi, hoje todo mundo ia ser avaliado por uma equipe de beleza para a noite do leilão. Isso significava que eu não tinha que me maquiar — pontos para mim. Embolei rápido o pijama e o enfiei na bolsa gasta antes de ajeitá-la no ombro.

A campainha do elevador tiniu e as portas se abriram para os escritórios anônimos do Leilão de Casamentos. No começo, só nos informaram um endereço. Agora, eu sabia o que havia por trás das elegantes portas principais e não me surpreendi em encontrar Madame Alana esperando por mim na recepção, vestindo mais um terno poderoso. Aquele era de uma chique cor de creme. As pernas dela estavam lustrosas e douradas, como se tivesse se bronzeado ao sol, mas eu sabia a verdade. Aquele bronzeado vinha embalado. Tinha um produto parecido no camarim da boate de strip-tease. Só que ela não parecia prestes a subir num poste, no máximo num CEO ricaço.

— Senhorita Dawson, você sempre chega aos seus compromissos após a hora marcada?

Franzi o cenho.

— Está perguntando se eu sempre me atraso? Se é isso, então não. Juro que não. Mas não ouvi o telefonema da recepção na hora em que pedi para me acordarem e o rádio-relógio na minha mesinha de cabeceira era um aparelhinho bem difícil de decifrar. — Inspirei e continuei apressada. — Toda vez que mexia nele, disparava uma música. E depois teve uns caras bêbados no quarto ao lado que ficaram na farra até de madrugada. Por isso, coloquei meus fones de ouvido para poder descansar bem e aí…

Ela levantou a mão para me impedir de continuar.

— Você acordou atrasada. Entendi. Não precisa entrar em detalhes. Siga-me. A sua consultora de moda a aguarda. — Ela estalou os dedos e passou a andar com passos ligeiros pelo longo corredor. Fui correndo atrás dela porque a mulher era danada de rápida naqueles saltos, e eu sabia como andar sobre saltos agulha. Tecnicamente, eu também sabia como arrasar de salto alto no poste, mas deixei de acrescentar minha experiência como stripper nos documentos de inscrição. Não acho que um ricaço queira uma dançarina exótica ao seu lado, por isso guardei essa informação pra mim.

Só esperava não me meter em apuros quando a verdade aparecesse. Não que eu fosse contar a alguém.

Imaginei que seria mais fácil pedir desculpas depois do que permissão em relação a essa partezinha do meu passado. Talvez eu contasse ao meu futuro marido depois que tivesse sido escolhida, se virássemos amigos. Imaginava que nos tornaríamos amigos se nos casássemos e planejássemos transar, mas eu não conhecia ninguém rico. Mesmo os bons de gorjeta na boate não tinham milhões. Podiam ser os donos da oficina de carros local ou de uma loja da Subway na cidade vizinha, mas não ganhavam grana do tipo desses caras de terno da cidade.

Madame Alana abriu a porta no fim do corredor e nos fez entrar num enorme cômodo aberto. Ali dentro eu ouvia os secadores de cabelo já ligados. Meus colegas candidatos estavam sentados em suas próprias cadeiras, e cada um falava com uma pessoa diferente vestida toda de preto. Segui Madame Alana até uma cadeira desocupada.

— Beatrice, esta é Ruby. Ela precisa de tudo. Estou falando de tudo mesmo. Por favor, lembre-se de tirar todas as medidas dela. — Madame Alana olhou para mim, avaliando-me. — Senhorita Dawson, todo o seu guarda-roupa é assim? — Ela apontou para cima e para baixo, do jeans rasgado ao blazer barato.

— Hum, eu… não me esforço muito com minhas roupas, já que visto uniforme no trabalho e jeans e camiseta nas horas de folga.

Madame Alana bateu com o dedo nos lábios vermelhos, mas o batom não saiu no dedo, o que me impressionou bastante.

— Garanta que ela tenha ao menos roupas para duas semanas, Beatrice. Acrescentaremos isso à conta do arrematante.

Tenho certeza de que meus olhos saltaram enquanto eu engolia devagar.

— Mas, hum, o que acontece se eu não for escolhida? — sussurrei, para que só elas duas ouvissem.

Beatrice bufou e começou a gargalhar enquanto Madame Alana sorria com modéstia. Ela abaixou a cabeça de modo conspirador, e fiquei pensando se fez isso só para me tranquilizar.

— Senhorita Dawson, eu a vi apenas de lingerie. O seu corpo é impecável. Não existe sequer um homem heterossexual vivo que não vá querê-la. — Segurou meu queixo entre dois dedos. — Você está totalmente sem maquiagem e o seu rosto rivaliza com o da modelo Elsa Hosk. Não tenho nenhuma dúvida de que será escolhida esta noite. Tenha um pouco de fé em sua beleza, minha querida. — Ela deu uns tapinhas no meu rosto de uma maneira afetuosa, quase maternal.

Meu rosto ficou quente com o elogio.

— Obrigada.

— Apenas seja pontual no futuro. O seu companheiro escolhido não apreciará seus atrasos, e isso se refletirá no futuro da nossa empresa. Entendido? — Seu tom tinha uma pontada de aviso. Aquela mulher não estava para brincadeira.

Assenti.

— Entendido. Pode contar comigo.

Ela pressionou os lábios e pareceu penetrar no meu olhar, como se quisesse ver minha alma.

— Acredito que possa contar, sim — concordou com suavidade.

Cara, eu queria ser como ela. Toda refinada, sofisticada e hiperelegante.

— Faça o seu melhor, Beatrice.

— Com uma tela como esta, vai ser moleza! — Ela exagerou e apontou para a cadeira. — Primeiro passo, vamos dar uma valorizada nessa cor. O seu loiro está parecendo um pouco cansado. Vamos dar uma aparada, tirar as pontas e talvez acrescentar algumas camadas para emoldurar melhor o seu rosto. Como lhe parece?

— O paraíso. Obrigada, dona Beatrice. — Botei a bunda na cadeira e ela a levantou, pisando no pedal.

— Depois disto, você vai fazer depilação, esfoliação e hidratação. Um pouco de tratamentos faciais para deixar a pele mais viçosa e hidratada, e então partiremos para as roupas. Com base no que você está vestindo agora, acho que vamos nos divertir bastante.

Dei um largo sorriso e mordi o lábio inferior.

— Manda ver, dona Beatrice!

Sem nem me dar conta, meus cabelos foram tingidos, cortados e secados à perfeição. A limpeza de pele foi incrível. Nunca tinha feito antes e dizer que gostei não faria jus. Eu não fazia ideia que podia ser tão relaxante, sem falar de como minha pele ficou. O meu rosto agora estava tão macio quanto bumbum de bebê e reluzia como se eu tivesse passado horas tomando sol. Até ali, essa transformação estava sendo maravilhosa.

Segui as garotas que estavam como eu, peladas por baixo dos roupões brancos felpudos. Fiquei pensando se a gente podia ficar com os roupões no fim e fiz uma anotação mental de perguntar a Beatrice assim que a depilação acabasse.

Nós seis, inclusive Memphis, o único homem, fomos levados para um novo espaço, mais reservado. Havia uma fila de mesas de massagem, separadas por uma parede que, deduzi, era para dar privacidade. Já me depilei um milhão de vezes, por isso sabia o que esperar.

Faith me empurrou com o ombro.

— Já fez depilação com cera antes?

Assenti.

— O tempo todo.

— Dói muito?

— Provavelmente mais do que você imagina — avisei.

Ela mordeu o lábio inferior, rosado e carnudo.

— Ruim assim, é?

Dei de ombros.

— Estou acostumada. As pernas e o rosto doem menos, então, talvez, melhor começar por eles? Depois as axilas, a virilha e o cu.

Os olhos quase saltaram para fora da cabeça.

— O cu? Vão arrancar os pelos da minha bunda? Nem sei se tenho lá. Que loucura. Quem é que faz isso?

Sorri.

— Pelo que sei, os ricos, as Kardashians e as strippers.

Ela inspirou fundo.

— Estou com medo.

Passei o braço ao redor dela e dei um abraço leve. Foi constrangedor até ficar bom.

— Você consegue. Tenho fé em você. Haha! Viu o que acabei de fazer? *Faith!* — disse o nome dela, que significa fé, toda brega enquanto a cutucava.

Ela riu e revirou os olhos de brincadeira.

— Como se eu nunca tivesse ouvido essa piada antes.

— Boa sorte para você e para todos nós! — Ri enquanto a minha consultora de moda me levava até a depiladora.

Estava tudo correndo bem. A depiladora me deu fones de ouvido que tocavam umas bandas de rock independente maneiras quando contei para ela que tipo de música eu gostava de ouvir.

Estava cantarolando "Bad Guy", de Billie Eilish, quando ouvi uma confusão. A depiladora tinha acabado de puxar uma tira da minha axila e eu sibilei de dor, mas não deixei escapar nenhum som. Sendo veterana nessa coisa de depilação com cera, eu me considerava dura na queda.

Tirei os fones.

— O que aconteceu?

Um grito de arrepiar rasgou o ar, e me sentei e olhei ao redor do meu cubículo enquanto a minha atendente foi verificar.

Não querendo ser pega desprevenida, pulei da maca e espiei dando a volta pela parede divisória para descobrir o que estava acontecendo. Faith e a depiladora dela também espiavam. Nossos olhares se cruzaram bem quando a confusão ficou mais alta e vimos uma bacia metálica voar pela sala e bater na parede oposta.

Em seguida, o som de pele contra pele reverberou pelas paredes, e entendi que alguns socos estavam sendo trocados.

EPISÓDIO 7

DEPILAÇÃO POÉTICA

DAKOTA

Nunca, em toda a minha vida, tantas pessoas tocaram em mim! Depois de fazer os cabelos e dois tratamentos faciais que incluíam o que a mulher chamava de meu *décolletage* — que parecia um termo em francês, grego ou alguma bobagem assim, mas que, no fim, queria dizer pescoço, ombros e clavícula —, eu estava *farta*! Na sequência, arrastaram-me para uma costureira, que tirou todas as minhas medidas, eu parada em pé, só com roupas de baixo, e as mãos dela sobre mim por toda parte. E eu já não aguentava mais. Não mesmo.

Era um mistério para mim por que diabos a gente tinha que se emperiquitar. Se o homem que me comprasse não gostasse de mim do jeito que eu era, que diabos de diferença faria, em longo prazo, eu me besuntar com um monte de maquiagem e hidratante corporal, e me cobrir com umas roupas finas? Eu era uma vaqueira. Trabalhava numa fazenda. Minhas mãos eram cheias de calo em cima de calo. Não havia nenhum lado delicado em mim, apesar de a minha "assistente de beleza" — e não conseguia acreditar que era assim que elas se denominavam — achar que eu tinha isso de sobra.

Seguindo em frente e ouvindo as recriminações de Savannah, fiz tudo o que o pessoal da beleza pediu. Daí, do nada, fomos transferidos em fila para uma sala grande com diversas macas e baias. Por um minuto pensei que receberíamos uma massagem. Esse plano eu poderia apoiar. Savannah ficou com a última maca, logo depois da minha.

Pelo menos assim eu poderia ficar de olho na minha irmãzinha. *Por mais um pouquinho*, lembrei a mim mesma com tristeza. Era uma droga saber que Savannah estava desistindo de tudo. Claro, eu também estava, e esse era o argumento dela, mas não era a mesma coisa. O natural é a irmã mais velha assumir a maior parte da responsabilidade. Nós facilitamos a vida dos irmãos mais novos. É por isso que nascemos primeiro. Claro que eu queria cuidar dela, como fiz durante toda a vida.

Pensando na situação de merda em que o nosso pai tinha nos colocado, deitei-me na maca como a mulher me instruiu, sem prestar muita atenção. Ela seguiu com o próprio trabalho, preparando alguma coisa numa panela tampada.

— Vamos começar fazendo as sobrancelhas — anunciou.

— Tanto faz — resmunguei e deixei que ela fizesse o que tinha que fazer.

Fechei os olhos e me imaginei de volta ao rancho. Uns milhares de cabeças de gado pastavam na propriedade. Minha irmã estava sentada no velho balanço de pneu que nosso avô tinha feito para nós. O namorado dela, Jarod, a empurrava e a provocava com um beijinho toda vez que o balanço se aproximava. Os dois eram a definição de namorados de adolescência e se amavam intensamente. E agora, como estavam?

Separados pelas decisões egoístas e ruins do meu pai.

Eu o odiava.

Com cada fibra do meu ser, odiava nosso pai mais do que odiava os avarentos e asquerosos Goodall, que queriam botar as patas na nossa terra.

A assistente espalhou uma coisa quente e grudenta acima e abaixo das minhas sobrancelhas, e entre elas também. Depois, colocou uma tira comprida sobre meu buço. Por quê? Eu não sabia, mas deduzi que havia muito que eu não sabia sobre as práticas de beleza. Eu trabalhava no rancho ao lado de homens. Vestia jeans e camisa xadrez de manga comprida, bota e chapéu de caubói o dia inteiro. Não perdia tempo me preocupando com sobrancelhas perfeitas e roupas femininas.

Savannah, por sua vez, parecia se divertir bastante. A cada novo tratamento ela dava risadinhas e quase desmaiava de alegria.

Quando terminaram de fazer os cabelos, os meus estavam brilhosos e saudáveis, num tom loiro-acobreado e dourado que descia em mechas naturais pelos meus ombros. Savvy disse que eu estava a cara de Rachel McAdams naquele filme *Doutor Estranho*. Eu não tinha assistido. Não tenho tempo para ver filmes. Sempre tem coisa demais para fazer no rancho, e não dá tempo de ir ao cinema. Embora eu sonhasse com um dia em que tudo funcionaria sem contratempos de novo, como era na época em que meu avô estava vivo e meu pai não tinha o direito de decidir nada sobre os negócios do rancho.

Agora eu sentia como se passasse mais tempo dando um jeito na bagunça que ele aprontava do que realizando algum trabalho de verdade.

A assistente puxou as tiras de cera, e eu rosnei com a fisgada de dor, mas logo passou.

Ela depilou minhas pernas, o que doeu mais, mas, em retrospecto, já me senti pior, ainda mais depois de levar um coice da velha Marigold, a égua que pertencia à nossa mãe. Depois da morte de mamãe, Marigold não aceitava mais ninguém por perto. Demorei boa parte de um ano para convencê-la a permitir que eu ou Savannah montássemos nela. E mesmo assim, ela não me pareceu feliz. Marigold era leal à mamãe. Uma pena que a nossa mãe não tivesse sido leal a ela, ou a Savannah e a mim, deixando este mundo do jeito que deixou.

— Preciso que afaste as pernas e segure a parte de trás dos joelhos — a assistente sussurrou em meu ouvido.

Sem prestar muita atenção e mantendo os olhos fechados, afastei as pernas, deixando-as na direção da barriga, e as segurei atrás dos joelhos. A assistente afastou meus joelhos e cerrei os dentes ao perceber que as minhas partes privadas estavam expostas.

— Uau, quanto pelo — ela murmurou.

— Claro que tem bastante. — Abri um olho a tempo de vê-la pegar aquele líquido quente e espalhar pelas minhas partes privadas. — Caralho! — berrei, totalmente surpresa com a temperatura alta nas áreas mais sensíveis, mas ela me segurou enquanto continuava a aplicar aquele diabo de substância grudenta que queimava como se atiçadores em brasa estivessem sendo enfiados sob minhas unhas. — Mas que porra! — Balancei a bunda para a frente e para trás e ouvia Savannah rachando de rir na baia ao lado. — Cala a boca, Savvy! — berrei.

Levei o braço na direção do rosto para poder morder o punho cerrado enquanto lutava contra a dor insana. Em vez disso, meu braço bateu no carrinho no qual estava a tigela de metal com todas as tiras nojentas e peludas com cera usada.

A tigela saiu voando da baia como um disco voador antes de bater na parede em frente. A cera com meu pelo corporal se derramou como confete no chão.

Fiquei com o rosto e o peito vermelhos de vergonha enquanto a dor brotava na lateral da virilha. Estava prestes a me desculpar pelo acidente quando senti dedos cutucando a parte superior do meu osso pubiano.

— Não! — Balancei a cabeça em desespero. — Não estou pronta...! — supliquei e, uma vez mais, uma dor insuportável se espalhou entre minhas coxas. Comecei a ver estrelas enquanto a assistente continuava, puxando do outro lado da virilha. Bem quando pensei que chegaria mesmo a desmaiar, outra tira foi arrancada do meu ânus e, sem nem perceber, sentei-me e acertei a assistente em cheio do lado direito do rosto.

Ela gritou horrorizada e caiu no chão ao mesmo tempo que minha visão começou a oscilar.

Savannah deu a volta para o meu lado enquanto eu perdia a consciência.

Recobrei os sentidos alguns minutos depois do ocorrido. Madame Alana estava de pé ao meu lado com uma carranca enfurecida no rosto que costumava ser belo. Na verdade, até brava a mulher era linda. Cinquentona e fabulosa era como eu a chamara em pensamento antes. Agora era cinquentona e furiosa.

Havia outra mulher com jaleco branco de médico ao meu lado, balançando algo pequeno e branco debaixo do meu nariz.

— Pronto, pronto. Bem-vinda de volta, Mike Tyson. — Ela sorriu.

Mike Tyson?

Ah, inferno. Dei um soco na minha assistente de beleza.

— Ela está bem? — disse baixo. Minha voz de repente estava áspera e seca como o deserto.

— Ela está cuidando do ferimento no banheiro. Você tem um belo gancho de direita, minha querida — disse Madame Alana, sem inflexão alguma na voz.

Foi por causa das vezes que tive que revidar ao meu pai quando ele ficava bêbado e de mão-boba. Savannah não testemunhou muito disso, mas ele batia com força na nossa mãe, depois infligia danos piores no quarto quando a tinha subjugado. Quando já era maior, pedi aos funcionários do rancho que me ensinassem a lutar. Isso ajudou por um tempo.

Eu me sentei e cobri as partes íntimas, que latejavam descontroladas.

— Sinto muito, Madame Alana. Eu não fazia a mínima ideia de como seria e perdi as estribeiras. Por favor, não me expulse do leilão.

A mulher sofisticada franziu o cenho, inspirou fundo e soltou o ar bem devagar. O tempo pareceu se alongar enquanto eu esperava para ouvir o meu destino.

— Não coloque as mãos na minha equipe, senhorita McAllister, ou você e a sua irmã serão retiradas do leilão. Entendo que essas experiências podem ser perturbadoras e aceitarei suas desculpas. Uma vez. — Ergueu o indicador em sinal de aviso.

Fechei os olhos e assenti.

— Sinto muito mesmo. Gostaria de me desculpar com a moça.

— Creio que ela já tenha ficado o suficiente em sua companhia. Por que não se refresca nos chuveiros de cortesia e vai se encontrar com a sua consultora de moda? Espero não termos mais problemas com você… — Ela girou num círculo. — Com nenhum de vocês. — Dirigiu-se aos demais candidatos que estavam parados atrás de nós, acompanhando todo o drama.

A equipe assentiu e voltou para as respectivas baias enquanto eu me sentava, derrotada.

Madame Alana voltou a se virar para mim.

— Este é o seu único aviso. Não faça eu me sentir uma tola por ser benevolente.

— Não farei. Juro. Ficarei quietinha como um ratinho daqui por diante. — Desenhei uma cruz sobre o coração com o dedo, indicando que tinha feito uma promessa.

Ela pressionou os lábios.

— Não sei por quê, mas custo a acreditar nisso. Vá em frente, senhorita McAllister. A sua consultora de moda está à espera.

Só me restava imaginar o que aconteceria quando eu ficasse na frente da consultora de moda. Eu não costumava usar roupas consideradas femininas. Só tinha dois vestidos, e ambos tinham sido da minha mãe. Com cuidado, desci da maca e fui andando com as minhas partes privadas berrando de dor renovada.

— Vê se tenta não bater em ninguém quando sair — Savannah gorjeou quando passei pela baia dela.

Mostrei os dentes para ela.

— Irmãs não contam.

— Sinto discordar. — Savannah sorriu e depois berrou de dor quando sua assistente arrancou a cera de um dos lados da virilha.

— Esse é o seu prêmio!

— Boa sorte com a prova das roupas. Bem sei quanto você ansiou o dia todo por essa parte — Savannah me provocou.

— Eu te odeio — grunhi ao seguir o caminho da saída.

— Entre o amor e o ódio existe uma linha tênue, irmã. Lembre-se disso. Um balanceia o outro. — Savannah era uma tremenda de uma hippie cheia de luz e positividade no meu mundo escuro e sombrio. Era bom que o homem que ficasse com ela venerasse o chão em que ela pisava ou teria que se ver comigo.

— Acho que logo vamos descobrir. Boa sorte com a depilação anal! — disse, sem conseguir conter o sarcasmo.

— Depilação anal? — Ela arregalou e piscou os lindos olhinhos azuis, e eu sorri quando a assistente puxou uma tira de cera do ânus dela. Minha irmãzinha gritou.

Saí da sala gargalhando.

— Ah, agora, sim, estou me sentindo melhor. — Sorri e segui para o inferno, também conhecido como departamento de moda.

EPISÓDIO 8

PROMESSA QUEBRADA

Savannah

— Ai, Senhor. — Ginguei para fora da sala de depilação, grata por finalmente poder sair de lá. Sobrancelhas, buço, axilas, virilha e bumbunzinho ardiam como se um ferro em brasa tivesse sido pressionado contra minha pele sensível. Agora eu sabia o que o gado lá do nosso rancho passava. Pobrezinhos. Assim que voltasse para casa, falaria com Jarod para mudarmos essa prática.

Jarod.

Uma intensa onda de tristeza me assolou, e pressionei a mão na parede do corredor para me segurar.

Sentia saudades dele.

Do jeito que a gente sente depois da morte de uma pessoa. Mas meu amado Jarod não havia morrido. Estava lá, na fazenda da minha família, trabalhando para mantê-la funcionando enquanto eu me deixava leiloar para um homem rico. Tentei me lembrar de que eu estava fazendo o mesmo. Impedindo que a fazenda afundasse e fosse parar nas mãos daqueles pilantras dos Goodall. Ainda assim, magoei tanto Jarod que ele jamais me perdoaria. Terminar com ele foi a coisa mais difícil que tive que fazer em toda a minha vida.

A gente ia se casar. Esse costumava ser o plano. Daqui a um ano, quando eu pegasse meu diploma de bacharela.

Levantei a mão e passei os dedos ao redor da simples aliança de ouro branco com um pequeno diamante. Eu usava o anel numa corrente fina ao redor do pescoço.

Uma promessa.

Era só isso o que Jarod podia oferecer aos dezenove anos, trabalhando em período integral no rancho, ajudando a pagar as contas da casa dos pais ao mesmo tempo que poupava para comprar a nossa quando eu terminasse a faculdade.

Dedilhei o anel de compromisso e me lembrei de quando o ganhara, havia dois anos. Eu tinha acabado de me formar no colégio, completado dezoito anos e ia partir para a faculdade no dia seguinte. Passamos um lindo verão juntos, trabalhando lado a lado no rancho, partilhando refeições, matando o tempo perto do poço. Mas, naquela noite, ele estava diferente. Mudado. Determinado. E isso foi sexy pra caramba.

Tínhamos pegado dois cavalos para irmos até uma parte da propriedade que chamávamos de "nosso lugar". Era uma distância de pelo menos quinze minutos a cavalo até o riacho borbulhante no qual alguns bois bebiam quando vagavam pelo terreno.

Jarod me ajudou a desmontar do cavalo e me pegou pela mão, conduzindo--me até um cobertor escondido no meio das árvores, mais protegido das vistas da fazenda. As árvores funcionavam como um dossel, sombreando a área e escondendo o lugar de quaisquer passantes possíveis. O sol já descia no horizonte, mas ainda demoraria uma hora para se pôr. Jarod me conduziu pela mão até a parte mais macia do gramado, que continha uma coberta que eu, por experiência própria, sabia ter vindo direto da cama dele. Tivemos muitas sessões de amassos em cima daquele mesmo cobertor e, por isso, vê-lo fez com que meu rosto corasse de excitação e antecipação.

— Venha se sentar. — Ele me levou até o cenário romântico e, antes que eu me sentasse, ajoelhou-se e removeu as minhas botas de vaqueira.

Assim que me vi descalça, andei até o meio da coberta e me sentei, o vestido rodado flutuando ao meu redor. Não costumava usar vestidos quando saía para cavalgar, mas era a minha última noite em Sandee, minha última noite com Jarod, e queria ficar bonita para ele.

Passei meus cabelos ruivos por cima do ombro e fiquei enrolando as mechas nos dedos enquanto ele tirava as próprias botas antes de pegar a cesta de piquenique que já estava ao lado do cobertor.

— Puxa. Você se preparou bem para isso.

Seu sorriso foi largo e derreteu meu coração, fazendo meu estômago farfalhar como se mil borboletas tivessem levantado voo dentro dele.

Jarod tirou o sempre presente boné da cabeça e passou os dedos pelas camadas de cabelos castanho-escuros um tantinho compridos demais. Ele precisava de um belo corte já havia umas duas semanas, mas eu até que gostava do jeito meio rude. Fazia com que parecesse mais velho, mais sábio — como um homem sem nenhuma preocupação na vida. Ele enfiou a mão na cesta e tirou uma garrafa de espumante, algo que eu só bebera em raras ocasiões, quando meu avô me permitia dar um ou dois goles em alguma comemoração. Para servi-lo, Jarod trouxe dois copos descartáveis de plástico vermelho.

Dei uma risadinha.

— Muito elegante. Como conseguiu o espumante, hein?

Jarod tirou a rolha e deu uma piscada.

— Tenho as minhas fontes, mulher — ele brincou, usando uma voz grave e rouca que não se parecia em nada com o seu tom normal.

Cobri a boca com a mão e ri das bobagens dele para me impressionar. Depois, ele me fitou com aqueles olhos castanho-escuros e eu me senti me apaixonar de novo por ele. Fazia quatro anos que estávamos juntos e ainda não tínhamos dado o grande passo, mas eu sabia, bem no fundo do coração, que aquela seria a noite. Seria agora ou nunca. Não queria ir para a faculdade sem ter experimentado o homem que eu amava de todas as maneiras que uma mulher crescida deveria. E, agora que já tinha dezoito anos e estava formada, eu me sentia pronta. Pronta para dar o passo seguinte no nosso relacionamento e no nosso futuro.

Jarod me entregou o copo cheio do líquido dourado e ergueu o seu.

— A você, a mim e ao nosso futuro juntos. Eu te amo, Savannah.

Dei um largo sorriso e brindei com o meu copo de plástico, batendo no dele.

— A você, a mim e ao nosso futuro juntos. Eu também te amo, Jarod.

Nós dois demos um gole e depois ele se inclinou na minha direção, capturando minha boca num beijo intenso, molhado. Nossas línguas se contorceram, dançando num ritmo que tínhamos aperfeiçoado no decorrer dos anos.

Devagar, ele recuou, apoiou o copo no chão e se levantou. Em seguida, esticou o braço na minha direção, pegou meu copo e o deixou ao lado do dele antes de me ajudar a ficar de pé.

Franzi o cenho na mesma hora em que ele se abaixou sobre um joelho. Meus olhos se esbugalharam.

— O que está fazendo? — Estava arfando, pois a intenção dele era bem clara.

— Tornando você minha para sempre. — Ele sorriu, e meu coração batia forte como um trovão dentro do peito enquanto eu tremia de alegria, de animação, de nervosismo e de uma pontinha de medo.

— Não pode estar falando sério, né? — sussurrei.

— Ah, estou sim. Savannah McAllister, a mulher mais linda, generosa, adorável e graciosa que já conheci. Quero mais do que tudo fazer de você a minha esposa um dia. Mas nós dois temos muito ainda para fazer antes de isso acontecer. Por isso, hoje, eu lhe dou a minha palavra e, com ela, um símbolo dessa promessa.

Balancei a cabeça.

— E-eu não estou entendendo.

Ele beijou a mão que segurava.

— Com este anel, estou prometendo que, um dia, vou oficialmente te pedir em casamento. Assim que você tiver terminado a faculdade e eu tiver estabelecido minha carreira no rancho e puder lhe dar a vida que você merece, eu vou pedir que se case comigo. Por enquanto, quero que use este anel como um símbolo do nosso amor. Enquanto você estiver longe, saiba que estarei aqui esperando por você e trabalhando para o nosso futuro.

Lágrimas encheram meus olhos ante aquele gesto incrível.

— O que devo dizer? — Eu não sabia bem o que fazer, apesar de aquilo parecer bom e certo.

— Diga que vai usar o meu anel de compromisso? Que vai ser minha mesmo enquanto estiver longe? — Deixei que ele colocasse o anel no dedo anelar da mão esquerda. Ele se inclinou e me beijou ali, bem sobre sua promessa. — Um dia, isso será um diamante digno de inveja, pareado com uma aliança de casamento.

— Mal posso esperar por esse dia — admiti maravilhada quando ele me puxou para baixo para me beijar.

O beijo esquentou logo de cara. As mãos dele passearam pelas minhas costas, descendo pelas laterais e voltando a subir, para espalmar meus seios sôfregos. Gemi quando ele beliscou meus mamilos através do tecido fino do vestido. As alças eram finas e havia enchimento no corpete, então eu não estava usando sutiã. Com dedos hábeis, ele desfez os dois laços dos ombros, e a parte de cima do vestido caiu entre nós, expondo minha pele ao seu olhar e a céu aberto.

Ele gemeu e me inclinou para trás ao tomar um mamilo no calor da sua boca. Gemi e me arqueei para o beijo ardente conforme uma felicidade jorrava de dentro de mim. Ele deu prazer aos meus seios até eu ficar úmida entre as coxas e desesperada para senti-lo perto de mim, dentro de mim, intimamente.

— Por favor — supliquei. — Faça amor comigo — sussurrei no ouvido dele antes de mordiscar o lóbulo do jeito que, eu sabia, deixava o pau dele bem duro.

— Tem certeza? — Ele deslizou a língua pelo meu pescoço, e suspirei com o prazer que deixava minha pele arrepiada.

— Deus, sim. Sinto como se fosse queimar se você parar de novo — admiti, atrevida. Toda vez que chegávamos longe assim no passado, ele sempre colocava um ponto-final à festa, falando de honra e respeito.

Eu não queria honra. Não queria respeito. Queria que ele me comesse.

Afastando-me, eu me levantei, puxei o vestido pela cabeça e deixei que caísse da ponta dos meus dedos. Em seguida, com os olhos imensos dele acompanhando todas as dobras do meu corpo como uma carícia, tirei a calcinha simples de renda e me expus toda, na esperança de que ele não me considerasse sem graça.

— Você é linda pra caramba, Savannah. — O tom dele era puro deleite.

Depois disso, respirando devagar, assisti a ele se levantar e retirar todas as peças de roupa, expondo o corpo de um fazendeiro que tinha trabalhado duro o ano inteiro. Os músculos de sua silhueta delgada eram torneados e dourados à perfeição. Sua barriga era definida, exibindo um tanquinho que terminava num suave V junto ao quadril. Minha boca salivou com aquela visão.

Num segundo, eu estava nos braços dele, e ele me deitou sobre a coberta macia. A boca dele me cobria por toda parte, e eu também beijei a pele dele ao meu alcance. Em seguida, ele deslizou os lábios pela minha barriga e usou a boca entre as minhas pernas. Aquilo era a minha preferida entre as coisas que a gente tinha feito até então. Ele era perito. Demos aquele passo antes, muitas, muitas vezes, dando prazer um ao outro com nossas bocas, mas sem nunca ir em frente.

Quando ele arrancou um orgasmo do meu corpo com a boca e os dedos, eu o puxei pelos ombros, insinuando que queria que ele subisse em mim. Assim que pegou uma camisinha do bolso da calça e a vestiu, ele acomodou o corpo muito mais largo entre as minhas coxas, usando a mão para centralizar seu volume à minha entrada.

— *Tem certeza? Eu posso esperar para sempre até você estar pronta.* — Ele me ofereceu voltar atrás.

Sorri pela minha boa sorte. Eu tinha o único homem em Sandee, Montana, que se preocupava mais comigo e com as minhas necessidades do que com as próprias.

— *Estou mais do que certa. Faça amor comigo, Jarod* — *sussurrei e tomei a boca dele num beijo profundo, sentindo meu gosto na língua dele, o que aumentou a minha excitação em mil graus.*

Em seguida, ele foi empurrando devagar, um centímetro de cada vez. Estava apertado. Fui me sentindo preenchida. Atordoada. Senti uma fisgada de dor e depois um relaxamento quando ele me tomou por completo.

Arquejei e me arqueei em meio à dor prazerosa. Seus olhos estavam desvairados, a respiração saindo em suspiros irregulares contra minha bochecha.

— *Você está bem, amor? Eu te machuquei?* — *perguntou com uma nota de preocupação na voz.*

— *Não.* — *Passei os braços ao redor do corpo dele e o segurei juntinho de mim.* — *Está perfeito.*

Ele me beijou por um longo tempo e, depois, começou a se mexer devagar, para dentro e para fora num ritmo lindo que eu acompanhei, até que nós dois berramos nosso êxtase na luz do dia que ia embora.

Juntos, encontramos um tipo diferente de amor, e ele era mais do que lindo.

— Savvy! Que diabos você está fazendo parada no corredor olhando para o nada? — Dakota berrou para mim, vindo a passos firmes em seu roupão. — A consultora de moda está procurando por você em toda parte. Venha, já estamos em apuros por causa do meu fiasco com a moça da depilação. — Ela enlaçou nossos braços e eu a segui, entorpecida, com os pensamentos sobre o amor da minha vida desaparecendo a cada passo que dava. — Aqui está ela! — Dakota me levou até a consultora de moda, que bateu palmas ao me ver.

— Ah, meu Deus, você é deslumbrante! — Afofou meus cachos ruivos. — Só tons de pedras preciosas para você! — exagerou a mulher.

Dedilhei o meu anel de compromisso uma vez mais enquanto a mulher vasculhava a arara cheia de vestidos, um mais lindo que o outro a seu modo.

Desculpe, Jarod. Por favor, perdoe-me.

EPISÓDIO 9

PRÉ-JOGO

FAITH

Depois que a depiladora arrancou cada pelinho e toda decência do meu corpo, passei horas — *horas* — experimentando e tirando roupas. Sem parar. Até enjoar.

— Você gosta desta lingerie azul-bebê, Faith? — Minha consultora de moda me mostrou um conjunto de renda. Era bonito e bem-feito. Algo pelo qual eu jamais poderia pagar sozinha. O contorno dos bojos tinha um corte profundo, estilo meia-taça, que mais revelava do que escondia. — Vai ficar incrível com o tom bronzeado de sua pele. — Ela deu uma risadinha, segurando a quase inexistente calcinha do conjunto próxima ao meu quadril.

Obedientemente, eu me despi e vesti a lingerie, sem me preocupar com a minha nudez numa sala cheia de gente. A calcinha tinha um cós alto no quadril e emoldurava minhas nádegas num estilo fio dental que se enfiava entre as duas bandas, acentuando o formato arredondado da minha bunda com o contorno em detalhes arredondados.

Nunca fui tímida com o meu corpo. Eu era magra com um corpo meio tipo ampulheta. Diferente do da bela ruiva, Savannah, que era cheia de curvas. Ela estava brigando com a consultora de moda por causa do tamanho da lingerie que estava usando. Era de um verde-esmeralda e tinha um design que cobria mais que a minha, mas o que isso me importava? A questão ali era atrair um licitante. Eu tinha a impressão de que, se dissesse para Ruby que ela tinha que andar nuazinha no palco, ela teria desfilado como se estivesse vestindo o mais elegante dos vestidos.

Já eu não ligava muito. Tudo aquilo era um meio para justificar um fim. Eu precisava do dinheiro e da segurança de ser a esposa de um homem rico.

— Gostou? Acho que este aqui é o vencedor! — Greta, minha consultora de moda, elogiou, rodeando-me com um olhar avaliador. — Acredito que Madame Alana vá aprovar.

Assenti.

— É tão lindo quanto os últimos cinco conjuntos que você me fez experimentar antes. — Suspirei.

— Você deve estar louca se acha que vou vestir isto! — A voz frustrada de Dakota ecoou por toda a sala. — De jeito nenhum nesta terra de meu Deus eu vou usar uma coisa dessas. Precisa ter muito mais tecido, meu bem. Olha só essa bunda. — Ela deu um tapa na bunda tonificada. — Preciso de cobertura total, querida. — Apontou para o par que estivera usando ao chegar. — Se você tiver algum conjunto como aquele, eu visto. Se não tiver, por que não posso usar a minha própria calcinha? — insistiu.

Minha consultora de moda meneou a cabeça e emitiu um som de reprovação.

— Se ela quer ser escolhida, precisa colocar a mercadoria à mostra, em vez de escondê-la. — Ela deu uma puxada na beirada da calcinha minúscula que eu vestia no momento.

— Talvez ela seja o tipo de mulher que gosta de surpreender os homens. — Dei de ombros, tentando mostrar apoio.

— O objetivo não é esse — confirmou Greta.

— Não, não é — reiterei, entendendo o objetivo. Era só nisso que eu pensava. Ser escolhida. Receber o sinal de entrada. Enviar o dinheiro para o meu pai. Estiquei a coluna e sorri. — Muito bem, e agora? O que falta fazer? Está ficando tarde. — Relanceei para o relógio e percebi que já eram oito da noite. Fazia horas que estávamos nos aprontando. Cabelos arrumados, unhas feitas, rosto tratado e maquiado, corpo preparado com o máximo de cuidado. Eu queria ir de uma vez.

Antes que Greta pudesse responder à minha pergunta, Madame Alana entrou na sala com duas mulheres brancas maravilhosas atrás dela. Uma loira, outra de cabelos castanhos. Ambas vestiam lindos vestidos de gala e tinham os cabelos e a maquiagem imaculados. Era óbvio que as mulheres participariam do leilão, mas não estavam incluídas no nosso grupo de novatos.

Madame Alana tinha trocado o terninho por um vestido de paetês preto feito à perfeição para ela. Ele se transformava e se movia com ela como óleo sobre água. Os cabelos estavam presos num rabo de cavalo liso, as pontas pretas parando retas às costas.

— Boa noite a todos. Vamos dar uma olhada na lingerie de vocês e discutir o desdobramento desta noite. Stephanie, Elizabeth, vocês duas podem retocar a maquiagem ali enquanto eu falo com nossos novos candidatos. — As duas mulheres acenaram para o grupo, depois obedeceram à Madame Alana.

Esperei com os nervos à flor da pele conforme ela se aproximava primeiro de mim, olhando-me de cima a baixo. Fiquei corada com a inspeção descarada enquanto ela inclinava a cabeça e dava a volta ao meu redor.

— Perfeita. Bom trabalho, Greta. Coloque-a no vestido de veludo azul tomara que caia com o decote em forma de coração. Deixe o adorável cabelo dela solto, mas prenda-o atrás das orelhas. — Ela segurou meu queixo. — Não quero nada escondendo este rosto deslumbrante. Você é uma verdadeira beldade, senhorita Marino.

Mordi o lábio inferior.

— Obrigada — sussurrei, na verdade me sentindo bonita pelo que parecia ser a primeira vez em muito tempo. O estado constante de fuga não me dava muito tempo para me arrumar e dar muita atenção à minha aparência. O foco era sempre estar num lugar seguro, ao mesmo tempo que deveria desconfiar de tudo e de todos. Eu ansiava por não ter mais que ficar em alerta constante. Por dormir em paz a noite toda sem questionar se acordaria com uma figura sombria pairando acima da minha cama, prestes a me machucar.

Madame Alana se demorou com cada uma das pessoas, ajustando o penteado ou escolhendo itens diferentes dos que usavam no momento.

Esperei até ela chegar em Dakota, que usava as próprias peças íntimas: calcinha estilo shorts e sutiã esportivo num tom verde-menta. Se eu conhecesse melhor essas mulheres, estaria tirando o maior sarro. Dakota era maravilhosa. Tinha o corpo de uma atleta, de uma mulher que passava os dias fazendo trabalhos manuais e cavalgando cavalos. Os seios deviam ser generosos como os meus, o abdômen era definido e a bunda durinha. As pernas eram longas e musculosas. Ela arrasava com todo aquele tônus e, apesar de ter um ar de moleca meio brava, definitivamente chamaria atenção aquela noite.

— O que temos aqui? — Madame Alana cruzou as mãos e apoiou o queixo na ponta dos dedos.

Dakota apontou com o polegar para a consultora de moda infeliz.

— A Anna quer que eu use fio dental. Não uso nada que fique enfiado. Nem mesmo chinelo de dedo nos pés.

Ri baixinho e pressionei os lábios para me impedir de rir a valer.

— Anna, você se lembra daquele conjunto esportivo que o novo designer criou? Van Wyk?

A consultora de moda assentiu e se apressou pela sala até as longas prateleiras repletas de roupas. Apanhou dois conjuntos e os trouxe de volta.

Um era num tom berinjela fechado, o outro era vermelho.

— O roxo, meu bem. — Ela estalou os dedos e fez um gesto de "passa aqui".

Anna depositou o conjunto nas mãos dela.

Madame Alana segurou o material ao lado da silhueta de Dakota. Era um estilo único que eu nunca tinha visto antes, feito com um tecido acetinado que captava a luz, como um maiô faria.

— Vista este. Depressa, querida. Não temos a noite toda. — Seu tom era direto e sem qualquer senso de humor.

Dakota baixou a calcinha, e notei que todos desviaram os olhares, em especial o único cara, Memphis, que só vestia cuecas boxer pretas que moldavam o corpo musculoso de maneira espetacular.

— *Isso* sim, minha cara, é deslumbrante — ouvi Madame Alana dizer.

Virei e observei Dakota se inspecionar no espelho. A calcinha tipo boyshorts dava ampla cobertura, mas tinha recortes que se cruzaram no quadril, deixando-a mais sexy. A parte de cima, porém, era sensual pra caramba. As faixas de tecido elástico envolviam o pescoço dela e se cruzavam nos seios, formando um X, e depois desciam dando a volta no tórax.

— Coloque o vestido de frente única roxo nela. Ficará incrível — Madame Alana disse com entusiasmo.

— Sim, senhora.

— Obrigada, Madame Alana. Estou muito mais confortável assim — admitiu Dakota, passando os dedos sobre o tecido no quadril e na bunda.

Madame Alana abaixou o queixo, depois foi para o meio da sala, ficando de frente para nós oito, incluindo as duas recém-chegadas.

— O plano é o seguinte: cada um de vocês será apresentado sozinho. Vocês andarão pelo palco lentamente, como um modelo faria numa passarela. Ao chegarem ao final, usarei o microfone para instruí-los a parar e girar, para que os licitantes possam ter uma vista de trezentos e sessenta graus do corpo de todos. Em seguida, vocês andarão sobre um X vermelho no chão, na lateral do palco. Depois que os oito forem vistos pelo público, vocês voltarão para esta sala, onde retirarão a roupa e colocarão os roupões que combinam com a roupa íntima. E repetiremos o processo. Na segunda vez que desfilarem, quando chegarem ao fim do palco, eu os instruirei a removerem o roupão. Vocês se virarão e darão tempo aos licitantes para ver o pacote completo uma vez mais. Em seguida, voltarão para o lugar marcado e o leilão começará.

Assenti e engoli o medo e a incerteza que começaram a correr pelas minhas veias. Eu detestava ser o centro das atenções, mas, se isso fosse garantir um futuro seguro para mim e para aqueles que mais amava, eu faria o que fosse necessário.

— Não sou capaz de reiterar quanto é importante que vocês *não falem* durante todo o processo. Não quero ver caretas. Não tentem esconder o corpo. Confiança é a chave para esta noite. Se alguma dessas coisas acontecer, pode ser que vocês não recebam lances. Meu palpite é que a maioria seja escolhida hoje. Vocês todos são lindos à sua própria maneira. Cada um tem seus motivos para estar aqui. Lembrem-se disso ao subirem no palco. E mais, tudo pode acontecer. Se eu me dirigir a vocês e lhes pedir para fazer algo, sigam minhas instruções à risca. Eu não faturo se vocês não faturarem. Estamos juntos nisto.

Ela andou diante da nossa fila até chegar a mim e esticou a mão. Minha consultora de moda depositou um gravador pequeno nela. Madame Alana pressionou o botão de gravar.

— Faith Marino, esta é a sua chance de desistir. Sem que nenhuma pergunta seja feita. Você está entrando de livre e espontânea vontade no Leilão de Casamentos. Está de acordo em se casar com quem quer que dê o maior lance pela sua mão em casamento. As regras foram explicadas, você assinou o contrato e, agora, quero uma declaração verbal de que aceita isso como sua vontade, que você entendeu a que se comprometeu e que não está sendo coagida de maneira alguma. Por favor, confirme seu nome e seu compromisso.

Assenti, e ela aproximou o gravador de mim.

— Meu nome é Faith Marino e, sim, eu entendo a que me comprometi e concordo de livre e espontânea vontade a cumprir todos os termos do contrato que assinei. Não estou sendo coagida nem forçada de maneira alguma. Estou aqui porque quero.

— Excelente. Pode terminar de se arrumar. O leilão começa em uma hora — declarou Madame Alana, seguindo para Ruby e repetindo o mesmo processo com ela, e, depois disso, com cada membro do Clube de Candidatos e as duas novas integrantes.

Madame Alana voltou para o meio da sala e fitou cada um de nós nos olhos, um de cada vez, antes de falar:

— Vamos respirar juntos — pediu. — Quero que todos inspirem confiança, força e boa sorte. — Ela inspirou fundo, e nós a imitamos. — Ao terminarem de inspirar, quero que expirem todos os pensamentos e sentimentos negativos, todas as dúvidas. — Soltou o ar, alongando os braços num floreio.

Todos fizemos como ela. O clima na sala ficou tranquilo, calmo e composto, como se algo poderoso tivesse se unido a todos nós.

— Esta noite… a vida de vocês mudará por completo.

EPISÓDIO 10

O LEILÃO DE RUBY

Ruby

Tinha umas horas na minha vida em que quase conseguia sentir o ar tocando minha pele, espesso, pesado, carregado de antecipação. Minha visão ficava mais aguçada, captando as minúsculas partículas de poeira flutuantes. É como se minha audição ficasse tão apurada que até minha pulsação parecia alta demais. O paladar desaparecia. Um sentido desnecessário quando o medo verdadeiro, primitivo, vem à tona. Esse medo se manifestava na ponta dos dedos dos pés e subia pela pele, fervilhando e arrepiando até o topo da cabeça. Mas eu não podia deixar que minhas reservas me controlassem. Tudo o que estava prestes a acontecer era por escolha minha.

Eu estava mais para o começo da fila, logo atrás de Stephanie e de Elizabeth, que não faziam parte do nosso grupo original de Clube dos Candidatos. Mas, enquanto nos aproximávamos do palco, fiquei sabendo que elas tinham participado de um leilão três meses antes e não foram escolhidas. Esta era a segunda chance delas. Gostei dessa informação, porque significava que, se eu não fosse escolhida, também poderia tentar de novo.

Stephanie foi na frente e não deve ter ido muito bem. Enquanto o nome de Elizabeth era chamado e ela subia no palco, Stephanie descia dele por trás, chorando. Enxugava o rosto e fungava triste. Eu não conseguia acreditar. Ela era linda de se ver. Alta, loira, de olhos azuis e com um corpo maravilhoso. E, mesmo assim, saiu do palco chorando, o que era um sinal claro de que não tinha sido escolhida pela segunda vez. Eu me senti mal por ela e por mim mesma, porque também sou loira, tenho olhos azuis e um corpo que sei, por experiência, que os homens gostam de admirar. Ainda mais sem roupa, já que sou uma tremenda de uma stripper lá no meu pedaço.

Ver Stephanie saindo às lágrimas provocou um efeito cascata em todos nós, deixando-nos calados enquanto continuávamos em posição nos bastidores, cada um de nós perdido em seu próprio mundo.

Encarei a escadinha preta lustrosa que dava para o palco, onde havia uma cortina pesada fechada, impedindo a vista do ambiente além dela.

De repente, senti um toque quando Jade pegou na minha mão. Em seguida, ela se virou de lado e entrelaçou os dedos com Dakota, que fez o mesmo com a irmã, Savannah. Savannah se segurou a Faith, que procurou a mão de Memphis.

Estávamos juntos nessa. Apesar de não estarmos.

Assim que assinássemos na linha pontilhada depois dos lances e o leilão acabasse, cada um de nós estaria por conta própria.

Sozinhos.

Estremeci, e Jade apertou minha mão.

Dakota deu um cutucãozinho no meu ombro.

— Você vai se sair muito bem. Só se lembra do motivo de estar aqui. Se concentra na razão por trás da sua decisão. É só o que a gente pode fazer — disse com suavidade. — Não se preocupe com o fato de a Stephanie não ter sido escolhida. Você não é ela.

— Mas a gente se parece tanto... — Engoli, lutando contra a secura da minha garganta.

— Não importa. Só vai lá e faz o que sabe fazer. Vende o seu produto, garota. A gente acredita em você — Dakota sussurrou, e eu não tive dúvidas.

Eles acreditavam em mim. A minha irmã, lá em casa, acreditava em mim. Eu só precisava acreditar em mim mesma. Eu podia fazer aquilo.

Inspirei fundo, soltei o ar e endireitei as costas enquanto me enchia de esperança, de confiança, e absorvia as infinitas possibilidades pela frente.

— Nossa terceira candidata da noite é a senhorita Ruby Dawson. Por favor, suba ao palco, Ruby — Madame Alana anunciou ao microfone. E as cortinas pretas dos bastidores se abriram.

Soltei a mão de Jade deixando meu medo restante. Aquilo era como estar no palco para dançar a minha coreografia lá na minha cidade. Só que, naquela noite, eu estava vestida para impressionar. Meu atordoante vestido longo vermelho cortava meus ombros numa tira larga de tecido. Por baixo, eu usava um sutiã sem alças que acentuava meus seios fartos, deixando o vestido ainda mais sexy. Estava me achando linda ao subir os degraus com cuidado. O vestido flutuava junto ao meu corpo, criando a forma de uma ampulheta, que me fazia parecer alta e cheia de curvas. Ele tinha uma pequena cauda que se arrastava atrás dos sapatos de salto agulha vermelhos lustrosos.

Assim que cheguei ao último degrau, vi as luzes ofuscantes. Meu instinto foi cobrir os olhos para tentar proteger a vista e eu conseguir enxergar o público, mas isso não pareceria nada elegante nem bonito. E eu queria ser as duas coisas. Em vez disso, escancarei um sorriso como se fosse uma candidata ao título de Miss Estados Unidos, e não alguém prestes a ser leiloada em casamento.

— O que disse, senhoras e senhores? Temos um banquete para os olhos esta noite.

Relanceei para Madame Alana e me aprumei para agradá-la. Depois, desfilei minha bela figura ao longo do palco e parei no X na ponta. Levei as mãos aos quadris na pose de Mulher-Maravilha que tinha melhorado com a minha consultora de moda. Em seguida, virei-me de lado e encostei a mão na minha bunda pequena. Eu não tinha muita bagagem na traseira, mas uma stripper sabe exatamente como mostrar o corpo.

Exibi os dois lados, virando e fazendo pequenos movimentos que eu sabia que ressaltariam essa ou aquela característica. Depois, ao encarar a escuridão de licitantes, percebi que havia mais de uma dúzia de olhares em mim. Por isso, levei a mão até a boca e soprei um beijo na direção da plateia, terminando com uma piscada provocante.

— Vamos aplaudir Ruby Dawson, meus amigos — disse Madame Alana, e eu me surpreendi ao ouvir o público aplaudindo e o som de punhos socando as mesas de madeira reverberando pelo salão.

Com um giro exagerado dos quadris, deslizei até o primeiro X, mais próximo de Madame Alana, e virei devagar numa pose que escolhi com minha consultora de moda.

— Ruby Dawson tem vinte e um anos, olhos azuis e cabelos loiros. Tem um metro e setenta e sete de altura sem salto. Seus interesses incluem dançar, ler, longas caminhadas na praia e piqueniques. Ela se formou no ensino médio, não possui nenhum tipo de antecedente criminal e tem o mais adorável sotaque sulista. — Madame Alana falava com suavidade no microfone, fazendo com que eu parecesse incrível, quando não era nada daquilo.

Travei a boca enquanto ela continuava. Se eu fosse bem honesta, não conseguia me lembrar da última vez que li um livro, mas, quando me perguntaram sobre meus hobbies, eu não ia escrever fazer shows tirando a roupa, beber cerveja enquanto assistia a partidas de futebol americano nem os rolês ocasionais no bar local. Por isso, fiz o que todo bom mentiroso faz e coloquei os hobbies da minha irmã.

— Antes de seguirmos para a parte de lingerie da noite, está na hora de avaliar o interesse na senhorita Ruby Dawson, a candidata número três. Aos que podem participar deste leilão, por favor, selecionem *Sim*, *Não* ou *Talvez* nos botões dos seus controles. — Madame Alana mostrou o aparelho que deduzi que cada licitante tinha.

Senti uma incerteza correndo pelas veias enquanto eu mantinha a pose. Ela não havia dito nada sobre esse sistema de avaliação. O que, talvez, fosse melhor assim mesmo. Saber que seria avaliada antes mesmo dos lances com certeza abalaria a minha confiança.

Madame Alana se virou para olhar para mim e depois para algo às minhas costas. Segui os movimentos dela e virei de lado. Uma tela gigantesca ocupava boa parte do palco, pendurada do teto. Na tela havia uma foto de rosto que tinha sido tirada assim que fiz o cabelo e a maquiagem. Ao lado da imagem, estavam os meus dados físicos. Estava tudo ali: idade, altura, peso, tamanho de busto, número de manequim, de sapato e tudo o mais. Se já não estivesse tão chocada, teria ficado aterrorizada.

Em seguida, apavorada, observei a imagem da tela mudar e os resultados da plateia ficarem à mostra.

Meu corpo todo esquentou, meu coração sacudiu junto à minha confiança. Li os resultados na tela:

SIM — 20

NÃO — 15

TALVEZ — 15

Cinquenta solteiros estavam participando, e minhas chances de garantir um eram incríveis. Vinte estavam bem interessados e outros quinze disseram que talvez. Eu poderia me dar bem com esses números. Virei para a plateia, radiante.

— Bem, tudo leva a crer que teremos um tremendo leilão. Ruby, pode sair do palco. Parece que não sou só eu que aguardo pelo seu retorno ao palco com ansiedade.

Os bastidores estavam bem agitados, com todos os candidatos sentindo níveis de desconforto diferentes por uma ampla gama de motivos. Bloqueei boa parte disso, pois precisava me concentrar no que estava fazendo, mas fiquei sabendo que as duas mulheres de antes não tinham sido escolhidas e que alguma coisa tinha acontecido com Jade, o que significava que era muito importante eu me dar bem na parte seguinte.

Quando as cortinas se abriram, subi os degraus no meu roupão vermelho e nos meus saltos, como se fosse dona do lugar. Aquela era a minha hora de brilhar, e era isto o que faria: brilhar. Não havia a menor chance de eu sair dali naquela noite sem um homem me levando pelo braço.

— Bem-vinda de volta, Ruby — Madame Alana me cumprimentou, e eu inclinei um pouco o ombro na direção dela enquanto avançava pelo palco preto lustroso.

Estava me acostumando com os holofotes, então consegui enxergar um pouco melhor a plateia sombreada, mas as pessoas ainda não passavam de silhuetas escuras.

Ao chegar ao fim do palco, puxei o cinto que prendia o roupão de cetim vermelho e deixei-o cair.

Bem como eu esperava, ouvi diversos arquejos, junto a alguns gritos entusiasmados, como eu esperaria ouvir numa boate de strippers — só que os homens não estavam gritando obscenidades.

Deixei o roupão escorregar de um ombro, depois deslizar pelo meu corpo até aterrissar na minha mão direita, que o segurou com firmeza. Repeti a pose de Mulher-Maravilha, garantindo que a cintura ficasse fina, os peitos enormes e os quadris largos, deixando as pernas afastadas cerca de um metro para parecerem mais longas. O sutiã cumpriu a tarefa de mostrar meus dotes de tal maneira que me deixava elegante e classuda. A calcinha fio dental minúscula, por sua vez, subia entre as bandas da bunda e revelava um lado safadinho meu.

— Creio que começaremos com o lance de três milhões por três anos. Tenho algum belo cavalheiro que queira tornar esta pedra preciosa sua?

Luzes começaram a se acender na plateia. Placas com números acesos estavam sendo erguidas no ar. Isso me fez lembrar de um leilão de peças de arte e esculturas que vi na tevê.

Só que, desta vez, a peça que estavam comprando era eu.

— Vários de vocês estão dispostos a pagar três milhões. Será que alguém dá quatro? — rebateu Madame Alana, e as luzes continuaram se acendendo.

Meu coração começou a acelerar e, ao mesmo tempo, tive uma ideia para fazer com que os lances aumentassem. Virei de lado, alonguei uma das pernas e me curvei sobre ela, como se fosse ajeitar a fivela do sapato no tornozelo, dando aos homens a oportunidade de darem uma boa olhada na minha bunda.

— Tenho quatro milhões… Que tal cinco? — Madame Alana apontou para alguém no fundo que erguia sua placa iluminada. — Cinco, excelente. Temos seis?

As luzes desapareceram, exceto por uma solitária. Um treze da sorte.

— Tenho seis milhões para o número treze. Tenho sete?

De repente, a sala ficou em absoluto silêncio.

— Seis milhões pela mão da adorável senhorita Ruby Dawson. Dou-lhe uma…

Nós duas esperamos. Prendi a respiração.

Seis milhões de dólares.

Era mais dinheiro do que já tinha visto na vida. E seria todo meu. A empresa de Madame Alana não tirava um percentual do lance ofertado; o comprador pagava um percentual a mais além daquilo que eu receberia. Três anos de casamento por seis milhões de dólares. Eu não conseguia acreditar. Meus ouvidos começaram a tinir, e tudo ficou muito quieto, assim como tinha ficado quando subi no palco pela primeira vez.

— Seis milhões, dou-lhe duas...

Nada. Nenhum outro lance.

Madame Alana deu um largo sorriso, ergueu um sino dourado e balançou de um lado a outro. O som reverberou por todo o salão.

— Vendida. Para o afortunado número treze.

Vendida. Por seis milhões de dólares, três anos do meu tempo e acesso ilimitado ao meu corpo.

Sorri ao perceber que todos os meus sonhos para mim e para Opal estavam prestes a se realizar. Eu não sabia se existia um Deus, porque, definitivamente, nunca me senti abençoada, salva ou protegida antes. Mas agora, com certeza, acreditava ter um anjo da guarda. E seu nome era Madame Alana.

Acenei para a plateia, tentando me concentrar na silhueta do homem que se tornaria meu futuro marido, e me dei conta da melhor parte do dia.

A minha vida jamais seria a mesma.

Eu mal podia esperar para começar a vivê-la.

EPISÓDIO 11

O LEILÃO DE DAKOTA

Dakota

Metros de tecido fluido e sussurrante flanaram ao redor dos meus tornozelos. O vestido que Madame Alana tinha escolhido para mim era *comprido*. Ou seja, a porcaria ficava se enroscando nas minhas botas de montaria.

Sim, botas de montaria. Madame Alana não sabia disso, mas, no segundo em que ela saiu do vestiário para dar início ao espetáculo, eu arranquei aqueles ridículos saltos altos que calçaram em mim e os troquei pelas minhas botas velhas e confortáveis. Não que alguém fosse notar. O vestido roxo amaldiçoado por Deus arrastava no chão. Quem é que seria louco de usar um vestido que se sujaria ao andar?

Se quisesse ser bem honesta, eu não sabia e não estava nem aí. Só queria mesmo era receber aquele cheque gordo para poder salvar o rancho da minha família. O legado do meu avô e dos filhos que Savannah um dia teria. Quanto a mim? Eu não passava muito tempo pensando em ter uns pirralhinhos desses. É trabalho demais junto à administração de uma fazenda de gado. Prefiro passar o tempo no lombo de um cavalo a ficar carregando um pequeno no colo. Sempre imaginei que isso seria tarefa de Savannah e Jarod.

Uma pontada de dor atravessou meu coração ao pensar no agora incerto futuro da minha irmã. Eu não ligava muito para o que fosse acontecer comigo, contanto que o rancho estivesse a salvo e em ordem. Savvy, por sua vez, tinha um futuro brilhante. Faltava apenas um ano para ela garantir o diploma de bacharela e conquistar o seu objetivo principal: tornar-se veterinária de animais de grande porte. O rancho precisava demais de alguém com essa habilidade, e Savvy assumira para si obter tais habilidades e conhecimento. E agora… ela ia se casar com um homem por dinheiro.

Suspirei ao me arrastar na direção do palco e me posicionar atrás de Jade e Ruby. As duas primeiras mulheres que não conhecíamos direito, Stephanie e Elizabeth, já tinham ido e saíram do palco, uma se debulhando em lágrimas e a segunda furiosa pra caramba. Tivemos um momento de comunhão ao qual mal prestei atenção antes de Ruby e depois Jade subirem ao palco e fazerem o que tinham que fazer enquanto o resto de nós esperava nos bastidores. Depois que Jade subiu, vi Ruby correndo escada abaixo, sorrindo bastante e indo na direção do vestiário. Pelo visto ia para a segunda rodada, o que era uma excelente notícia, já que as duas primeiras não tinham conseguido.

Eu me virei e segurei as mãos da minha irmã.

— Vai ficar tudo bem, Dakota, eu prometo — Savannah tentou me consolar, quando era eu quem deveria estar cuidando dela.

— Não era para você estar aqui — disse, emocionada. Sentia um aperto no peito conforme as garras geladas do arrependimento apertavam meu coração.

Savannah sorriu com tristeza e inclinou a cabeça.

— Nenhuma de nós duas nunca desistiu diante da dificuldade. São só três anos. — Ela deu de ombros, como se não fizesse a mínima diferença para ela, mas eu sabia que ter terminado com Jarod e abandonado a faculdade e a vida na fazenda eram circunstâncias difíceis para ela.

— Queria que só eu estivesse fazendo isto. — Pigarreei ao ouvir vozes gritando do outro lado das cortinas pesadas.

— Eu, não. Sempre fomos eu e você contra o mundo, certo? — Ela me lembrou da promessa que fizemos no dia em que enterramos nossa mãe.

Ergui a mão, mostrando o dedo mindinho. Ela enroscou o dela no meu.

— Sempre. Eu te amo. Não importa o que aconteça, saiba disso bem lá no fundinho da sua alma, está bem?

Ela me puxou para um abraço forte.

— Sei disso, Dakota. Mesmo. Agora vai lá e arrebenta nesse leilão!

Não resisti e dei uma risadinha ao ouvir meu nome ser chamado.

Inspirei fundo, levantei a barra do vestido para não tropeçar na escada como uma idiota e soltei o tecido quando cheguei ao topo e as cortinas se abriram.

— E agora nós temos a adorável e longilínea Dakota McAllister. — Uma rodada de aplausos correu o salão enquanto Madame Alana prosseguia. — Esta jovem tem vinte e quatro anos, cabelos loiro-acobreados e também um metro e setenta e sete. Sabe montar como um jóquei campeão, conduzir o rebanho e dançar em linha[4] como os melhores.

Estreitei os olhos para as luzes fortes ao tentar encontrar minha marca. Vi o X vermelho perto da frente do palco e fui até ele. Na mesma hora, meu vestido se enroscou nos meus tornozelos, já que havia tanto do maldito tecido e, antes que me desse conta, eu estava caindo para a frente, com o X vermelho funcionando como o meu alvo.

Meus joelhos se chocaram contra o lustroso palco preto.

— Maldição! Porra, isso doeu! — exclamei. Apoiei as mãos no piso do palco e me empurrei para cima, brigando com o tecido que estava enroscado nas minhas pernas ao fazer isso. Em seguida, dei um puxão no maldito, sacudi e deixei que voltasse a cair em seu lugar. Depois que me endireitei, lembrei-me de onde estava. — Merda — sussurrei para o salão inteiro, que estava em completo silêncio.

— Você está bem, senhorita McAllister? — perguntou Madame Alana, com o tom afiado como uma navalha, penetrante, mas ainda com uma pontada de preocupação.

Engoli em seco e afastei da cara os cabelos na altura dos ombros, soprando as mechas para longe do meu rosto, agora afogueado.

— Hum, sim. Estou bem. Desculpe, tropecei no tecido. — Minhas bochechas coraram, muito provavelmente estavam de um glorioso tom de rosa que acentuou a minha humilhação.

Endireitando a postura, aprumei os ombros, ajustando-os para trás e para baixo, e depois estampei o meu melhor sorriso forçado.

---

[4] *Line dance*, em inglês. Trata-se de uma dança em que pessoas executam uma sequência de passos enquanto se agrupam em uma ou mais linhas ou fileiras. Essas linhas geralmente estão todas voltadas para a mesma direção. (N.T.)

— Bem, nada como um pouco de acrobacia para esquentar as coisas, não é mesmo? — Madame Alana sorriu com gentileza.

Algumas risadas se espalharam em meio às silhuetas escuras da plateia. Cerrei os dentes e tentei controlar minha ira, ignorando o latejar dos joelhos. Já tinha me machucado de forma pior antes, muitas vezes. Nada fortalecia o caráter como levar um murro na cara do meu bom e velho pai ou domar uma égua danada como a Marigold, levando um coice na coxa. Joelhos machucados não eram nada além de uma inconveniência.

— Por que não vamos diretamente à demonstração de interesse na senhorita Dakota McAllister por parte dos solteiros? — sugeriu Madame Alana.

Um silêncio estranho atravessou o ambiente, e o suor brotou na minha testa e nas minhas palmas. Fechei as mãos e esperei, até que Madame Alana arquejou.

Eu me virei, absorvi a tela gigante atrás de mim e senti um frio na barriga. Salivei, sentindo aquele sabor azedo e nauseante que costuma vir antes do vômito quando li meu resultado.

SIM — 1

NÃO — 40

TALVEZ — 9

Madame Alana fez um som de recriminação alto.

— Parece que teremos que fazer uns ajustes. Pelo visto, a plateia precisa de um pequeno lembrete dos motivos pelos quais minhas candidatas são as melhores para casamentos arranjados. Senhorita McAllister, retire o vestido, por favor.

— Hum, é para eu sair do palco e me trocar? — sussurrei, engolindo com força.

Os lábios dela se curvaram de um dos lados.

— Não. Retire seu vestido. Aqui, agora.

Lambi os lábios e assenti, depois me virei para encarar a plateia.

Ninguém está olhando. Isso é como tirar as roupas imundas de lama e esterco lá na fazenda.

Não querendo arrastar ainda mais aquilo, ergui as mãos, puxei o laço atrás da nuca e deixei o tecido fluido deslizar pelo meu corpo como água até se empoçar ao redor dos meus pés. E lá estava eu, vestindo calcinhas boyshorts reveladoras, um sutiã moderno todo cruzado tapando os peitos medianos, com minhas botas de montaria.

— Estou vendo que podemos tirar uma vaqueira do interior, mas não conseguimos tirá-la das suas botas! — Ela riu com vontade, um som que era uma verdadeira melodia. Tudo o que aquela mulher fazia era belo. Até gargalhar. — Vamos tentar uma vez mais. Dê uma voltinha, minha querida — exigiu.

Seguindo as ordens dela, eu girei. Um assobio agudo e alto atravessou o salão. Relanceei por cima do ombro e sorri.

Pelo menos tínhamos um homem que gostava de traseiros na multidão. Eu sabia muito bem que minha bunda era espetacular. Já tinha ouvido isso o bastante do sexo oposto quando me concedia uma rara noite de folga para encontrar um cara que esquentasse meus lençóis.

— Como eu suspeitava. — Madame Alana riu. — Por favor, deixem seus votos para a senhorita McAllister mais uma vez — instruiu.

Fechei os olhos e esperei um pouco, depois voltei a olhar para a tela. Abri um sorriso largo ao ver o resultado.

SIM — 10

NÃO — 15

TALVEZ — 25

— Não vamos nos demorar. Assim como em todos os leilões, começaremos com o lance de três milhões por três anos de casamento com a nossa energética vaqueira, Dakota — Madame Alana disse alto.

Diversas plaquinhas acesas contendo números grandes apareceram, tais quais faróis na multidão. Não conseguia ver muita coisa do que estava anexo às placas, mas meu olhar se concentrou no formato de um chapéu de vaqueiro.

Sorri ao ver aquilo. Se um homem rico usava esse tipo de chapéu, era porque devia possuir algum tipo de propriedade. Talvez ele permitisse que eu trabalhasse no meu próprio rancho entre quaisquer que fossem as atividades pretenciosas que esses tipos esperavam que a esposinha nova deles fizesse.

— E que tal três milhões e meio? — Madame Alana aumentou o lance.

Era isso o que eu queria. Querendo que aumentassem os lances, dei uma voltinha, levantei o braço no ar e fingi montar um cavalo enquanto lançava uma corda para laçar um novilho.

As placas se levantaram no ar.

— Temos três milhões e meio. Que tal quatro?

O Chapéu de Vaqueiro levantou a placa. Número cinco, meu número da sorte.

— Tenho quatro milhões. Temos algum outro licitante disposto a pagar quatro milhões? — ela perguntou para a multidão, mas, infelizmente, nenhuma outra placa se acendeu.

Inferno, mas eu não ligava. Quatro milhões significavam um milhão inteiro a mais do que tinha esperanças de conseguir.

— Vendida para o número cinco!

A multidão bateu palmas com entusiasmo, e eu, sendo a boba que era, chutei o ar e bati os calcanhares das botas como se fosse o Grilo Falante. Fui agraciada com o mesmo assobio de antes, aquele que eu sabia ser, bem no fundo do meu coração, do meu vaqueiro das sombras.

Fiz uma reverência, dobrando a cintura, e apanhei o vestido.

— Pode sair do palco, Dakota. Parabéns. Estão prontos para a nossa próxima candidata? — Madame Alana já passava para o leilão seguinte, que eu sabia ser o da minha irmã.

Embolei meu vestido junto ao corpo e saí em disparada escada abaixo, dando a volta para o outro lado do palco.

Não muito longe da parte de baixo do palco, Jade estava sentada numa poça de tecido preto brilhante. Estava chorando. Tanto Faith quanto

Memphis estavam cuidando dela, por isso, quando vi o grupo olhar para mim, ergui o dedo e corri na direção da minha irmã.

Os olhos de Savannah estavam arregalados, seu olhar percorrendo meu corpo.

— Por que está despida? Pensei que haveria uma segunda parte com o roupão e a revelação. É como a Ruby vai fazer.

— Nem sempre sai como o combinado. — Dispensei a preocupação dela com a mão e falei rápido. — Só queria te contar que fui escolhida e consegui quatro milhões! Isso pode bastar. Talvez eu possa pedir ao meu futuro marido que adiante o resto da quantia para podermos salvar as terras sem que você precise passar por isso? Vale a pena tentar!

Animação jorrava nas minhas veias enquanto eu me apegava à ínfima esperança de que poderia conseguir isso.

Savannah segurou as minhas mãos e inclinou a cabeça.

— Sei que quer me poupar de todo o sofrimento que o mundo venha a me causar, mas isto não é algo de que você possa me salvar. Preciso fazer isto. Por você. Por mim. Pelo nosso avô. Pelo nosso futuro.

Fechei os olhos.

— Mas eu poderia tentar...

Ela pousou os dedos nos meus lábios, interrompendo-me.

— Vamos receber a senhorita Savannah McAllister... — A voz de Madame Alana rompeu nosso momento como um facão cortando uma planta na selva.

As cortinas se abriram e minha irmã soltou minhas mãos.

— Deseje-me boa sorte — disse, depois subiu a escada.

Ela me dava muito orgulho. Lutando pelo que acreditava ser o certo. Arriscando-se e assumindo o controle da sua vida.

Ao mesmo tempo, eu me odiei por não ser capaz de protegê-la.

EPISÓDIO 12

O LEILÃO DE SAVANNAH

Savannah

— Eu sinto muito, Dakota. Vai ficar tudo bem. Vá ajudar Jade. — Gesticulei na direção da mulher chorosa cercada por Faith e Memphis. Dakota cerrou a mandíbula, assentiu e me deixou sozinha na escada. Por um único momento, fechei os olhos, concentrando a cabeça, e inspirei, pensando em todas as possibilidades diante de mim. Eu iria ajudar a salvar o nosso legado.

Legado.

Uma palavra estranha que continha tantas implicações para a minha família. E por família eu só me referia mesmo a Dakota. Ela amava a nossa terra. Adorava sair ainda de madrugada para trabalhar em cada centímetro dela. E eu… eu era ligada aos animais.

Apreciava a vida no campo em boa parte. Todos os dias, era mágico ver a aparente extensão infinita de terreno da nossa propriedade, que chegava até onde a vista alcançava. Mas o que eu mais queria era ajudar Dakota a garantir o que era nosso por direito, desde que nascemos, para as gerações futuras.

Pronta para dançar conforme a música, pus um pé diante do outro. Ao chegar no topo da escada, as luzes me cegaram por um instante. Meu vestido verde-floresta era justo na parte de cima, e o tecido se cruzava no peito, pendendo dos ombros com delicadeza. A saia abraçava minhas curvas naturais, mas se abria na altura dos joelhos. Só me senti mais bonita no dia em que Jarod me presenteou com o anel de compromisso antes de fazermos amor pela primeira vez.

Meu cabelo ruivo estava arrumado em cachos grossos, viçosos e com movimento, e sabia que os holofotes os faziam brilhar. Eu tinha cabelos lindos e corpo em forma de violão, e nunca tive problemas para atrair a atenção do sexo oposto. Jarod, porém, sempre conseguiu estar na frente de quaisquer possíveis pretendentes.

Eu me contive para não tocar o ponto vazio diante do peito onde meu anel costumava ficar pendurado. Minha consultora de moda exigiu que eu o retirasse. Talvez tivesse deduzido seu significado, ou talvez não. De todo modo, retirar o anel foi como jogar fora um pedaço da minha alma.

— Esta noite temos um mimo para vocês, solteiros. A atraente irmã mais jovem McAllister do duo, senhorita Savannah. A nossa querida tem vinte anos, um metro e setenta de cinco de altura e curvas inegáveis.

Parei no X e apoiei as mãos nos quadris com leveza, como tinha praticado no espelho da coxia. A pose acentuava meu formato de ampulheta.

— A senhorita Savannah ama os animais e estuda na Universidade Estadual de Montana. É bem versada no funcionamento de seu rancho e ama cavalgar e passar os dias cercada pela natureza. Vamos começar avaliando o interesse dos pretendentes. Por favor, deem seu voto para a nossa adorável garota.

Joguei meus cabelos por cima do ombro e virei de lado, depois arqueei as costas, mostrando o volume do decote e empinando a traseira.

O salão ficou em silêncio e ouvi Madame Alana rir com extravagância. Virei-me e percebi que os votos tinham sido revelados numa tela grande atrás de mim. Nossa Senhora!

SIM — 35

NÃO — 2

TALVEZ — 13

Sorri diante do resultado positivo, animada por tantos solteiros elegíveis quererem uma oportunidade de ter a minha mão em casamento. Nunca na vida senti tamanha descarga de adrenalina motivada pelo orgulho. Virei a cabeça sobre o ombro num movimento rápido e acenei com os dedos para a multidão com um largo sorriso. Os assobios e aplausos encheram o salão e se tornaram ensurdecedores.

— Ora, ora, parece que temos um salão animado! Minha cara Savannah, acredito mesmo que este seja um recorde de licitantes interessados. — Deu uma batidinha no queixo. — Será que preciso mesmo abrir esse lindo pacote ou podemos começar os lances agora? — ela falou de mansinho, pronunciando as palavras de um modo provocativo que eu jamais, nem em um milhão de anos, seria capaz de imitar.

Os homens começaram a bater os punhos das mesas e os pés no chão. Isso me fez lembrar de um rodeio em que fui lá na minha cidade. Só que, neste cenário, o touro era eu.

Cerrei os dentes e deixei esse pensamento ruim desaparecer. Em vez disso, estiquei a coluna, fiquei bem aprumada e encarei a plateia de frente. Nunca deixei que um desafio levasse a melhor, quer fosse uma prova difícil, quer fosse ajudar Dakota a amansar um cavalo teimoso. Arranjar o máximo de dinheiro possível a fim de resguardar o legado de nossa família era o desafio mais importante da minha vida. Eu não fracassaria. Dakota tinha assegurado quatro milhões no leilão dela; eu queria igualar ou superar esse número.

Madame Alana deu de ombros, como se não tivesse uma única preocupação no mundo.

— A multidão se pronunciou. Vamos erguer essas placas. O lance inicial, como sempre, é de três milhões por três anos. Por favor, ergam suas placas se estiverem interessados em ter a mão da senhorita Savannah McAllister.

Um mar de números iluminados explodiu ao longo de toda a multidão obscurecida. Agora eu conseguia ver silhuetas, alguns homens de pé nas mesas mais altas e outros sentados numa longa fileira de cadeiras, mas eu não conseguia distinguir nenhuma das feições.

Exceto por um.

O número cinquenta.

O homem segurava a placa acesa diretamente em frente do rosto. Poderia ter parecido assustador, como quando estive em um acampamento durante o ensino fundamental, contando histórias de terror ao redor da fogueira com uma lanterna apontando para o rosto. Só que o modo com que ele segurava a placa iluminava suas feições como se ele fosse a estrela mais brilhante no céu noturno.

Ele era dourado.

Pele bronzeada. Cabelos loiro-escuros ondulados, que ultrapassavam um pouco os ombros, e olhos penetrantes, que pareciam invadir minha fachada de coragem, chegando em cheio na menina assustada que havia dentro de mim.

Madame Alana foi chamando números, mas eu não prestei atenção. Toda a minha concentração foi tomada pelo deus dourado.

— Temos seis milhões? — Ouvi, por fim, Madame Alana anunciar.

— Seis? — perguntei num rompante, voltando ao presente. — O que aconteceu com o quatro e o cinco? — arquejei, pressionando a mão ao peito.

Madame Alana riu com vontade, assim como muitos dos solteiros da plateia, mas não o senhor Dourado. Seu olhar intenso não vacilou, como se estivesse me chamando para seu vórtice hipnotizante, mantendo-me prisioneira. Desafiando-me a desviar o olhar.

Desafio aceito.

Lambi os lábios e retribuí o que recebia dele, forçando um poço de autoconfiança, que eu raramente buscava, a subir à superfície. Levando as mãos aos quadris, joguei o corpo à frente, propiciando à plateia uma vista atrevida do topo dos meus seios fartos enquanto soprava um beijo para o senhor Dourado.

— Meu Deus — Madame Alana exclamou quando os lances aumentaram.

Ainda assim, meu foco permaneceu naquele único homem.

No fim, as outras luzes foram desaparecendo até restar apenas uma acesa.

A do senhor Dourado.

A voz de Madame Alana ficou mais alta, e eu a ouvi declarar:

— Vendida. Por oito milhões de dólares para o solteiro de número cinquenta.

Dei um largo sorriso e fiz uma leve mesura animada.

O senhor Dourado finalmente riu, e fui tomada pela sua beleza. Mechas onduladas de cabelos dourados, olhos que pareciam castanho-esverdeados e uma leve combinação de barba e bigode que acentuava os lábios que, de repente, quis beijar.

Recuei, chocada — a mesma reação física que tive no passado diante do interesse de outro homem. Só que, desta vez, eu não recuaria. Iria em frente, andando até o altar, por assim dizer, para me casar com o senhor Dourado.

E não com Jarod.

Não com o homem a quem amei desde que descobri o que era o amor romântico.

Um desconhecido.

Um lindo desconhecido de pele dourada disposto a pagar oito milhões de dólares por um casamento arranjado de três anos comigo — uma mulher que ele acabara de ver pela primeira vez.

No que foi que eu me meti?

O arrependimento se digladiava com a empolgação de ter conseguido uma soma tão grande.

Oito milhões de dólares.

Era uma quantia tão absurda que nem parecia real. Ainda que fosse um dinheiro de que eu precisava desesperadamente, a fim de fazer o que me propus fazer aqui. Salvar a fazenda. Proteger a terra das mãos gananciosas dos nossos vizinhos. Comprar a parte do meu pai para que a terra continuasse na família pelas próximas gerações. Assim como nosso avô, que trabalhou até os ossos durante toda a sua vida. Se ele pôde dar tudo de si, eu também podia.

Três anos não eram nada considerando-se tudo.

Encarei o meu futuro marido da melhor maneira que consegui e rezei para que ele fosse tão bondoso quanto o olhar que sentia cravado no meu.

— Obrigada, Savannah. Pode deixar o palco — declarou Madame Alana.

Acenei como uma boba para a multidão e me virei para onde sabia que meu futuro marido estava sentado. Conseguia sentir o olhar dele percorrendo meu corpo como se me marcasse.

Um calor se espalhou pela minha pele e meu coração acelerou dentro do peito. Tinha acabado de ser leiloada e vendida para o maior lance, bem semelhante ao gado que vendíamos em casa.

Assim que ambos tivéssemos assinado nas linhas pontilhadas... o senhor Dourado seria o meu dono.

EPISÓDIO 12B

VINTE MILHÕES DE DÓLARES
(CENA BÔNUS)

Faith

Eu estava no fim da fila de mulheres e do lindo homem negro que estavam prontos para serem leiloados. Ainda tinha dificuldade em aceitar a ideia de que estava prestes a me colocar, voluntariamente, na posição de ser leiloada por milhões de dólares, a fim de me tornar a esposa de algum ricaço por três anos. Não importava quantas vezes dissesse a mim mesma que aquele era o meu último recurso, minha *salvação*, tudo aquilo me assustava pra caramba.

Estaria eu entrando em outra situação ruim? Trocando um problema por outro?

Cerrei os dentes e balancei a cabeça, endireitando a coluna enquanto encarava a escada que levava ao palco. Observei a fila se mover. Subiram primeiro as duas mulheres sorridentes que chegaram por último ao grupo. Mal tínhamos sido apresentadas durante a prova de figurino, mas elas pareciam experientes no processo, o que devia significar que já tinham sido leiloadas antes.

Meu coração bateu forte ao pensar que, se elas não tinham sido escolhidas antes e esta era a segunda chance delas, ou sabe-se lá quantas vezes tinham tentado, era bem possível eu não receber nenhum lance. Apertei os dentes enquanto mantinha minha posição atrás da vaqueira ruiva chamada Savannah. Ela parecia meiga e tinha um ar de inocência que, eu temia, poderia ser arruinado depois que ela passasse por aquilo.

Eu? Já estava arruinada.

Por mais que temesse me vender em casamento, ainda mais ao considerar que poderia acabar com um parceiro ruim, eu temia muito mais a alternativa a isso.

Ficar presa ao diabo em pessoa em Vegas.

Logo depois que Dakota passou pela cortina para subir no palco, uma comoção do outro lado do cômodo invadiu meus pensamentos.

Jade descia a escada, segurando com as mãos o vestido que se embolava ao redor das pernas. Isso não adiantou em nada, porque, ao chegar ao fim da escada, um dos saltos se enroscou e o corpo dela se arqueou e foi catapultado para a frente, os braços se abrindo enquanto os joelhos se chocavam no chão.

— Ai, meu Deus! — Disparei na direção dela sem nem pensar direito.

— Jade! — Memphis, o único homem do nosso Clube de Candidatos, exclamou, seu corpo pesado seguindo com rapidez logo atrás de mim.

A linda e delicada mulher cobria o rosto com as mãos e tinha a cabeça voltada para o peito enquanto soluçava fazendo barulho.

— Meu Deus, mulher, o que aconteceu? — Memphis se ajoelhou ao lado dela e tocou seu ombro. Ela se retraiu de pronto, afastando-se dele.

— Vai embora! Vocês dois, vão embora! — gritou, com lágrimas escorrendo pelo rosto.

— Jade, querida, você tem que nos contar o que aconteceu. Você se machucou? — perguntei com gentileza, agachando o máximo que o meu vestido de grife permitia. O veludo não cedia muito, mas fiz o que pude para me aproximar, segurando o punho dela para afastá-lo do rosto. — Ei, estamos aqui para te apoiar. Fale com a gente — insisti.

— Foi horrível — ela se lamentou, enxugando as lágrimas à medida que caíam.

— O leilão? — Ignorei meu próprio medo.

Ela assentiu.

— E-eu... Pediram de uma vez à plateia que indicasse se estavam interessados e... e... eu... Só alguns disseram sim.

— Alguns já é uma coisa boa — tentei acalmá-la.

O rosto dela se crispou numa expressão de total infelicidade que me era muito familiar. Basicamente porque vi essa expressão no reflexo do meu rosto mais vezes do que gostaria de admitir.

Viver era difícil. Confuso. Complicado. E, às vezes, é tudo isso junto ao mesmo tempo para alguém.

Jade balançou a cabeça.

— Você não entende. — Ela soluçou em meio às lágrimas. — Quando você recebe só alguns votos, ela te faz tirar o vestido. Ali mesmo, no palco. Eu... eu não consegui. Sabia que isso ia acontecer, e era para eu fazer o que ela pedisse, não importava o que fosse, mas tinha me preparado para a segunda rodada. Se não recebêssemos um monte de votos, iríamos para uma segunda rodada e *todas* sairíamos juntas de roupão para mostrar a mercadoria. A segurança de estar num grupo, sabe? Eu estava preparada para fazer isso em conjunto. Pelo menos achei que estava.

Memphis esfregou a braço de Jade, do ombro ao cotovelo, e ela permitiu dessa vez.

— Está tudo bem. Se você não estava à vontade, fez o que era certo.

— Não, eu meti os pés pelas mãos. Quando ela me pediu para tirar o vestido, eu só fiquei encarando a plateia, e meu corpo inteiro pegou fogo. Comecei a chorar e não consegui me controlar. Não consegui impedir meu corpo de tremer como um pintinho na chuva. Foi humilhante. Foi aí que alguns deles começaram a berrar comigo, falando para eu tirar a roupa de vez ou descer do palco. — Ela sugou o lábio inferior como se estivesse se esforçando para conter outro colapso. — Madame Alana fez com que saíssem acompanhados pelos seguranças, mas...

— O estrago já estava feito. Entendo. E o que aconteceu depois? — perguntei com suavidade, sem querer assustá-la.

Ela levantou a cabeça. Seus olhos amendoados estavam vidrados, como obsidianas lustradas à perfeição. O narizinho estava vermelho e escorrendo. O tom oliva da pele parecia fantasmagórico e ela tremia.

— Eu só corri. Fugi. — Ela se engasgou em meio aos soluços. — Eu... eu... precisava disto. Precisava encontrar um marido. Um que eu escolhesse! Um que fosse escolha minha! — Ela cerrou os punhos, e os nós dos dedos ficaram brancos pelo esforço. — Antes que... — A voz dela falhou, e ela abaixou a cabeça de novo, limpando o nariz com o dorso da mão. — Nunca vou conseguir escolher — sussurrou de modo misterioso.

Entendi o medo dela mesmo sem saber exatamente a que ela se referia. Jade era como eu. Reservada, que mantinha a vida pessoal para si. Sabíamos os motivos por que Memphis, Dakota e Savannah estavam ali, mas Jade e eu tínhamos assumido uma abordagem de não falar nada para não ter que mentir.

— Talvez você possa entrar no fim da fila e tentar no final? — sugeri, enquanto Dakota vinha descendo os degraus de trás do palco.

O vestido de Dakota estava embolado nas mãos, e ela só vestia a lingerie cor de berinjela e, para meu choque, as botas de caubói. Se eu não estivesse cuidando de Jade, teria gargalhado de verdade ao me deparar com aquelas botas, ainda mais por estarem tão deslocadas ali. Dakota era alguém que passei a admirar no curto espaço de tempo em que ficamos juntas. Ela não estava nem aí. Deixou bem claro que o único motivo de estar nessa era salvar as terras dela. Eu apreciava essa garra e determinação. Ela tomara uma decisão sobre a vida dela e foi em frente.

Era exatamente isso que eu também me esforçava para fazer. Se fosse escolhida, estaria um milhão de passos mais próxima desse objetivo. Tecnicamente, três milhões mais próxima.

Dakota franziu o cenho ao ver Jade, mas levantou um dedo como se indicasse que voltaria em um momento. Correu de volta até o início da fila, onde a irmã aguardava com paciência no alto. Eu não fazia a mínima ideia do que estava acontecendo. Parecia que a merda tinha batido no ventilador, e eu só queria acabar de vez com tudo aquilo. Começar a contagem regressiva dos meus três anos e tocar a vida.

— Não se preocupe, Jade. Fico com você. — Memphis passou um braço ao redor dos ombros dela, puxando-a contra seu peito, e ela se agarrou a ele.

Ela ofegou e chorou mais ainda.

— Não, você tem que ir... — disse, rouca, mas não parava de chorar contra o impressionante peitoral dele.

— Não, haverá novas oportunidades. Está tudo bem. Estou aqui com você — ele murmurou com doçura.

— Vamos receber… a senhorita Savannah McAllister… — Ouvi a voz de Madame Alana através do sistema de som.

Merda. Merda. Merda. Eu tinha que ir. Meu lugar era logo depois de Savannah.

— Eu… sinto muito. — Engoli em seco. Queria ficar, mas tinha que ir. Tudo o que eu tinha estava por um fio. Aquele era meu último esforço desesperado de tentar virar o jogo para mim e para aqueles que eu amava.

— Vai! Vai! Eu fico com ela — Memphis insistiu.

Olhei para trás, para a escada que dava para o palco.

Minha vida inteira estava prestes a mudar.

Tinha que mudar.

Por mais que desejasse ser o suporte de outra mulher num momento de dificuldade, a minha situação também era difícil, e a questão não era apenas sobre mim. Eu tinha obrigações com outras pessoas que contavam com o meu sucesso.

— Sinto muito, Jade. Vai ficar tudo bem. Eu te ligo — disse sem graça, virei-me e corri na direção das escadas, parando no topo, onde esperei com paciência.

— Em seguida, temos a incrivelmente espetacular Faith Marino — anunciou Madame Alana através do sistema de som.

Inspirei fundo uma última vez e soltei o ar antes de alisar o veludo do vestido. Aprumei os ombros, ajeitei a postura e entrei no palco com graciosidade, mostrando um sorriso ensaiado estampado no rosto.

— Faith Marino tem vinte e quatro anos, um metro e setenta de altura. É habilidosa com jogos de cartas, sabe cozinhar autênticos pratos italianos e adora caminhadas na praia e ficar na cama nas tardes de domingo.

Os dois primeiros fatos eram verídicos. A praia e o ficar na cama foram mentiras descaradas de Madame Alana. Nunca mencionei isso, mas fiquei com as mãos nos quadris e virei de leve de um lado a outro, garantindo as poses mais atraentes possíveis.

— Dê uma voltinha para eles, querida — sugeriu Madame Alana.

Fiz como ela pediu e andei até a frente do palco, com um balançado sexy dos quadris que pratiquei na frente do espelho uma centena de vezes antes. Cheguei à marca que me disseram que estaria no chão e encarei o público como se fosse pôr os olhos no meu Príncipe Encantado.

Um calor se espalhou pelo meu peito, entrando em cheio no coração, envolvendo-me com uma sensação de paz e tranquilidade.

De segurança.

Arfei quando a sensação se prolongou, fazendo meu coração acelerar no ritmo intenso que eu costumava sentir antes que algo bom ou ruim acontecesse.

Madame Alana fez um comentário, mas não prestei atenção, meu foco todo centrado num único ponto na plateia escura. Ali no meio, havia um homem prestes a me tornar sua esposa. Eu o sentia quase tão completamente quanto sentia o ar acariciando minha pele.

Um zunido pareceu reverberar em meio à plateia. Relanceei sobre o ombro e vi a tela grande se acender, mostrando as pessoas interessadas em dar lances por mim. Mais do que eu poderia ter esperado.

Minha mente voava longe com a possibilidade de aquilo estar de fato acontecendo. E foi aí que Madame Alana me pediu para tirar o vestido.

Sem hesitação, estiquei as mãos para trás e desci o zíper do corpete rígido. O vestido deslizou por meus quadris e minhas pernas, empoçando-se aos meus pés.

Ouvi um rosnado emanando da plateia e, em seguida, uma voz retumbante, educada, com um leve sotaque dizer alto:

— Vinte milhões de dólares.

EPISÓDIO 13

O LEILÃO DE FAITH

Joel

Eu não conseguia acreditar que tinha permitido que os gêmeos me convencessem daquilo. O Leilão de Casamentos. O conceito como um todo parecia absurdo e, no entanto, lá estava eu, sentado assistindo aos homens em quem mais confiava neste mundo dando lances por mulheres que nunca tinham visto e com quem planejavam se casar. O único motivo de eu ter concordado em vir para este circo foi já estar em Vegas para uma reunião com a equipe do meu resort.

A decisão de abrir mais uma unidade na Cidade dos Pecados tinha sido um empreendimento arriscado desde o início. Os meus resorts eram conhecidos pelo seu estilo luxuoso do Mediterrâneo e, mais especificamente, pelo cenário litorâneo até onde a vista alcançava. Por esse motivo, eu tinha resorts ao longo da costa europeia, bem como na África, na América do Sul e nas ilhas do Caribe. Mas minha falecida esposa sonhava em inaugurar um nos Estados Unidos. Mais especificamente em Las Vegas.

Las Vegas era um buraco. Ar seco. Sol escaldante sem esperança nenhuma de alívio na maior parte do ano. E o pior — sem oceano. Vivi e respirei o ar marítimo por toda a minha vida e continuaria a fazer isso até o dia em que morresse. Não havia nada que me centrasse e tranquilizasse mais do que o mar. Por essa razão, todos os meus resorts estavam sempre cheios até a capacidade máxima. Contudo, por algum motivo, meu amor, minha *Alexandra*, adorava esta cidade. Em homenagem a ela, escolhi abrir um aqui. Iniciamos as obras há três anos, no primeiro aniversário de sua morte. O Alexandra estava em sua fase final de construção e seria aberto ao público em algumas semanas. Agora, durante este leilão, estava recebendo uma centena dos nossos hóspedes mais frequentes para testamos os sistemas e ajustarmos tudo à perfeição.

Assisti chocado quando Nile Pennington, o solteiro mais cobiçado de Londres, pressionou o botão "SIM" para uma loira alta e delgada chamada Ruby. Seu irmão gêmeo, Noah, ficou apertando o botão do seu controle repetidas vezes para também demonstrar seu interesse.

Pela mesma mulher.

— O que vocês estão fazendo? — sussurrei conforme o controle de Nile se acendia como um farol em sua mão.

— O que acha que estamos fazendo? Mostrando nosso interesse em receber a mão da adorável Ruby Dawson — sibilou Noah. — Só que o meu maldito controle não está funcionando! — Acenou para um atendente que estava de pé no fundo do salão.

O lugar era estranho. Um espaço parecido com um anfiteatro em forma de meia-lua acomodava pelo menos cinquenta solteiros e mais umas vinte mulheres. As luzes na plateia eram muito baixas enquanto o palco era iluminado por holofotes. Madame Alana, uma mulher na casa dos quarenta ou cinquenta anos, permanecia de pé num púlpito e leiloava casamentos arranjados com base apenas em nomes, algumas informações e a garantia de três anos de compromisso. Pela bagatela de um milhão por ano, três no total, se o arrematante garantisse o lance mínimo. No entanto, o primeiro passo era demonstrar interesse. Em seguida, a candidata sendo leiloada sairia do palco e depois voltaria para o desfile de lingerie. Contudo, ao ver a tela gigantesca se acender para mostrar o número dos interessados, soube que a situação ficaria interessante. Ao que tudo levava a crer, Nile não era o único além de seu irmão gêmeo que queria a beldade loira, mas outros membros da plateia também demonstraram interesse.

— Meu controle não está funcionando — Noah reclamou para o atendente.

O estoico homem meneou a cabeça.

— Lamento, senhor Pennington. Como está ciente, por meio das informações fornecidas antes do evento, as candidatas podem vetar indivíduos dos seus leilões. Esta candidata em particular o desqualificou de participar do leilão dela.

Meu amigo desacreditou.

— O que disse?

— Lamento profundamente. No entanto, ainda temos outras adoráveis candidatas esperando para subir ao palco. Talvez essas o agradem. — O atendente deu as costas e voltou para seu lugar junto à parede.

Nile deu um largo sorriso.

— Lamento profundamente de fato, irmão. Você não garantirá a mão da bela Ruby. Ela será minha e somente minha. — Nile acenou com a sua placa de número treze para o irmão.

— Eu te odeio — grunhiu Noah. Era a primeira vez que o ouvia dizer essas palavras para o irmão e na qual acreditei de fato. Os irmãos Pennington eram competitivos demais. Imagino que ter o rosto idêntico e bolsos fundos acentuasse esse sentimento. — Ela é perfeita. — Noah sussurrou com um tom carregado de tristeza e uma pontada de raiva.

Nile olhou bem dentro dos olhos do irmão.

— Sei disso. E é o motivo pelo qual a tornarei minha.

— Não faça isso — falou Noah, numa voz grave que provava como aquilo o estava afetando.

Nile o ignorou. Em vez disso, sorriu largamente e balançou a placa diante do rosto do irmão.

Noah se levantou de supetão, deixando a cadeira cair para trás no chão.

— Você vai se arrepender disso — ladrou Noah.

— Duvido muito. — Nile se recostou e apoiou o tornozelo no joelho da outra perna. Em seguida, no tom mais atrevido possível, disse uma única palavra para seu gêmeo. — Xeque-mate.

Noah grunhiu baixo, abotoou o paletó e saiu do salão em disparada.

O evento continuou com uma bela asiática que acabou saindo correndo do palco banhando-se em lágrimas quando lhe pediram que tirasse o vestido. Compreendia seu medo. Eu mesmo não gostaria de ser encarado numa sala escura repleta de espectadores que não conseguia enxergar. Uns dois licitantes arruaceiros gritaram obscenidades e, no fim, foram retirados pelos seguranças. E, por dentro, aplaudi Madame Alana por essa postura. Pelo menos sabia que ela cuidava das mulheres do seu leilão.

A candidata seguinte foi arrematada por um caubói, que garantiu a loira-acobreada que parecia tão deslocada que tive vontade de rir. A mulher tinha caído no palco, pediram-lhe que tirasse o vestido e ela ficou desfilando num par de botas de montaria. Divertido, mas um lembrete de que esse tipo de evento não era para mim. Já desinteressado no leilão, bocejei e voltei minha atenção ao celular, para ver se estava tudo bem com Penny. Minha mãe estava sendo teimosa como sempre em suas opiniões a respeito de minha filha. Dessa vez, foi uma sequência de mensagens malditas, regurgitando tudo o que ela vivia repetindo nos últimos quatro anos, desde que me vi com uma filha de apenas um ano para criar sozinho.

Ela precisa de uma mãe, Joel. Eu não posso ser isso para ela. Penny merece uma jovem com quem possa correr, pular e brincar. Alguém que possa estar com ela o tempo todo. Uma mulher na qual se espelhar. Alguém para amar e que a ame.

Suspirei quando a candidata seguinte foi anunciada. Uma ruiva atordoante chamada Savannah. Admirei as curvas acentuadas da mulher na esperança de que minha libido voltasse. Involuntariamente, mantive-me celibatário desde a morte de Alexandra. Nem ao menos dispensara um pensamento para o sexo oposto ou para o ato físico, para falar a verdade, em quatro longos anos. Minha atenção ficou centrada apenas nos negócios e em fazer minha filha o mais feliz possível. Embora não pudesse negar que me sentia solitário. Sentia falta do calor que uma mulher trazia à minha vida.

Todas as noites, dormia numa cama fria. De manhã, tomava café sozinho. Participava de eventos sozinho porque o convite extra não era necessário. Quando Alexandra morreu, levou consigo a minha felicidade. Sou apenas a casca de um homem desde que a perdi.

Cerrando os dentes e os punhos, tentei dispensar o lembrete negativo de que estava só e que continuaria assim quando saísse dali naquela noite, assim como em todas as outras noites. Soltei o ar, devagar, cansado, e relanceei para a direita, onde o amigo norueguês grande e desajeitado de Noah dava um lance para a ruiva provocante. Eu o tinha visto algumas vezes. Erik Johansen. Pelo que me lembrava, ele estava no ramo cervejeiro, enquanto Nile era conhecido por seus vinhedos e suas composições musicais; seu gêmeo Noah, pelas boates.

Pisquei surpreso quando a ruiva foi vendida para Erik por uma quantia assombrosa de dinheiro, mas não ousava julgar. Minha Alexandra não tivera preço. Eu teria dado toda a minha fortuna para ter só mais uma noite com a minha amada.

Outro alerta do meu celular, e li a mais recente sequência de mensagens da minha mãe.

Você também merece ser feliz, meu filho. Alexandra lhe disse para voltar a amar. Dar uma mãe para a filha dela. Você está fazendo um desserviço a ela e à memória dela, assim como para Penélope. Tenho algumas lindas mulheres gregas para apresentar a você quando estiver de volta. Por favor, concorde em conhecê-las.

— Em seguida, temos a incrivelmente espetacular Faith Marino — anunciou Madame Alana.

Estava prestes a responder à minha mãe quando levantei o olhar e fui agraciado com a visão de um anjo de carne e osso.

Uma deusa num vestido de veludo azul.

Minha boca secou conforme encarava a criatura mais atordoante na qual já depositara os olhos. Minha Alexandra era linda. Nunca antes havia visto uma mulher mais linda que minha esposa. Até agora.

Aquela mulher me deixou sem ar.

Olhei boquiaberto enquanto Madame Alana dava alguns detalhes sobre ela que nem sequer ouvi. Minha audição me abandonou junto à capacidade de respirar. Uma constrição envolveu meu peito como um torno apertando meu coração.

A mulher, Faith, andou até a beira do palco e ergueu o olhar.

Olhos azul-claros, da exata cor do mar em meu lar, a Grécia, cumprimentaram-me.

Na mesma hora, meu pau ficou duro dentro das calças.

Eu a queria.

Queria com uma ferocidade que não sentia desde o dia em que conheci Alexandra.

Minhas palmas suaram, e uma energia nervosa, antecipatória, encheu minhas veias enquanto fitava a beldade no palco. Ela era alta e magra, mas tinha um corpo de violão. De imediato, uma imagem das minhas mãos envolvendo aqueles quadris deliciosamente arredondados fez com que meu coração acelerasse e a minha masculinidade latejasse dentro das calças. A pele dela era dourada, uma cor de mel como se tivesse sido beijada pelo sol, e eu desejava com desespero deslizar os lábios por todo seu corpo. E os lábios, meu Deus, eram rosados, pedacinhos carnudos que exigiam a atenção de um homem.

Eu queria devorar aquela mulher por inteiro.

Meu coração se apertou de novo, e um calor se espalhou pelo peito. Sentimentos conflitantes de culpa e desejo rugiram dentro de mim como um trem desgovernado. Foi a mesma sensação que tive ao beijar minha esposa nos lábios pela última vez, logo depois que ela me implorou para que eu reencontrasse o amor.

Naquele momento, soube que meu amor perdido levara aquele anjo para mim. Vivenciei emoções por uma desconhecida, emoções que não sentia há anos. Como se desejo, anseio e excitação estivessem despertando depois de um grande período de hibernação. Eu estava faminto. Repleto até o limite de um desejo tão intenso que me fez tremer.

Suspirei baixo ao apertar o botão de "sim" no meu controle.

Os números se acenderam na tela atrás da deusa no palco, e cerrei os dentes numa fúria súbita e pouco característica que tomou meu corpo e seu entorno como uma névoa perigosa.

sim — 30
não — 5
talvez — 15

Trinta homens queriam o que era meu. Outros quinze estavam abertos à opção.

— Muito bem, uma vez que esta noite tem sido inesperada de uma candidata à outra, mais uma vez deixaremos de lado o plano. Faith, querida, por favor, tire o vestido.

Fiquei de pé, sem nem perceber que tinha feito isso, quando Faith levou os braços às costas e soltou a parte de cima do vestido antes de deslizá-lo pela forma suculenta e deixá-lo se empoçar aos seus pés.

Lá ela ficou em sua lingerie de renda, as pontas rosadas dos mamilos incontidas e visíveis além da taça do sutiã. A calcinha era quase cômica pelo fato de mal existir. Os dois laços que a prendiam nas laterais do quadril não dariam trabalho nenhum para puxar e, assim, chegar ao seu âmago.

Queria matar cada um dos homens do salão por ousarem pôr os olhos na minha futura esposa.

Nile segurou meu punho.

— Joel, se acalme, companheiro. Você está rosnando. Parece disposto a matar alguém.

Minhas narinas inflaram quando levantei a placa, ergui o braço e acendi a luz antes que Madame Alana tivesse a chance de começar o leilão.

— Vinte milhões de dólares — disse, alto o bastante para que todos no salão conseguissem ouvir.

Faith arfou, aqueles incríveis olhos parecendo me encontrar exatamente onde eu estava, com a placa levantada, a luz sendo um *aviso* para qualquer um que ousasse ir contra mim.

Sou podre de rico. Vinte milhões não são nada para mim.

Eu pagaria muito mais para garantir a única mulher que eu sabia, bem no íntimo, ser aquela que Alexandra escolheu para mim.

— Número um, eu ouvi direito? Quer começar os lances com vinte milhões de dólares para assegurar a mão da senhorita Faith Marino?

— Sim.

— Estou ouvindo vinte e um? — A mão de Madame Alana subiu até a garganta, e ela engoliu audivelmente.

Sorri quando um zunido de prazer se espalhou por todo o meu corpo. Era a mesma sensação que tinha quando sabia que estava prestes a conquistar algo que queria. Costumava ser um prédio, um barco ou a escritura de um terreno. Desta vez era uma esposa. Uma mãe para minha filha. Uma mulher disposta a esquentar minha cama.

Uma deusa enviada do céu para mim.

O doce som do silêncio me recebeu enquanto fitava minha futura esposa.

— Logo — sussurrei para Faith, sem que meu olhar a abandonasse uma única vez.

— Vendida por vinte milhões de dólares para o licitante número um — declarou Madame Alana.

Inspirei fundo, deixando que o frisson de adquirir algo que queria *desesperadamente* fluísse por mim, deixando uma sensação presunçosa de vitória. Aquilo era mais delicioso que o mais fino dos vinhos franceses.

Fechei os olhos e deixei que meu coração se enchesse de felicidade.

Obrigado, meu amor, por me trazer esta deusa. Eu a amarei assim como amei você.

EPISÓDIO 14

O CONTRATO DE RUBY

Nile

Trinta minutos antes, durante o leilão de Ruby...

Depois de ajudar meu amigo de longa data Joel Castellanos a se controlar no interior obscurecido do anfiteatro, esperei um tanto impaciente para dar meu lance oficial em Ruby. Como esperado, ela apareceu no palco num roupão de cetim vermelho e numa lingerie deliciosa. Ela enaltecia seus atributos com elegância, mas, assim como Joel, ninguém me superaria. No fim, assegurei a mão dela por belos seis milhões de dólares. Mal conseguia esperar para conhecê-la em pessoa. Assim que ela deixou o palco, pedi licença para ir atrás do meu irmão, Noah.

Uma sensação arrogante de triunfo borbulhava em minhas veias enquanto eu andava a passos largos pelo corredor comprido. Vi Noah em seu terno cinza andando de um lado a outro numa alcova a céu aberto com vista para a Cidade dos Pecados.

Não precisei dizer nada ao chegar. Seus ombros largos se enrijeceram e ele se virou de pronto com uma carranca feroz enfeando suas feições, tão idênticas às minhas. Ergueu a mão e apontou para mim.

— Não foi assim que combinamos! — berrou. Dei um sorriso de superioridade, adorando cada segundo da derrota dele. — Você sabe disso assim como eu. Era para nós dois termos a oportunidade de dar lances pela mesma mulher. O acordo era esse — rugiu.

Não pude conter a alegria que senti ante a mais completa devastação provocada por sua derrocada. Querendo assimilar a satisfação por ter vencido quando meu irmão não foi capaz, cruzei os braços com tranquilidade na frente do peito e me apoiei na grade da sacada, assistindo enquanto ele se enfurecia ainda mais.

— Isto não conta. Não é justo, e você sabe disso.

— Não acha justo? — murmurei, uma torção nos lábios revelando meu prazer por sua agitação escancarada.

Ele parou no meio de um passo.

— Os parâmetros eram bem claros, irmão. Nós dois competiríamos pela mesma mulher. Quem ganhasse e se casasse com ela asseguraria os percentuais adicionais da herança da nossa família.

Noah não estava errado. Tínhamos, de fato, feito um acordo, e eu nunca voltava atrás na minha palavra. Deixar que ele marinasse na sua raiva, por mais divertido que fosse, não era algo palatável em longo prazo. Meu irmão e eu somos gêmeos idênticos. Não apenas irmãos de sangue, mas também companheiros de uma vida inteira. Melhores amigos. A despeito de nossos interesses, trabalhos e desejos distintos, no fim, éramos a pedra angular um do outro. Desde que nossos pais morreram num acidente de trem de alta velocidade quando tínhamos dez anos e fomos deixados aos cuidados de nosso avô, tornamo-nos inseparáveis. Isso não mudou o fato de sermos competitivos além da conta, quase infantis até. E, quando nosso avô por fim faleceu, que sua alma ranheta descanse em paz, no início do ano, ele deixou a cada um quarenta e nove por cento da fortuna da família.

Noah e eu não carecíamos de riqueza. Não *precisávamos* da herança, pois tínhamos, cada um, construído nossos próprios impérios. Todavia, queríamos o poder de barganha e os direitos de nos gabar dos dois por cento extras, a fim de encabeçar as Empresas Pennington. Só que nosso avô era um filho da mãe cheio de artimanhas. Ele exigira que o irmão que recebesse os dois por cento adicionais em jogo na companhia estivesse casado. E, para manter as ações em longo prazo, esse percentual extra da empresa só seria transferido depois que um de nós estivesse casado por um período maior que dois anos. Foi nesse momento que o Leilão de Casamentos veio a calhar.

Meu irmão e eu somos solteiros convictos há muito tempo, passando o tempo com mulheres em encontros sexuais baseados na ocasional necessidade. Não que não quiséssemos, quem sabe, um dia, ter esposas e filhos para levar adiante o bom nome da nossa família. Só éramos homens incrivelmente ocupados. Concentrados em nossas carreiras. Não estivemos em posição de devotar muita atenção à construção de um relacionamento que pudesse um dia se tornar casamento.

O tempo que isso demandaria parecia absolutamente ilógico para mim, embora acredite que Noah tenha refletido mais sobre a ideia de encontrar uma mulher que pudesse amar e adorar. Eu, por minha vez, só procurava uma mulher que pudesse estar ao meu lado, bela e régia, que tivesse conversas inteligentes comigo e com meus associados e gostasse de transar com regularidade. Não esperava que ela trabalhasse, tivesse filhos de pronto ou fizesse qualquer outra coisa que não fosse me apoiar quando eu precisasse. O que mais buscava era uma parceira de vida e para os eventos sociais. E, em troca, a mulher, no caso a gloriosa Ruby Dawson, poderia fazer o que bem entendesse durante o dia, contanto que participasse dos eventos e dormisse em minha cama à noite.

— Eu a quero de verdade, Nile — ele sussurrou, parecendo de fato devastado.

Sorri e arqueei a sobrancelha.

— *Eu sei.* É isso o que faz da minha vitória ainda mais doce. — Tirei os óculos de armação preta, peguei um pano do bolso e limpei as lentes.

— Você vai mesmo dar para trás na sua promessa? Você? — Bateu a mão no peito. — Comigo? — Sua voz falhava de emoção, como se carregasse o gosto ruim da traição.

— Ah, pare com isso. Você sabe que nunca deixo de cumprir uma promessa. — Voltei a colocar os óculos no rosto e o encarei.

— Você nunca fez isso antes — redarguiu, passando a mão pelos cabelos desarrumados.

Eu mantinha os meus bem penteados. Noah gostava de deixar camadas mais longas e selvagens, além da barba por fazer. Uma abordagem mais rústica. Eu? Preferia tudo em condições imaculadas, e isso incluía minha higiene pessoal e a escolha de guarda-roupa.

— Embora considere extremamente cômico o fato de que Ruby Dawson o tenha excluído do leilão, farei um novo acordo com você. Desde que Madame Alana e a senhorita Ruby Dawson, *minha futura esposa*, concordem.

Noah estreitou o olhar, ergueu as mãos e meneou a cabeça.

— Sou todo ouvidos. Vamos ouvir o que tem a dizer.

Contei o plano.

— Fechado. — Ele sorriu, de repente parecendo mais confiante.

Meu peito se contraiu diante de sua felicidade incontida. Fazer Noah feliz me agradava. Por mais que competíssemos sem trégua, queria que o meu irmão tivesse tudo o que desejasse na vida. Ele sentia o mesmo por mim. Éramos tudo o que restava de nossa linhagem, e caminhávamos com frequência no limiar entre amigos e inimigos. Ainda assim, no fim, nós nos amávamos acima de tudo e jamais nos magoaríamos de modo intencional.

Um desafio vencido era uma doce vitória apenas quando a competição era ferrenha.

Eu pretendia ganhar a mão da senhorita Ruby Dawson de forma justa.

Entramos lado a lado na sala de fechamento de contratos e encontramos Madame Alana parada junto a uma mesa de tampo alto. Os longos cabelos loiros de Ruby desciam pelas costas enquanto ela assinava o contrato com um floreio. Não havia hesitação alguma em sua postura. Encostou a caneta no papel, rabiscou o nome e bateu a caneta na mesa.

Sorri, adorando que minha futura esposa fosse valente. Ao tomar uma decisão, atinha-se a ela e a realizava com vontade.

Madame Alana ergueu os olhos e franziu a testa ao me ver com meu irmão.

— Senhoras, temos uma questão a resolver — anunciei, liderando a conversa.

Noah foi direto até Ruby e lhe estendeu a mão.

— Noah Pennington. Você é simplesmente deslumbrante — desembuchou como um amador.

Suspirei baixo.

— Madame Alana e senhorita Dawson, sou Nile Pennington. Sou o homem que deu o maior lance pela senhorita Dawson. Meu irmão, no entanto, foi impedido de fazer ofertas. Ele também gostaria de ter uma oportunidade de escolhê-la como noiva. — Entrelacei as mãos diante do corpo e esperei por uma resposta.

Ruby lambeu os lábios lustrosos e recuou, afastando-se de nós dois. Um indício claro de medo e incerteza. Os olhos azuis estavam tomados de preocupação quando se desviaram para o contrato assinado, depois para meu irmão e para mim, e, por fim, para Madame Alana.

Madame Alana passou o braço pela cintura de Ruby, trazendo a jovem surpresa para junto de si antes de erguer seu queixo.

— Vocês dois querem leiloá-la de novo? — perguntou.

Meneei a cabeça.

— Não. O que gostaríamos que a senhora e a senhorita Dawson considerassem é o seguinte: cada um de nós pagará metade do lance ofertado. Depois, nós dois buscaremos conquistar o afeto dela durante o próximo mês, que antecederá o casamento. No fim, a senhorita Dawson escolherá com qual de nós deseja se casar.

Noah me cutucou.

— Você faz isso parecer uma transação comercial, não uma proposta de casamento — resmungou.

— Isso *é* uma transação comercial. Uma bem custosa, com implicações de longo prazo, e eu a tratarei com a gravidade que merece: desconsiderando sentimentos pessoais. — Encarei meu irmão, implorando em silêncio para que ele se calasse e seguisse o plano.

Noah cerrou os molares e firmou a mandíbula.

— Pretendem cortejar Ruby durante o próximo mês, depois permitir que ela escolha com qual irmão deseja se casar? — Madame Alana ergueu a sobrancelha preta e fina.

Sorri e assenti.

— Exato.

— Isso é bem incomum. — Madame Alana estreitou o olhar, encarando além de nossa competitividade e bravata com seus olhos negros.

— De fato. Mas também não é costumeiro que uma mulher tão incrível chame a atenção de irmãos, quando ambos estão ávidos a cortejar e ganhar a mão de uma beleza tão rara. Você terá um mês repleto de encantos com os quais apenas sonhou, senhorita Dawson. Meu irmão e eu não poupamos nossa fortuna e planejamos garantir que a futura noiva seja tratada com o cuidado e o prestígio dignos de uma verdadeira princesa inglesa.

Madame Alana não disse nada por um longo instante. Um formigamento de antecipação percorria a minha pele, certo de que estávamos prestes a conseguir o que queríamos.

— E ela tem a garantia do montante total conforme acordado no contrato — Madame Alana confirmou.

— Exato — Noah disse. — Eu só quero a oportunidade de competir.

— Por quê? — Ruby perguntou, falando pela primeira vez.

Questionadora. Gosto disso numa mulher.

— Digamos que você nos possuiu no instante em que subiu ao palco esta noite. — Não ousava partilhar os detalhes da nossa competição fraterna ou o montante total da fortuna que apenas o vencedor controlaria.

O acordo não vinha ao caso.

Era o resultado final que justificaria os meios.

— Ruby, permitirei que decida o seu destino. Contudo, solicitarei que dobrem o depósito oferecido caso ela concorde com os termos. É justo que ela receba mais incentivo se deve concordar com circunstâncias tão extraordinárias. E uma comissão em dobro será paga à minha empresa, já que agora existem dois pretendentes.

— De acordo — declarei de imediato. Eu planejava pagar o depósito e a comissão de todo modo.

— Sem problemas — anunciou Noah, sorrindo pela primeira vez.

O olhar de Ruby foi atraído por aquele sorriso, e suas faces coraram antes que ela desviasse os olhos.

Cerrei os molares. Teria que me esforçar para conquistá-la. Noah era um playboy habilidoso. Ele sabia exatamente o que dizer e o que fazer para seduzir o sexo oposto. Eu, em contrapartida, sempre me fiei em atração mútua e numa abordagem franca sobre o que queria quando selecionava uma mulher com quem partilharia a intimidade por algum tempo. Tudo em minha vida era uma transação.

Sexo era necessário tanto para mulheres como para homens. Não era preciso incluir "sentimentos" irritantes, que só tornavam tolos os homens inteligentes e, com frequência, vinham atrelados a uma mulher com o coração partido. Meu objetivo sempre foi o de apreciar as mulheres que concordavam com a minha filosofia. Uma noite, uma semana, um mês de prazer, tudo dentro dos limites de um relacionamento mútuo centrado em desejos carnais e respeito. Por hábito, considero esse tipo de mulher ideal para eventos comerciais, jantares de negócios e encontros artísticos suntuosos, como ópera, inaugurações de galerias de arte e coisas afins. Isso funcionara muito bem no passado. Até nosso avô arruinar tudo e nos forçar a fazer um acordo entre irmãos.

— Ruby, é você quem decide se aceita esses termos — observou Madame Alana.

— Recebo dois depósitos de vocês dois hoje? — O foco dela estava no dinheiro extra, o que, para mim, era bem auspicioso. Ações valem mais que palavras.

— Garota do interior — Noah sussurrou, já hipnotizado pelo sotaque do sul dos Estados Unidos. Ele sempre teve um fraco por sotaques americanos.

— Sim, querida. Eu me certificarei disso — Madame Alana arrulhou como uma mãe para seus filhotinhos.

Aquela dinâmica era bem interessante. A mulher que vendia outras para um casamento arranjado tratava suas candidatas como se fossem mais importantes que a comissão que receberia. Com certeza, fascinante.

— Tudo bem para mim. — Ruby deu de ombros e curvou os lábios numa demonstração nada digna de uma dama.

Eu me retraí, desejando que ela fosse mais refinada e elegante como sua mentora. Embora esses detalhes pudessem muito bem ser ensinados. A senhorita Dawson era bem jovem, e era provável que não tivesse recebido treinamento em etiqueta. Algo que eu resolveria assim que a levasse para casa.

— Peço que ambos assinem os termos como "arrematante". Meus advogados acrescentarão um aditivo detalhando o que foi acordado esta noite. Parabéns, Nile e Noah Pennington. Desejo boa sorte a ambos na conquista do coração da minha Ruby. Deixarei que vocês três decidam os pormenores. — Virou-se para Ruby e segurou o rosto dela entre as mãos. — Você receberá um celular antes de ir embora. Meu número estará nos contatos. Desejo que você me mande mensagens diárias das suas atividades e experiências. Caso se sinta insegura em algum momento, você deve me procurar. Se quiser conversar com uma mulher que saiba pelo que está passando, estarei disponível dia e noite. Entendido, minha querida?

Ela assentiu.

— Obrigada. Obrigada por tudo — sussurrou.

Ficou claro para mim naquele momento que eu não fazia ideia dos motivos pelos quais Ruby Dawson se inscrevera para um casamento arranjado. Conhecer os motivos das pessoas era tudo num acordo comercial bem-sucedido. Mas eu descobriria.

Fui até a mesa e assinei, depois entreguei a caneta a Noah. Ele repetiu o processo.

— Que vença o melhor homem.[5] — Ergui o queixo na mais absoluta confiança, sentindo a euforia de uma nova conquista ardendo na ponta dos dedos.

— Nada disso. — Noah deu um tapa amoroso nas minhas costas, sorrindo como um louco. — Você será o padrinho parado ao meu lado quando eu me casar com Ruby. — Ele piscou.

Balancei a cabeça, e nós dois nos voltamos para a nossa mulher.

— E agora, o que acontece? — Ela estava ereta tal qual uma vara, como a típica garota americana que era. Uma estrela de Hollywood reencarnada.

— Nós a levaremos para nossa casa, em Londres.

---

[5] Em inglês, "the best man" pode significar tanto "o melhor homem" como se referir ao padrinho de um casamento. (N.T.)

EPISÓDIO 15

O CONTRATO DE DAKOTA

Sutton

Nunca em um milhão de anos imaginei que veria Dakota McAllister parada num palco toda arrumada numa roupa sexy que faria meu pau ficar em estado de atenção. E ver a irmãzinha dela ali também... Uau, caramba. Era isso o que nós, do interior, chamamos de dois pelo preço de um. Só que eu não estava ali para dar lances na doce e curvilínea Savannah. Não. Isso seria fácil demais. Além disso, na minha opinião, uma garota de vinte anos mal acabara de chegar à idade adulta. Dakota, por sua vez, era um mulherão. Pernas lindas, longas, abdômen definido, braços fortes e coxas robustas que conseguiam montar um cavalo por horas sem fim eram mais o meu estilo. Gemi com o pensamento carnal de ter aquelas coxas cavalgando a minha cintura enquanto ela empinava em cima do meu pau, gritando meu nome só por causa do prazer orgástico. Era a minha maior fantasia, e estava prestes a torná-la realidade.

Os Goodall e os McAllister não eram desconhecidos. Crescemos juntos. Fazendas vizinhas com uma cerca de madeira firme percorrendo toda a extensão entre as duas propriedades. Só que não era apenas a cerca que nos dividia. Eram gerações de traição, sofrimento e dor. E vejam as McAllister agora. Tão rebaixadas pelo merdinha do pai delas que as irmãs mais cobiçadas de Sandee, Montana, estavam se vendendo para quem desse o maior lance.

Quando fiquei sabendo por um amigo que Madame Alana tinha um grupo interessante de mulheres para o Leilão de Casamentos, não exatamente algo de que muita gente se inteirasse, fiz questão de enviar meus dados para avaliação e segui direto para o aeroporto mais próximo.

Nunca estive em Vegas, mas, quando ouvi que duas vaqueiras ruivas seriam leiloadas e uma delas se chamava Dakota, não demorei muito para ter certeza de que eram Dakota e Savannah McAllister. A história foi tomando forma quando descobri que a jovem Savannah tinha acabado de terminar com o namorado que tinha desde o colégio, o rancheiro Jarod. Aqueles dois eram tão apaixonados que todos na cidade tinham certeza de que ela, assim que voltasse da faculdade, iria se casar com o garoto e teria uns dois filhos e uma vida de fazenda, como cada geração antes da deles. E ouvir a notícia de que a senhorita Dakota estava à venda... Bem, eu não tinha como resistir a essa tentação.

Desde o dia em que pus os olhos nela em cima de um cavalo, quando ela tinha catorze e eu quinze anos, entendi que era ela a mulher para mim. Ela conduzia aquele cavalo como se tivesse nascido numa sela, algo com que eu também tinha afinidade. Quando se é criado numa fazenda, aprende-se bem jovem o que é preciso fazer nela. E, enquanto eu a via cavalgando ao longo da cerca, com os cabelos loiro-acobreados voando na brisa por baixo do seu chapéu Stetson, a bundinha firme no mais delicioso par de jeans Wranglers, as coxas apertando aquela sela... soube, desde então, que era ela. O tipo exato de garota com quem queria envelhecer. Trabalhar na fazenda da família, ter filhos, o pacote completo. Eu era um garoto de quinze anos que se apaixonou à primeira vista. O meu futuro estivera acomodado à perfeição no lombo de um garanhão.

E cem por cento *fora do meu alcance*.

A inimiga da minha família era a mulher dos meus sonhos.

A única mulher que cobicei por mais de uma década sem nenhuma esperança de ter ao menos uma chance de conquistar sua afeição. Tudo por causa dos pecados das gerações anteriores.

De ambos os lados.

Por quê? Porque as famílias estavam em guerra há três gerações. Começando com o meu avô Duke Goodall sênior. Segundo a história, ele estava apaixonado por Amberlynn McAllister, a garota da fazenda vizinha. Eles tinham sido namoradinhos durante toda a época escolar. Mas, quando Amberlynn acabou engravidando de outro homem, meu avô ficou arrasado, com todo o direito. Mesmo assim, estava tão apaixonado que se dispôs a perdoar a traição, assumir o filho dela como seu e se casar com a garota que amava. Só que o pai dela, Earl "John" McAllister, não permitiu que ele se encontrasse com ela. Manteve a filha escondida e impediu todo e qualquer contato com ela. Um dia, ela era a namorada do meu avô e eles pensavam em ter um futuro juntos, e, no seguinte, ela estava grávida, sendo forçada a se casar com um dos parceiros comerciais do pai dela. Amberlynn fez pouco do amor deles, o que levou Duke sênior a não querer mais nada com os McAllister ou com qualquer pessoa ligada à fazenda deles. Esse foi o ano em que a rixa começou. E só foi piorando a cada geração.

Isso se estendeu durante décadas, conforme as duas famílias se tornaram rivais na compra de rebanhos, negociações de cavalos, acordos comerciais e tudo o que isso envolvesse.

A rixa cresceu e só piorou quando meu pai, Duke Júnior, começou a sair com uma doce garota chamada Carol Lincoln, que morava do outro lado da cidade. Estavam namorando havia um ano quando Everett McAllister, neto do velho Earl "John" McAllister, roubou Carol do meu pai. Cortejou-a sem trégua até ela ceder à lábia dele, largando meu pai para se casar com Everett, o homem que logo se tornaria pai de Dakota e Savannah. Meu pai ficou tão furioso por a história ter se repetido que jurou fazer o que fosse possível para assumir as terras dos McAllister e expulsá-los de vez de Sandee.

Até hoje, décadas depois, meu pai guarda rancor. O que significa que eu teria que me virar para convencer minha família a aceitar Dakota como minha futura esposa. Mas, primeiro, precisava que ela assinasse o contrato sem me encontrar e, depois, conquistá-la. Dakota e eu não nos víamos há vários anos, pois eu vinha viajando o país travando negócios e estabelecendo conexões para a fazenda. Mesmo assim, logo que pusesse os olhos em mim, ela acabaria me reconhecendo, e a merda seria atirada no ventilador. Ela jamais assinaria o contrato se soubesse que Sutton Goodall, seu rival, integrante da família que tentava comprar a fazenda dela, estava do outro lado do acordo. Eu tinha absoluta certeza de que o único motivo pelo qual ela estava se vendendo, tomando medidas tão drásticas a fim de garantir muito dinheiro de modo rápido, era uma tentativa de salvar a fazenda. A mesma fazenda que o pai dela continuava a afundar numa dívida incomensurável.

Fui até a sala de assinatura do contrato designada para mim para a parte contratual da noite. Madame Alana saiu de uma porta mais no fim do corredor e se aproximou de mim com um sorriso.

— Senhor Goodall, que bom conhecê-lo pessoalmente. — Ela me ofereceu a mão.

— O prazer é todo meu. — Segurei a mão dela com ambas as minhas, sorrindo de modo caloroso.

Ela ergueu o queixo com elegância e cruzou as mãos diante de si.

— Vamos, então? Sei que sua noiva o aguarda do outro lado desta porta.

Inspirei pelos dentes e inclinei o chapéu.

— Bem, há um problema. Assim que eu entrar, existe uma grande possibilidade de que ela não assine o contrato.

As sobrancelhas finas de Madame Alana se uniram.

— Não sei se estou entendendo.

— Dakota e eu… nós temos um passado. Gostaria que você garantisse que ela assinasse o contrato antes da minha entrada.

O belo sorriso dela desapareceu, e os lábios se torceram numa linha firme e reta.

— Eu não coajo candidatas a assinarem contratos de casamento, senhor Goodall.

Abanei a mão.

— Claro, entendo isso. Acredite em mim, eu entendo. Contudo, se compreendi corretamente todo o material que forneceram, cada uma delas teve a oportunidade de excluir um indivíduo caso não desejasse se casar com ele. Está correto?

Ela ergueu o queixo como se pensasse a respeito dos termos específicos que nós, os solteiros, tivemos que aceitar para participar do leilão. Era um acordo bem extenso e detalhado.

— É verdade. Ela teve a oportunidade de excluí-lo, baseando-se apenas na sua foto.

Abri um sorriso amplo e tirei o chapéu.

— Bem, eu gostaria de surpreender minha noiva. E, já que ela não me excluiu, não deveria haver nenhum problema em surpreendê-la.

Observei Madame Alana contrair a mandíbula.

— Parece-me que está escondendo algo, senhor Goodall — disse ela sem emoção.

Sorri.

— Isso só cabe a mim saber e à minha noiva descobrir. — Pisquei.

— Muito bem. Aguardo sua presença em cinco minutos — disse da maneira altiva que eu aprendera a esperar desses tipos audaciosos. Ela caminhou até a porta e a fechou atrás de si.

Esperei uns bons oito minutos antes de entrar com o chapéu e a cabeça abaixada. Fui direto para a mesa sem sequer relancear para as duas mulheres. Peguei a caneta que estava ali, notei a assinatura dela rabiscada na parte designada para a candidata e acrescentei a minha no espaço alocado para o arrematante. Em seguida, peguei o documento, dobrei-o e, por fim, ergui a cabeça ao entregá-lo à Madame Alana.

Ela o aceitou e nos encarou com frieza, como se estivesse esperando que algo acontecesse.

Alguns segundos se passaram antes de anunciar com graciosidade:

— Deixarei que se conheçam agora. — E saiu da sala.

O olhar de Dakota ao me observar era como duas poças de chocolate derretido. Eu não disse palavra alguma ao tirar meu chapéu Stetson e deixá-lo na mesa, permitindo que ela me visse por inteiro.

— Olá, esposa — murmurei, apreciando cada centímetro do corpo esguio dela. O vestido roxo abraçava as curvas atléticas à perfeição, destacando uma mulher que já era linda, tal qual o veludo negro enaltece anéis de diamante numa caixinha. E, naquele vestido, ela sem dúvida reluzia como uma pedra preciosa.

Em questão de segundos, incontáveis emoções se apresentaram numa exibição turbulenta de expressões. A boca despencou de pura surpresa antes que ela empalidecesse pelo que eu presumia ser medo. Em seguida, assisti com deslumbre crescente a seus olhos cintilarem enquanto as faces coravam num tom rosado e lindo que se espalhou pelo peito e pelo colo.

Fúria.

Raiva.

Ódio.

Todos esses três sentimentos se espalharam pelas feições excepcionais, até que, de repente, o braço dela se arqueou para trás e o punho dela avançou, acertando-me no queixo com tanta força que cambaleei para trás.

— Como se atreve?! — ela rugiu enquanto eu esfregava a mandíbula, por onde um ardor que se espalhava. A mulher tinha um tremendo gancho de direita. Mike Tyson teria se orgulhado.

Ergui as mãos.

— Dakota... querida...

— Não me venha com nenhum *querida*, seu filho da mãe! — Arreganhou os dentes com escárnio e me empurrou com as mãos.

Mais uma vez, recuei alguns passos, mas ela continuou a se aproximar até me deixar contra a parede.

Sua raiva justificada não perdia nada para a imagem de um inferno de fúria sendo contido por uma caixa de aço impenetrável.

Ela era magnífica.

A alma dela era ardente.

E eu estava vendo tudo de camarote.

Era de tirar o fôlego.

Apreciei a beleza dela por um segundo antes de capturar os dois punhos com uma mão e a cintura com a outra. Virei, usando meu corpo muito maior como apoio até plantá-la de costas contra a parede, usando meu peito para mantê-la ali. Ergui os braços dela e segurei com firmeza.

Ela rosnou e bateu os dentes como um animal furioso. Mas eu estava acostumado a domar criaturas selvagens e fazê-las obedecer.

— Você vai se arrepender disso — ameaçou.

Esfreguei o nariz no pescoço dela e inspirei seu perfume maravilhoso. Flores silvestres com uma pontada de feno. Enchi os pulmões antes de deslizar até a mandíbula e deixar meus lábios pararem junto ao ouvido dela.

— O único arrependimento que tenho é não ter te tornado minha antes. — Mordisquei o lóbulo, e ela deu um pulo.

As pupilas dela estavam dilatadas, os lábios, rosados e brilhantes, e o peito arfava pelo esforço de tentar, sem sucesso, soltar-se.

— Eu te odeio — grunhiu.

Dei um sorriso largo.

— Não vai odiar para sempre — sussurrei, aproximando os lábios dos dela, resvalando-os. Podia sentir seu hálito de hortelã na língua. Isso fazia com que meu pau já duro pressionasse ainda mais o zíper.

— Experimenta só — ela avisou entre os dentes.

Sorri.

— Ah, vou mesmo, minha *esposa*. De todos os modos possíveis. — Enterrei o corpo no dela, para ela sentir o que provocava em mim.

As narinas dela inflaram.

— Você não tem noção de onde se meteu — avisou, o tom gélido determinado.

— Não, talvez não. Mas mal posso esperar até meter *em* você e te tornar minha.

EPISÓDIO 16

O CONTRATO DE SAVANNAH

Erik

Eu estava lá, completamente atordoado em meu lugar, quando a mulher mais linda que já vi saiu do palco. Observara-a rebolar os quadris de modo provocante, apesar de saber instintivamente que ela não o fazia de propósito. O tom rosado nas faces e o modo com que colocou a mão sobre o coração quando os lances subiram provaram como a senhorita Savannah McAllister era inocente.

A conexão que ocorreu entre nós no segundo em que o olhar dela se deparou com o meu foi instantânea e poderosa. Um soco forte no plexo solar. Claro, vim aqui para encontrar uma esposa. Alguém que precisasse de *mim*, para variar. Mas eu não acreditava de fato que me reconheceria ao olhar nos olhos de uma mulher.

Como um santo.

Um salvador.

Com um olhar, ela fez com que eu voltasse a me sentir *vivo*. Algo com que vinha tendo dificuldades nos últimos dois anos.

Peguei uma folha amarelada e surrada do bolso. Minha lista de desejos. Eu a fizera havia dois anos num leito hospitalar na Alemanha. Tinha lido essa folha mil vezes desde então, riscando itens à medida que os cumpria. A cada item riscado, uma sensação de solidão e anseio se instalava dentro de mim. A intenção dessa lista era *me dar vida*. Um objetivo. Voltar a encher o tanque, por assim dizer. Era me dar algo pelo qual me esforçar, pelo qual viver. Em vez disso, eliminar cada item me deixava inerte, com o coração quase parando — do mesmo modo que fiquei no hospital depois do acidente.

Até agora.

Até ela.

Savannah.

Dispensei a melancolia, dobrei o pedaço de papel, voltei a colocá-lo no bolso interno do paletó do terno e me levantei. Um atendente do leilão se aproximou.

— Senhor Johansen, por favor, me acompanhe. Eu o levarei até a sala de contratos, onde conhecerá pessoalmente a sua futura esposa e assinará o acordo. — Ele continuou a falar, mas eu não estava com paciência para conversar, tendo acabado de me dispor a comprar uma mulher com a qual ficaria casado por três anos sem sequer tê-la cumprimentado com um aperto de mãos ou a levado para a cama primeiro.

Saímos do salão de exposição, e ele me conduziu por um corredor comprido.

— Depois da assinatura, o depósito será transferido da sua conta para a da senhorita McAllister junto ao montante total da taxa de comissão. Após o casamento, a quantia equivalente ao primeiro ano será transferida para a conta da senhorita McAllister automaticamente, e esse sistema acontecerá todos os anos, no aniversário de casamento.

Assenti no automático e obriguei meus pés a seguirem em frente. Aproximando-me dela. Da minha futura esposa.

Minhas palmas começaram a suar quando o nervosismo me dominou, deixando-me agitado e inquieto. Uma sensação à qual não estava acostumado. Sendo o único proprietário da Cervejaria Johansen, uma das principais empresas cervejeiras no mercado internacional, competindo com outras grandes marcas, como Anheuser-Busch e Heineken, nervosismo não era algo que costumava sentir.

Tudo isso tinha mudado dois anos antes.

Agora eu era uma confusão de emoções.

Minha mãe e meu pai continuavam a se preocupar comigo sem cessar. Notavam minha falta de entusiasmo em relação a coisas que antes me eram tão caras; meu desejo recente de viajar e me afastar das obrigações diárias dos negócios quando só o que fiz no passado foi estar no comando do império da família e lucrar sem parar.

Nada disso importava mais. Era apenas um meio para um fim.

Homens ricos morrem ricos.

E eu quase morri.

Não estava vivendo na ânsia de adquirir mais uma pequena cervejaria para acrescentá-la ao meu império. Vender mais cerveja no mundo todo para acabar com a concorrência ou obter uma margem maior do que no trimestre anterior já não causava mais a mesma sensação de antes. Eu poderia gastar vinte mil dólares por semana, todas as semanas, pelo resto da minha vida sem sequer diminuir a enorme fortuna que acumulei. A maioria das pessoas venderia a alma para estar nesta posição. Ter a riqueza que eu tinha. E, mesmo assim, eu a daria por completo para me sentir vivo de verdade. Para sentir que havia contribuído com alguma coisa.

Ao me aproximar da porta que me levaria a um futuro no qual não eu ficaria mais sozinho, cerrei os punhos, sentindo o papel dobrado contra o peito, bem em cima do coração.

Seria isso que mudaria tudo?

Seria Savannah a minha salvação? Ou apenas o item seguinte numa lista de objetivos conquistados que tinham fracassado em me trazer de volta à vida?

O atendente gesticulou para a porta, fez uma mesura e se afastou, voltando a andar pelo corredor.

Engoli o desconforto, aprumei a coluna e estufei o peito do jeito que fazia antes de fechar qualquer negócio. Só que aquela não era uma transação-padrão. Não no sentido costumeiro com que usava a palavra. Aquilo era *casamento*. Eu me uniria a outra pessoa por não menos do que os próximos três anos de nossas vidas.

Pelo menos eu não estaria sozinho.

Fechei os olhos, inspirei fundo e soltei o ar devagar.

Nunca fugi de um desafio e não começaria a fazer isso agora.

O que está feito, está feito. O que será, será.

Abri a porta e fiquei sem ar quando a mulher que eu, em breve, tornaria minha esposa se virou de repente. O tom verde-escuro do vestido que usava parecia fazer sua pele brilhar, e os cabelos ruivos pegavam fogo sob as luzes sobre sua cabeça.

Ela era uma visão.

A aurora boreal, no Ártico, encontrando-se com as montanhas verdes dos fiordes da minha terra, tudo em uma só mulher. A criatura mais magnífica na qual depositei meu olhar.

O rosto dela corou ao se aproximar.

Fiquei onde estava, deixando que ela se aproximasse de mim. Não porque quisesse que ela fosse subserviente ou atendesse às minhas necessidades, mas porque meus joelhos fraquejaram só com a mera visão da beleza dela. Meu peito ardeu quando o músculo que era o meu coração se acelerou, ameaçando irromper da caixa torácica.

Ela estendeu a mão e inclinou a cabeça, os cristalinos olhos azuis afiados e analíticos. Eles se suavizaram assim como os lábios quando ela inspirou de leve antes de lamber o inferior.

Minhas mãos tremiam, mas apertei os dentes e me forcei a erguê-las para tomar a dela entre as minhas. E foi quando ela, por fim, sorriu.

Uma alegria tão intensa foi carregada como eletricidade da mão dela para a minha, disparando direto para o meu coração, que, de repente, pareceu dobrar de tamanho dentro do peito, apesar de também parecer mais leve. Inspirei fundo, levei a mão dela aos lábios e depositei um beijo no dorso.

— Olá, Savannah. Meu nome é Erik Johansen.

Ela engoliu, desviou o olhar com timidez e voltou a me observar, os olhos indo dos meus olhos para os cabelos compridos, a barba, analisando tudo antes de descer pelo peito largo. Ela estava tão nervosa quanto eu, e isso me encheu de força e confiança. Essa não era uma mulher que fora atrás de um homem rico com o único propósito de enriquecer. Havia um motivo para ela estar ali e ter escolhido se casar por interesse. Um motivo que eu ansiava por descobrir, como parte do mistério maior que minha futura esposa representava.

— Savannah McAllister — disse ela. — Ah, mas você já sabe disso. — O rubor no rosto se espalhou pelo pescoço e desceu em direção ao busto generoso.

Bem, eu gostava de mulheres de todos os formatos e tamanhos. Se houvesse química entre mim e uma mulher, eu a levaria para a cama sem reclamar. Não com frequência, do modo com que meu amigo playboy fazia, mas sempre que o clima estivesse bom para ambas as partes. Embora eu não conseguisse parar de pensar nos atributos de Savannah. Ela parecia macia e voluptuosa de um modo que exigia a minha atenção. Suas curvas eram muitas, e eu mal conseguiria esperar para desembrulhar aquele presente. Mas, primeiro, desejava conhecê-la. Não era como se estivéssemos numa boate, tendo tomado alguns drinques, e dispostos a chegar logo aos lençóis para uma noite de prazer.

Era o resto da minha vida. Ou, pelo menos, os três anos seguintes.

Apesar de eu não conseguir imaginar eu me cansando dessa mulher estonteante depois de três breves anos. Só o tempo diria.

— Agora que se cumprimentaram, por que não passamos para a parte da assinatura do contrato? — Madame Alana se intrometeu no nosso involuntário desafio de encarada.

Virei-me e apontei com o braço.

— Vamos?

Ela assentiu com timidez e ergueu a cabeça ao se aproximar da mesa.

Deus do céu, ela tinha um quê de diferente. Era confiante, tímida, linda, mas também determinada.

Meu coração inflou ao ver minha noiva apanhar a caneta e encarar a linha onde deveria assinar. Se eu não estivesse prestando bastante atenção, poderia não ter notado que, por um instante, ela fechou os olhos e sussurrou "desculpe" baixinho antes de encostar a caneta no papel e assinar.

Uma punhalada no coração teria doído menos. Savannah podia estar determinada, mas algo ainda contaminava sua decisão.

Meu corpo inteiro se encheu de medo quando apanhei a caneta e a fitei nos olhos.

— Você está aqui porque quer? Ou há alguém que a esteja obrigando? — perguntei.

— Senhor Johansen, a minha empresa jamais… — Madame Alana começou a dizer, mas eu ergui a mão, interrompendo-a.

— Responda — incitei Savannah, com a atenção toda voltada para ela.

Ela balançou a cabeça.

— Não. Não estou sendo forçada nem coagida. Eu quero este casamento, preciso dele por motivos que só dizem respeito a mim.

— Parado aqui, vendo você, sentindo a química crescente entre nós, eu quero me casar com você. Mais do que imaginei ser possível quando entrei neste leilão. Mas não farei isso contra a sua vontade.

Ela balançou a cabeça, firmou a mandíbula e me encarou nos olhos.

— Assine o contrato... *por favor*. — A voz se partiu na súplica, o que me fez agir.

Assinei meu nome na linha do arrematante com um floreio.

— Feito. — Concentrei toda a minha atenção no rosto dela quando ela fechou os olhos, e um lindo sorriso apareceu.

Ela inspirou fundo e soltou o ar. Os olhos voltaram a se abrir, e havia lágrimas pendendo dos cílios. Amparei o rosto dela, querendo curar tudo o que a afligia.

— Fale comigo — exigi com suavidade.

— O que vai acontecer agora? — ela perguntou com os lindos olhos azuis cravados nos meus.

— Não sei. — Ri. — Que tal descobrirmos juntos?

— Juntos? — perguntou.

Seguindo meu instinto, pressionei os lábios no rosto dela bem quando uma lágrima escorreu, molhando meus lábios com suas lágrimas salgadas. Senti a emoção dela, depois beijei o outro lado de sua face antes de pressionar a testa na dela.

— Juntos — reiterei.

Ficamos ali parados, testa com testa, dois estranhos prestes a entrar na mais íntima das parcerias sem nenhum conhecimento do outro. Apesar da persistente química que nos cercava como uma coberta quente.

— Gosto dessa ideia — ela sussurrou, o hálito fresco de menta resvalando meus lábios.

— Eu também, *elskede*. — Ousado, enfiei os dedos pelas mechas ruivas longas, sentindo a maciez dos fios enquanto o termo afetuoso "minha amada" deslizava dos meus lábios e ressoava entre nós em ondas tranquilizadoras.

Nunca chamei uma mulher de amada antes, mas, naquele instante, pareceu apropriado.

Passei as mãos dos cabelos para a cintura dela, atraindo-a para um abraço repentino. Ela se encaixava à perfeição. A orelha dela se acomodou com naturalidade sobre meu coração acelerado.

Fechei os olhos ao ser preenchido de emoções que não reconhecia. De sentimentos que não sentia há muito tempo.

Excitação. Ansiedade. Contentamento.

Nada em minha vida já parecera tão certo, tão *real* como aquele momento.

— Acho que vou gostar de segurar você assim nos meus braços pelo futuro próximo — admiti num sussurro rouco contra o topo da cabeça ruiva.

Ela retribuiu o meu abraço.

— Acho que conseguiria me acostumar — disse e, em seguida, seu corpo enrijeceu em meus braços, como se tivesse admitido algo que não queria.

Soltei-a e lhe ofereci a mão.

— Vamos?

— Para onde? — Ela depositou a mão na minha.

Abri um largo sorriso. Eu não tinha nenhum *compromisso*. Meu melhor amigo, Jack, estava no comando do meu império, administrando tudo muito bem, como sempre. Eu confiava integralmente nele. Não que isso importasse, pois nada me afastaria dessa mulher e me impediria de descobrir tudo o que havia para saber sobre ela.

E foi então que uma ideia surgiu. Um lugar que uma garota de Montana amaria e que eu também amava.

— Primeira parada, casa. Oslo, Noruega.

EPISÓDIO 17

O CONTRATO DE FAITH

JOEL

Assim que o leilão acabou, um atendente veio me acompanhar para fora do auditório e seguimos por um longo corredor. Ele reiterava tudo o que eu já sabia. Vim para o leilão atendendo às insistências de Nile e Noah Pennington. Os gêmeos estavam sempre me arrastando para eventos diferentes, concertos e, inclusive, novos projetos empresariais, ainda mais depois que perdi Alexandra. Acredito que seja seu modo de me manter com uma vida além do trabalho e da minha filha.

Quando eles se inscreveram para participar do leilão, sabia que estavam fazendo isso por causa da herança da família. E considerava a cláusula extremamente cômica. Ver dois irmãos que de fato se amavam e se preocupavam um com o outro disputando entre si, a fim de obter uma minúscula participação na herança familiar, era um espetáculo que eu não queria perder. Fizeram com que eu submetesse minhas informações a Madame Alana "para o caso" de eu querer, num rompante, participar do leilão.

Assim que descobri que estaria em Vegas no momento em que o leilão aconteceria, minhas intenções em dar um lance em uma mulher eram inexistentes. Até Faith subir ao palco. E assim soube, de corpo inteiro, que minha Alexandra a enviara para mim. Não existia qualquer outro motivo para me sentir tão atraído por uma mulher, uma *desconhecida*, só de vê-la, a menos que algo cósmico e sobrenatural estivesse acontecendo. Minha Alexandra acreditava sinceramente no destino, na predestinação, em déjà-vu, em astrologia e signo lunar, e todos os logros do pacote. No decorrer dos anos, cedi aos seus caprichos, mas, depois de perdê-la, rezei todas as noites por um sinal da minha amada. Um sinal sobre o que deveria fazer. Sobre como deveria cuidar das necessidades emocionais de Penny, bem como das físicas e de seu desenvolvimento.

Naquele dia, recebi esse sinal quando fitei os olhos daquela mulher que se tornaria a minha segunda esposa.

Minha filha só tinha um ano quando a mãe dela morreu. Penny não se lembrava dela, apesar de minha mãe e eu partilharmos histórias e curiosidades sobre Alexandra, para mantê-la viva em nosso lar. E, no entanto, isso não se igualava a ter uma mulher viva, presente em sua vida para amá-la mais do que tudo, como Alexandra amara cegamente nossa menininha. Mesmo quando tudo era recente, ela fora uma mãe devotada a Penélope. Logo, porém, adoeceu e definhou diante dos nossos olhos.

Maldito câncer.

Uma lembrança que eu jamais esqueceria de minha falecida esposa era a do nosso primeiro encontro. Um encontro às cegas, de fato. Daquele encontro em diante, tivemos cinco breves, mas impactantes, anos juntos antes que ela adoecesse. No entanto, desde o início ela sempre disse que, já no primeiro beijo, sabia que eu seria dela. Ela dizia que um único beijo pode revelar tudo o que é preciso saber sobre uma pessoa. E isso não mudou na nossa vida diária; só se intensificou e se aprofundou com o passar do tempo. A cada encontro de nossos lábios, sentíamos exatamente o estado de espírito um do outro. Como se nossas emoções mais genuínas fossem transferidas pelo mais simples dos atos físicos.

Um único beijo mudara a trajetória da minha vida e da dela.

Isso poderia acontecer de novo?

Prestes a conhecer Faith, eu sentia o mesmo farfalhar na barriga que senti antes de conhecer Alexandra. E, quando a porta se abriu e entrei na sala de contratos onde Faith me esperava de pé, com os cintilantes olhos azuis da cor do mar se assentando sobre mim, temerosos, porém curiosos, eu soube exatamente o que tinha que fazer.

Inspirei fundo, andei direto em sua direção, envolvi a lateral do pescoço dela com uma mão e pus a outra ao redor da cintura, projetei a cabeça e tomei sua boca num beijo avassalador.

Ela arquejou, abrindo-se para mim na mesma hora.

Eu me aproveitei disso, afundando a língua na boca e a deslizando contra a dela. Seu gosto era de cerejas e canela, um sabor doce e picante que me fez soltar um gemido gutural.

A sala sumiu quando senti os braços dela contra meu peito, as mãos subindo e cobrindo meus ombros como se ela tentasse se segurar para não cair.

Ela inclinou a cabeça para o lado e nossas línguas dançaram uma ao encontro da outra. Com naturalidade. Com o conforto e a facilidade esperadas de anos de convivência, não de meros segundos. Eu a segurei mais perto, aprofundando o beijo, mordiscando os lábios, sugando sua língua, nossos dentes se encontrando enquanto nos perdíamos um no outro.

Foi ousado, audacioso e *desejoso*.

Meu pau doía de tão duro contra o tecido da calça. Tanto que desci a mão da cintura até espalmar uma das nádegas firmes e me enterrei nela, precisando da conexão carnal depois de quatro longos anos de libido dormente.

Os dedos dela se cravaram em meus ombros, e, como por milagre, ela se pressionou ainda *mais perto*, aproximando o peito do meu enquanto os braços davam a volta no meu pescoço e ela se erguia nas pontas dos pés. O corpo dela estava colado ao meu dos joelhos até o peito. Uma fina folha de papel não conseguiria ser colocada entre nós.

Grunhi dentro da boca dela, sorvendo-a com avidez até já não ser mais capaz de respirar. Afastei a boca e mergulhei a cabeça no pescoço dela, arfando contra sua pele. Os dedos dela estavam nos meus cabelos, mexendo nas mechas compridas. Inspirei fundo e senti meu pau latejar e se contrair ante a deliciosa mistura de uma fragrância cítrica com coco que encheu meus pulmões, lembrando-me de ter estado ao sol numa praia vizinha à minha casa, em Santorini, na Grécia. Bom de dar água na boca. Eu queria deslizar a língua ao longo do pescoço dela com desespero, saborear aquela fragrância sem impedimentos e arrastar os dentes por cima da superfície delicada, deixando a minha marca.

Meu coração estava acelerado, o peito contraído, e meu pau só queria que eu reclinasse aquela mulher sobre a mesa da sala para tomar posse do que era meu. Nunca antes fui o tipo macho alfa superprotetor. No entanto, algo em Faith trazia à tona esse lado possessivo. Como se eu estivesse recebendo uma segunda chance para ter tudo o que sempre quis e precisasse me assegurar disso de todos os modos possíveis.

O que era ridículo, visto que nem tínhamos nos conhecido formalmente ainda antes de eu engoli-la.

Estúpido e egoísta. Não conseguia imaginar o que ela devia estar pensando.

Afrouxei a pegada e deslizei as mãos de volta para a cintura, parando nos bíceps dela ao recuar um passo e poder cumprimentá-la como devia.

Seus olhos eram piscinas azuis de borda infinita que eu desejava fitar por horas. Mas, quando ficamos ali parados em silêncio como dois bobos, observando um ao outro, Madame Alana nos interrompeu ao pigarrear.

— Ora, ora, essa foi uma saudação bem interessante — comentou radiante. — Senhor Castellanos, poderia fazer a gentileza de assinar o contrato antes de tomar mais liberdades? Não que Faith pareça se importar. — Emitiu um sinal de leve reprovação, e os olhos de Faith se arregalaram.

Observei quando um tom rosado se espalhou pelo rosto dela e ela pressionou os lábios para conter um sorriso. Amparei seu rosto na mão e passei o polegar sobre a boca até ela soltar os lábios inchados pelos nossos beijos. Lábios que eu queria demais saquear de novo.

Logo, prometi a mim mesmo.

— Você é ainda mais adorável pessoalmente. Peço perdão pela saudação brusca. Só não consegui me conter — murmurei ao abaixar a mão. — Só demoro um instante — afirmei e fui até a mesa. Apanhei a caneta e notei que Faith já assinara. A assinatura dela era grande, um volteio de letras cursivas. Uma bela caligrafia, que combinava com uma mulher ainda mais bela. Acrescentei meu nome, ergui o contrato e o passei à Madame Alana.

Ela o pegou, dobrou duas vezes e segurou entre os dedos enquanto nos avaliava.

— Essas são as últimas assinaturas da noite. Gostaria de vê-los amanhã de manhã em nosso último encontro às oito em ponto. Explicarei as expectativas da empresa em relação a ambos, junto dos outros casais. Espero que sejam pontuais. — Moveu-se para sair, partindo na direção da porta.

— Hum… Madame Alana? — Faith a chamou.

— Sim, querida? — Ela segurava a maçaneta.

— E o que acontece agora? — A voz de Faith saiu baixa conforme relanceou para mim e depois olhou para longe.

Madame Alana sorriu com doçura.

— Você irá conhecer seu noivo, claro. Até mais. Vejo vocês dois pela manhã, querida.

Engoli ao som da porta pesada se fechando.

Faith continuou ali, mordendo aqueles lábios deliciosos, retorcendo os dedos. Até o som de um zumbido incessante vir da mesa em que assinamos o documento. Sobre a mesa, havia uma bolsinha dourada de onde parecia vir o ruído.

Faith disparou até ela como se sua vida dependesse disso. Sorri com a atitude engraçada. Com o passar do tempo, ela não ficaria mais tão nervosa. Esperava com ansiedade pelo dia em que ela não quisesse sair de perto de mim tão rápido.

Ela abriu a bolsa, pegou o celular e apertou a tela algumas vezes.

Meu sorriso sumiu quando as costas dela endureceram e ela levou a mão à boca. Emitiu um leve arquejo enquanto seu corpo começava a tremer ali mesmo.

Andei a passos duros até ela, apoiei a mão em sua lombar e li por cima do seu ombro.

Na tela do celular, em letras pretas, estava uma frase que me encheu de fúria instantânea.

Li a frase em voz alta:

— Sei que está na cidade. Vou te encontrar. Cuidado.

Grunhi quando a raiva esquentou minhas veias, ameaçando ferver meu sangue a qualquer segundo.

Ao meu toque, Faith se afastou, segurando o celular junto ao peito. Olhou ao redor da sala como se avaliasse suas opções de fuga.

— Que diabos está acontecendo? Alguém está ameaçando você? — exigi saber.

Ela balançou a cabeça algumas vezes, mas seus olhos estavam completamente apavorados.

— Hum, sinto muito. Tenho que ir. Eu... eu te vejo pela manhã na reunião? — Ela tentou pegar a bolsa para guardar o celular.

Pus as mãos diante dela, num gesto para detê-la. Se eu a segurasse, acabaria deixando-a com mais medo. Quem quer que tivesse enviado aquela mensagem com certeza a assustara. Eu não permitiria que ninguém ameaçasse minha noiva, ou mulher alguma, na verdade.

— Faith, não existe a mínima possibilidade de eu tirar os olhos de você depois de ter recebido uma ameaça como essa. Você vem comigo.

Ela engoliu em seco e agarrou a bolsinha junto ao peito como se precisasse de alguma coisa, de qualquer coisa, em que se agarrar.

— P-para o-onde? — perguntou quando a conduzi até a porta.

— Para o meu resort. O Alexandra.

O olhar dela continuou passando pela sala.

— O... hum... aquele novo?

— Sim, ele é meu. Você estará cercada pela minha equipe de segurança e mantida a salvo por mim pessoalmente até me contar o que está acontecendo.

— Não posso. Não estou pronta para falar disso. Preciso de um tempo. Isso tudo é tão confuso... — Ela esfregou as têmporas com os dedos.

Balancei a cabeça e me virei para ela antes de abrir a porta.

— Faith, no instante em que assinou naquela linha pontilhada, você se tornou minha. Minha noiva. Minha futura esposa. Algo para proteger e para manter a salvo. Se alguém ameaça algo que é meu, eu cuido do assunto.

— Você não entende... — ela disse baixinho, com os olhos marejados. — Ele tem olhos em *toda parte*. No minuto em que eu deixar este prédio, ele vai me encontrar.

Sorri e segurei a mão dela, entrelaçando nossos dedos. Ela se agarrou à minha mão como se fosse um colete salva-vidas. Fechei os olhos por um segundo para absorver a confiança que ela deve ter sentido para aceitar o meu toque.

— Qualquer homem que acredita poder ameaçar uma mulher sob a minha proteção descobrirá em questão de minutos que não é ameaça nenhuma a mim e à minha equipe. — Espalmei seu rosto e deixei meu polegar passar pelas lágrimas dela, enxugando-as.

— Eu sinto muito, Joel. Você mão merece ser arrastado para o meio disso. — As palavras dela eram um sussurro sofrido.

Abaixei a cabeça e roubei essas palavras dos seus lábios. Ela retribuiu de pronto e, uma vez mais, perdemo-nos na nossa química. Nós nos beijamos por tanto tempo que nem percebi que a tinha prendido contra a porta, até que uma batida súbita interrompeu nossa conexão.

Faith se sobressaltou nos meus braços, o olhar assustado de novo, cravado no meu.

— Senhor Castellanos — o chefe da minha equipe de segurança me chamou através da porta.

Tinha me demorado mais tempo do que imaginado, e Bruno já estava averiguando a situação. Como esperado.

— Está tudo bem, querida. É o meu segurança — sussurrei em seu ouvido. — Saio em um minuto — disse alto o suficiente para ele ouvir.

Uma das minhas mãos repousava na porta, sustentando o peso do meu corpo. A outra segurava a nuca de Faith. Os lábios dela estavam inchados num tom rosado depois dos nossos beijos intensos, e jurei fazer aquela cor aparecer com a maior frequência possível.

— Agora preste atenção em mim, Faith. Entrei neste leilão porque quis e escolhi *você*. Isso significa que tudo o que acontecer com você a partir desta noite se tornou parte da minha vida. E eu *não* sinto muito. Ainda mais se isso significa ajudar uma mulher temerosa que parece uma deusa e beija como uma sereia a encontrar uma bela vida. Comigo. E com a minha filha.

Os olhos dela se arregalaram e o rosto empalideceu.

— Filha — repetiu.

Abri um sorriso.

— Você vai amá-la. Será uma combinação feita no paraíso. Já tenho certeza.

Com aquelas palavras de despedida, acomodei Faith ao meu lado, abri a porta e deixei que meu guarda-costas nos acompanhasse para fora do prédio até a limusine que aguardava e na qual aceleramos pela Strip de Las Vegas até o Alexandra.

EPISÓDIO 18

RUBY NO CÉU COM DIAMANTES[6]

RUBY

— E agora, o que acontece? — Retorci os dedos na minha frente e mordi o lábio inferior.

— Nós a levaremos para nossa casa, em Londres — anunciou Nile.

— Londres, tipo, na Europa? — arfei.

Nile inclinou a cabeça e ergueu a sobrancelha com altivez.

— Na Grã-Bretanha ou Inglaterra, o país dentro do *continente* europeu. Onde fica a *cidade* de Londres. Parece que você não viajou muito... imagino.

Merda. Meu professor de História Mundial ensinou a respeito dos outros países e suas cidades principais. Eu só não prestei muita atenção, já que, aos dezesseis anos, estava mais preocupada em ganhar dinheiro para pagar por minha estadia e comida para minha mãe do que com me formar no ensino médio. A alternativa seria deixar um desfile de "padrastos" continuar a me violar ou, pior, começar a fazer isso com a minha irmã. Passei anos protegendo Opal dos abusos que eu mesma tinha sofrido. Não ia concentrar minha atenção nos estudos quando a única saída daquela tortura de todas as noites era subornar a drogada da minha mãe.

— Não, não viajei. O voo para Las Vegas foi a primeira vez que andei de avião — admiti, erguendo o queixo e me esticando o máximo que podia, sentindo uma gratidão enorme pelos saltos agulha imensos que a consultora de moda tinha colocado em mim. Eu podia não estar no mesmo nível de inteligência, mas, com a minha altura natural e saltos, eu ficava tão alta quanto os gêmeos idênticos, desafiando-os a dizer alguma coisa mais.

---

[6] Trocadilho com a canção dos Beatles, "Lucy in the Sky with Diamonds". (N.T.)

— Bem, não podemos ir a Londres até a reunião de amanhã com Madame Alana. — Noah se aproximou do irmão. Passou o braço ao redor dos ombros dele num gesto fraternal que fez com que meus ombros também relaxassem um pouco.

— Que desperdício de tempo. — Os lábios de Nile se contraíram quando ele levantou o braço e consultou o relógio. — Preciso fazer um telefonema com um parceiro de negócios de Tóquio daqui a algumas horas. Planejava fazer isso do avião. — Suspirou. — Já que não podemos partir, por que não nos recolhemos? Isso permitirá que a senhorita Dawson arrume as malas e se prepare para partirmos para Londres após a reunião de amanhã.

Noah deu uns tapinhas nas costas do irmão algumas vezes.

— Parece um bom plano. Ruby?

Assenti.

— Aham. Por mim, fechou.

Comecei a andar para a porta, e Noah se apressou para abri-la.

— Por favor, senhorita.

Um gesto de cavalheiro, mas aquele sorriso de gato da Alice que ele me dava destacava o lado diabólico que eu sabia que ele escondia logo por trás. Eu tinha que tomar cuidado com aquele ali. Tinha tirado o cara da lista de pretendentes de uma vez exatamente por ser o tipo pelo qual sempre me apaixonava.

O jogador.

O usufruidor.

Aquele que mastiga e cospe.

Talvez ele não fosse nenhuma dessas coisas ou fosse tudo isso. Só o tempo diria.

— Obrigada vocês por me escolherem. Não vou desapontar vocês — disse por cima do ombro e saí rebolando os quadris, enquanto seguia para o elevador, sem olhar para trás. Não precisava. Sabia que estavam olhando para mim.

Os homens adoravam me ver sair. Eles só nunca queriam que eu ficasse.

No segundo em que entrei no quarto, corri para pegar o celular pré-pago, que estava carregando. Liguei para o único número que lembrava de cor.

Opal atendeu no primeiro toque.

— Adivinha só, Ruby Roo! — guinchou no telefone.

Ouvir a alegria e a animação dela encheu meu coração.

— O quê, Opal Loo? — brinquei de volta.

— Tirei dez em Arqueologia II! Estou aliviada por essa matéria ter acabado. O professor Swanson foi um cara bem difícil. Ficou bravo porque eu sabia sobre o suspeito de assassinar o faraó Tutancâmon e que ele teve duas filhas natimortas e um monte de outras informações que ele nem achou relevante ensinar para a turma. *Mas é muito, Ruby.* Há tantas outras coisas a respeito de Tutancâmon além da descoberta de Howard Carter, em 1922.

— Ui. Parece que você deu uma aula pra ele — comentei. O orgulho que sentia da minha irmã inteligente me fez sentar mais reta na cama enquanto eu me agarrava ao aparelho, capturando cada palavra dela.

Opal gemeu.

— Pelo menos as aulas na faculdade estão melhorando meu currículo. Tenho esperanças de conseguir uma bolsa de transferência quando acabar este ano.

— Sobre isso… — Dei um grande sorriso. — Consegui o dinheiro. Você pode se inscrever para qualquer lugar do mundo que quiser agora. — Meu coração batia tão rápido que me levantei e fiquei andando pelo quarto de hotel.

— Ruby, o que você quer dizer com isso?

— Lembra do leilão que comentei com você?

— Ruby, pensei mesmo que você só estivesse brincando. Vender-se num leilão para se casar com o arrematante! Por dinheiro? Não. Diga-me que você não fez isso!

Senti a vergonha, ardente e lívida, deslizar pelas veias por alguns segundos até eu a dispensar, reafirmando minha determinação e meu propósito.

— Opal, eu te disse que ia fazer o que fosse preciso para conseguir a vida que queremos. A vida que *você* merece.

— Que *nós* merecemos. Não só *eu*. Eu não sou mais um bebê, Ruby. Você vem me protegendo desde que eu tinha seis anos. Sou muito grata, mais do que isso até. Você sabe. É por isso que estou usando o dinheiro que você me manda para a faculdade e ralando pra caramba. Quando pegar meu diploma, vou conseguir um emprego que paga bem. E isso vai nos ajudar. E, então, você vai poder ir para a faculdade se quiser, deixar de ser stripper e dançar em cima daqueles homens nojentos, desdentados e de mãos grudentas, que você tanto odeia. E, quem sabe, pode conseguir fazer alguma coisa com a sua arte.

A minha arte.

Ri alto.

— Eu brinco de fazer cerâmica, Opal, quando me sobra uma grana. Você é a perita em arte. E agora pode ser a curadora do museu que quiser. Tenho quinhentos mil na conta agora. Vou transferir a maior parte disso para a sua. — Uma onda de animação pelo que já tinha conquistado desceu pelas minhas terminações.

— Ruby… — disse, num aviso.

Balancei a cabeça ao andar pelo quarto.

— Você não pode me deixar mal a respeito dessa decisão. Está feito. Tenho dois homens, gêmeos idênticos, que vão me cortejar pelo próximo mês. Depois disso, escolho com quem vou casar. E daí fico casada por três anos. No fim desse período, a minha conta bancária terá seis milhões. Seis milhões de dólares, Opal! Me diz que essa grana não muda a vida de alguém? — O silêncio me recebeu do outro lado da linha. — Exato — afirmei. — Você não pode dizer isso.

— Mas, Ruby, eu quero mais para você. Um homem que você ame e que a ame por tudo o que você é. Não só porque você tem um rosto lindo e um corpo incrível.

Sorri, desejando estar sentada diante dela na cama, como costumávamos fazer quando éramos crianças. Nós nos sentávamos no colchão cheio de calombos, joelho com joelho, com as testas se tocando, de mãos dadas e sussurrando todas as coisas maravilhosas que faríamos quando crescêssemos.

Quando conseguíssemos nos livrar da nossa mãe, do trailer e de todos os homens ruins que ela levava para casa.

— É assim que vou conseguir mais da vida. Não tenho receio. Não tenho vergonha. E não estou com medo. Estou escolhendo esta vida, para mim e para *você*. Eu só tenho que aguentar três anos e depois saio dessa como uma mulher rica. Enquanto isso, você pode ir para a universidade da sua escolha, no lugar que quiser no mundo todo. Pegue o seu diploma e, daí, nós duas vamos estar livres. Você como uma mulher com ensino superior, a primeira da família, e eu vou ser a sua irmã rica, pronta para assumir o controle do mundo ao seu lado.

— Não sei, não... — A voz dela pareceu abalada, como se fosse chorar.

— Opal, eu estou bem. Mais que bem. Estou animada, até. É o primeiro dia da minha vida nova e tenho dois irmãos idênticos, gostosos pra cacete, brigando pela minha atenção.

— Como é que isso vai funcionar? Dois solteiros... e irmãos, ainda por cima... competindo pela mesma mulher?

Bem quando ia contar todos os detalhes houve uma batida forte na porta.

— Me dá um segundo. Chegou alguém aqui.

Espiei pelo olho mágico. O rosto charmoso e barbudo de Noah me encarava.

Franzi o cenho e abri a porta.

— Oi? Pensei que a gente ia se encontrar na reunião de amanhã.

Ele sorriu e apoiou as mãos nos batentes da porta, inclinando-se para a frente. Ele preenchia o vão da porta, fazendo o espaço encolher.

— Pensei que talvez fosse gostar de uma noite na cidade. Quero dizer, você mencionou que nunca tinha vindo aqui antes. Por que não ver o que Vegas tem a oferecer com um belo acompanhante?

Ergui o dedo e acenei para que Noah entrasse enquanto voltava para o quarto e me concentrava no meu telefonema.

— Hum, Opal, vou ter que desligar e te ligar de novo amanhã. Lembra do que eu disse. Começa a se inscrever nessas faculdades que você quer. Qualquer uma. O céu é o limite.

— Mas Ruby...

— Eu te amo mais que tudo e te ligo amanhã. — Sem dizer mais nada, desliguei e fiquei de frente para Noah Pennington.

Ele ainda usava o terno cinza-claro que acentuava os ombros largos, a cintura estreita e o corpo sarado. Apostava que tinha um tanquinho debaixo de toda aquela roupa fina. O cabelo era bagunçado, mais comprido no topo e curto nas laterais. O rosto tinha um leve sombreado de barba por fazer. O homem era um exemplar do tipo alto, bronzeado, rico e lindo.

— No que estava pensando?

— Confia em mim? — Os lábios dele se torceram, e um calor agradável percorreu meu corpo, concentrando-se entre as coxas.

O desejo de ir até ele, empurrá-lo na cama e me aproveitar dele foi quase irresistível. Nunca na vida senti esse tipo de atração sexual extrema por um homem. Ainda mais com o meu passado. Sexo, para mim, sempre foi uma transação. E feia, normalmente. Desde quando era nova, quando era uma vítima, até agora, como adulta, quando meu trabalho era cobrar dos homens para que me vissem dançar nua num palco e em cima deles com o único objetivo de excitá-los.

— Não, não confio em você. Nem te conheço. — Deixei de lado o meu desejo pelo belo rapaz inglês e o desafiei com um único olhar.

Ele deu de ombros.

— Você vai. Um dia. Agora venha. Vamos nos divertir um pouco. — Ele procurou minha mão e entrelaçou nossos dedos. O calor entre as minhas coxas se intensificou quando nossas palmas se encostaram.

— Para onde vamos?

— Você vai ver — ele provocou, e eu soube que os próximos trinta dias com essa metade dos irmãos Pennington seria uma aventura.

Não fazia ideia de que essa aventura nos levaria a uma joalheria no cassino mais lindo, chamado Bellagio. Do lado de fora, um lindo espetáculo numa fonte iluminada chamou a minha atenção quando chegamos. Noah ficou ali, segurando a minha mão, enquanto víamos a água ser jogada para cima no ritmo de uma música com luzes multicoloridas. Peguei o celular que

Madame Alana tinha me dado, tirei um monte de fotos e fiz um vídeo para mostrar à minha irmã mais tarde. Foi a coisa mais linda que já vi na vida.

Até chegarmos a um lugar chamado Tiffany & Co.

Noah me conduziu para a loja com tons turquesa, prata e brancos e pedras preciosas brilhantes por toda parte.

— Por que a gente tá aqui? — Engoli e apertei minha mão livre, tentando, em desespero, ficar de boa. Uma garota como eu com certeza não pertencia a um lugar tão elegante assim. Lá no Mississippi, se eu botasse os pés numa loja assim, o segurança seria avisado e eu acabaria sendo expulsa em menos de três segundos.

— Bem, você não pode ficar noiva sem um anel de noivado, pode?

Minha boca despencou e eu comecei a suar de verdade.

— Hum… eu não preciso de nada chique — murmurei, sentindo um bolo se formar na minha barriga e subir pela garganta.

— Você vai se casar com um Pennington. Óbvio que precisa ostentar o seu status — disse, arrastando-me para os expositores. — Vá em frente, banqueteie os olhos com todas essas belas joias. Nunca conheci uma mulher que não achasse que os diamantes são os melhores amigos de uma dama. Dê uma olhada. Divirta-se. Escolha algo que chame a sua atenção.

Engoli e espiei as vitrines. Diamantes até onde a vista alcançava. Alguns eram quadrados, ovais, redondos, em forma de gota ou retangulares. Joias carregadas de diamantes grandes, diamantes minúsculos, basicamente todo tamanho imaginável. Sabia só de olhar que todos eles estavam muito além do meu poder aquisitivo. Não queria saber quanto custavam. Diabos, um anel do Walmart na promoção estaria fora do meu orçamento costumeiro.

Acompanhando a fila de mostruários, tentei encontrar o menor anel, imaginando que seria o mais barato. Não estava achando. Foi quando encontrei as pedras preciosas. Mais especificamente, os *rubis*.

Um espetacular rubi com pequenos diamantes por toda a aliança estava num pedestal em meio a uma seleção de peças mágicas. Mas esse estava sozinho. Em destaque. Um rubi cercado por diamantes. Era como imaginava que a minha vida seria um dia. Eu, sentada no topo, com nada além de beleza ao meu redor.

— Um lindo rubi para uma Ruby *inestimável?* Que adequado, amor.
— Noah passou o braço ao redor da minha cintura e pressionou o peito
às minhas costas, apertando-me entre a vitrine e o seu calor vindo de trás.

— Nunca tive nenhum rubi — sussurrei, meu olhar colado no anel
incrível. Igual ao meu nome.

— Então permita que o seu futuro marido seja o primeiro a lhe dar um
— disse ele no meu ouvido antes de depositar um beijo suave, mas potente,
no encontro entre o pescoço e o ombro.

Tremi em seus braços, sentindo mais do que podia explicar para esse
desconhecido.

Linda.

Cuidada.

Inestimável.

EPISÓDIO 19

A CONTAGEM DE TRÊS ANOS

Dakota

— Você é inacreditável! — sibilei e me soltei da pegada de Sutton. Ele me soltou, mas só para poder se virar, abrir a porta e me arrastar pela mão ao longo do corredor. O homem tinha pouco mais de um metro e noventa, era largo como um touro e mais elegante do que qualquer caubói num raio de cento e sessenta quilômetros de Sandee. E fazia anos — *anos* — desde a última vez que pus os olhos nele. Ele, com certeza, tinha virado um tremendo garanhão, bastava ver o maxilar talhado, o corpo musculoso, os olhos verdes, os cabelos castanho-acobreados e a pele beijada pelo sol. Mas nada daquilo mudava o fato de ele ser um Goodall.

Meu inimigo.

O único motivo por eu ter me leiloado, para início de conversa.

Bem, tecnicamente, o meu querido papaizinho e o seu vício em jogatina tinham me botado nessa, mas se os Goodall não vivessem ganhando de nós nos leilões de gado, cavalos e ração, e roubando contratos bem debaixo do nosso nariz, não estaríamos numa situação tão terrível.

Provavelmente.

Talvez.

Além disso tudo, não conseguia imaginar o que nesta terra de meu Deus fez com que Sutton Goodall acreditasse que se casar comigo, uma McAllister, seria uma ideia das boas. Ou ele não batia bem das ideias, ou tinha alguma carta na manga. Estar tramando alguma trampa era mais provável do que ele ser um imbecil.

Ele manteve o ritmo rápido, o que me obrigou a levantar a barra do vestido, a fim de poder acompanhá-lo. Quando, por fim, chegamos ao elevador, arranquei a mão da dele.

— Para onde você acha que vai me levar? — ladrei.

Ele sorriu e pressionou o botão para chamar o elevador.

— Para a capela.

Capela.

Como é que é?

— Está falando de uma capela para casamentos? — grasnei quando a realidade daquilo a que eu tinha me disposto penetrou em minha pele e entalhou um buraco nas minhas entranhas, que se assentava tal qual um donut mofado.

— Sim, senhora. — Ele entrou no elevador, depois agarrou meu bíceps de leve e enfiou meu corpo chocado ali dentro.

— Temos um mês inteiro para planejar o casamento — eu o lembrei. — Li o contrato de cabo a rabo diversas vezes — disse de rompante.

— Isso mesmo. — Foi só o que ele disse.

— Então por que estamos correndo para a capela agora? — Minha garganta estava seca, e eu precisava, desesperadamente, beber um copo de água ou, talvez, um tonel de tequila. De preferência a tequila.

Apoiando-se na parede do elevador, ele me encarou e lançou um sorriso malicioso.

— Você sabe que o período começa a contar no dia do nosso casamento. Quer ser minha por três anos e um mês? Estou feliz com esse plano também, doçura.

Fechei a cara. Merda, ele tinha razão.

— Eu não quero estar casada com você e ponto. Não consigo entender o motivo de você ter dado um lance por mim, para início de conversa. Você me odeia.

Ele balançou a cabeça, e as narinas inflaram quando se afastou da parede e veio em minha direção. Recuei até, uma vez mais, eu me ver imprensada entre uma parede e o corpo desse homem.

— Eu não te odeio, Dakota. Na verdade... — O olhar dele penetrou o meu. — O que eu sinto por você, nesse vestido, sabendo que estou prestes a te tornar minha, é o mais distante de ódio que alguém pode chegar.

Uma excitação se espalhou pelas minhas terminações nervosas quando o calor das palavras dele me atingiu.

— M-mas... a s-sua família — gaguejei quando uma das mãos quentes tomou minha cintura e foi subindo pelo tronco até quase chegar à curva do seio.

— Ah, a minha família vai simplesmente odiar o que estou prestes a fazer. — O polegar dele deslizava para cima e para baixo, e descobri que estava com dificuldades em me concentrar na minha indignação e na minha raiva enquanto a mão dele repousava sobre mim, o ar carregado de uma tensão inegável. A forma imensa dele me invadia de uma maneira deliciosa que me deixava tonta com imagens de nós dois juntos, numa teia de pensamentos devassos e excitantes.

O cheiro dele era como um dia de sol no campo. Como o meu lar. Terroso, com notas leves de grama recém-cortada e um misto de outras ervas aromáticas. Era como se o caubói fosse capaz de, fisicamente, trazer o interior consigo só com o seu perfume.

Senti um aperto no coração ao pensar no meu lar. Aquela fragrância me lembrou uma vez mais o que estava em jogo e o motivo pelo qual estava ali, para início de conversa.

— E você acha que a minha família vai aceitar esta situação? — Minhas sobrancelhas se ergueram junto à minha voz. A força da necessidade urgente da minha família estava superando tudo.

O olhar dele passou dos meus olhos para a boca, e vi quando ele lambeu aqueles lábios grossos e beijáveis. O inferior tinha uma leve reentrância que me fazia querer passar a língua pela sua superfície e sentir a mudança de textura pessoalmente.

Nossos narizes se tocaram, e consegui sentir o hálito quente dele enquanto ele pairava tão perto.

— Acho que, talvez, se a gente fizer isso direito, a sua família pode tirar a cabeça do rabo por tempo suficiente para que acabe de vez essa rixa.

Acabar com a rixa.

Tirar a cabeça do rabo.

A fúria lambeu meus poros e eu o empurrei para longe de mim bem quando a campainha do elevador soou indicando que podíamos sair.

— Você é louco! Foi a *sua* família que começou com isso! Nós somos as vítimas de gerações de mentirosos e trapaceiros que ficam tentando expulsar o clã dos McAllister da nossa fazenda, de Sandee — bufei. — Você está completamente fora de si se acha que o nosso casamento vai mudar alguma coisa!

Ele torceu os lábios e pegou a minha mão de novo, segurando-a com força para eu não conseguir me soltar com facilidade.

— Como sempre, mais um McAllister falando um monte de merda. Vamos só ver o que o futuro nos traz, minha *esposa*. — Ele usou essa última palavra como um golpe certeiro. Que atingiu o alvo.

Já que não me soltava, apertei a mão dele com tanta força que a minha latejou de dor. Ele nem se retraiu, tampouco me largou. O maldito.

Ao sairmos para o saguão, vi minha irmã parada ao lado de um viking. Ela ainda usava o vestido atordoante do leilão e parecia conversar com o homem que presumi que fosse seu futuro marido.

Vê-la com um homem diferente de Jarod me atingiu como outra lança de arrependimento e ódio no peito. Ela não tinha que estar aqui. Deveria estar estudando. Deveria estar planejando um casamento com o seu primeiro amor. Seu único e verdadeiro amor.

— Savannah! — eu a chamei alto.

Tanto ela quando o bonitão loiro com os mais belos olhos que tinha visto se voltaram para mim.

Por fim, Sutton me largou e corri até a minha irmã, puxando-a para os meus braços.

— Savvy! — Suspirei, sentindo o coração na garganta.

— Ei, Kota. Que bom que você está aqui. Quero te apresentar uma pessoa. — Minha irmã se afastou e, de modo surpreendente, trazia um sorriso contente no rosto. Havia também tristeza em seus olhos, mas ela não estava aborrecida. Não chafurdava em autopiedade, como eu parecia estar fazendo por ela.

Assim que a abracei pela cintura e me virei para o homem que aguardava com paciência, pude *sentir*, sem ver, que Sutton se aproximava por trás. A presença dele era uma energia que consumia o ar ao redor do nosso grupinho.

O estranho estendeu a mão.

— Olá, sou Erik Johansen, o... hum... — O olhar dele disparou para ela. — O noivo de Savannah — completou.

— Dakota McAllister, a irmã mais velha dela. — Apertei a mão dele e apreciei o olhar e o sorriso bondoso do homem. Ele podia parecer um viking que pilhava vilarejos e queimava construções, mas era envolto por um ar de tranquilidade que rivalizaria com o de um monge budista. — Em breve Goodall. — O homem atrás de mim colocou o corpo junto ao meu, passando um braço sobre meus ombros e me acomodando ao seu lado.

Fechei a boca com tanta força que meus dentes doeram pelo esforço.

— Goodall — Savannah chiou, os olhos se arregalando e o rosto empalidecendo. Assisti horrorizada a ela perceber o que se passava.

— Savvy... — chamei minha irmã, sabendo que o golpe tinha sido *forte*.

Lágrimas encheram os olhos dela, o que fez Erik abraçá-la e ampará-la de imediato.

— *Goodall* — ela repetiu com mais ira na voz.

— Sutton Goodall. Olá, vizinha. — Ele sorriu e pegou minha mão.

Horrorizada, Savannah enrubesceu como um tomate, a tez combinando com os cabelos.

Levantei a mão livre.

— Explico tudo mais tarde. Não há nada que você possa fazer a esta altura que seja capaz de mudar isto. O que está feito, está feito.

— Na verdade, o que está feito ainda *não* está feito. Mas estará assim que eu a levar para o nosso compromisso na Capela Little White Wedding. Tique-taque, querida — declarou Sutton.

Cerrei os dentes.

— Pode me dar a merda de um minuto para conversar com a minha irmã?! — rosnei ao me virar de frente para ele.

Ele ergueu as mãos e deu um largo sorriso. Deus do céu, ele ficava lindo quando sorria.

— Tenho uma ideia melhor. — Gesticulou para Savannah e Erik. — Que tal se a sua irmã e o noivo dela vierem ao casamento? Assim se torna um assunto familiar.

Savannah estendeu a mão e a colocou no meu braço, para impedir que eu o socasse, algo que queria muito fazer, ou para se conectar comigo.

— Dakota, eu *adoraria* — sussurrou, a voz trêmula de emoção. Sendo ela a mais inteligente, deve ter percebido que aquela seria a sua única chance de me ver casando. Não que aquele fosse um acontecimento feliz. — Erik? — perguntou ao homem sossegado ao seu lado.

— Tudo o que a fizer feliz, Savannah — ele disse, com um olhar suave e gentil.

Pelo menos Savannah parecia ter conseguido um cavalheiro.

— Tá bom — grunhi entre os dentes. — Vamos todos.

— Excelente! — Sutton bateu as mãos como se não tivesse nenhuma preocupação na vida. — Vamos, então, amigos? — Ele estendeu o braço na direção da saída do prédio, onde havia uma limusine branca enorme. — A sua carruagem a aguarda, querida.

— Eu ainda te odeio — estrepitei. Depois, passei tirando-o do caminho, subi o vestido até quadril e saí batendo firme as botas direto pela saída. Abri eu mesma a porta da limusine e deslizei para dentro dela.

— O que está acontecendo? — Savannah sussurrou quando nos sentamos no banco de trás da limusine a caminho do meu funeral. Pelo menos era o que parecia para mim. Um pesadelo ganhando vida. Eu devia estar vestindo preto em vez deste lindo vestido roxo no qual, pelo visto, também me casaria.

— Vou me casar. O que mais lhe parece? — respondi zombeteira.

— Com um Goodall? — ela exclamou, os olhos se desviando para o meu noivo, que conversava com o viking.

— Não teria sido a minha primeira opção — disse friamente. — Você conhece as regras. Não somos nós que escolhemos os maridos. É o contrário que acontece. É por isso que recebemos milhões pelo acordo.

— Você não *tem* que fazer isso. Como pode chegar a considerar essa ideia? — Ela engoliu em seco, aqueles olhos azuis se enchendo de lágrimas não derramadas uma vez mais.

Virei de lado e peguei as mãos dela nas minhas.

— Você *sabe* o porquê. É pelo mesmo motivo que você vai se casar com um viking.

— Viking?

— O deus guerreiro escandinavo gostoso que você ganhou. — Apontei com o queixo para o outro lado da limusine.

O olhar dela se desviou para Erik, e seu rosto ficou corado quando ela o flagrou olhando para ela. Ele sorria radiante, como se o sol tivesse acabado de nascer pela primeira vez pelo restante da sua vida, enquanto a expressão dela era mais reservada e tímida.

O homem estava completamente arrebatado por ela.

Deus, isso tornava mais fácil o que eu estava prestes a fazer. Se pelo menos ela fosse amada ou, no mínimo, desejada, os três anos seguintes poderiam ser como uma aventura para ela, e não uma sentença de morte.

O carro parou rápido demais, e fomos conduzidas para fora.

Um homem trajando um terno elegante nos esperava na frente da capela.

— Senhor Goodall, tudo está pronto conforme solicitado — o anfitrião anunciou com a nossa aproximação. — O local foi esvaziado de outros grupos e tudo está pronto para quando o senhor quiser. — Ele segurou a porta aberta.

Sutton se aproximou de mim enquanto eu, agitada, encarava a Capela Little White Wedding. Ele segurou minha mão e a levou até a dobra do braço como um cavalheiro.

— Assim que acabarmos com isso, a contagem de três anos começa — ele me lembrou.

Com essa benção em mente, aprumei a coluna, ficando o mais ereta possível, ergui a cabeça e assenti.

— Estou pronta.

EPISÓDIO 20

PODE BEIJAR A NOIVA

Savannah

Encarei horrorizada quando entregaram um buquê de rosas para a minha irmã. Ela odiava rosas. Flores-do-campo? Claro. Girassóis e margaridas? Com certeza. Não a típica flor dos apaixonados, ainda mais estando ela prestes a se casar com o seu adversário.

Meus dedos se fecharam em punhos ao lado do corpo e cerrei os dentes com tanta força que a mandíbula doeu.

— Nenhuma quantia no mundo vale isso! — exclamei num sussurro emotivo e inaudível.

O braço que Erik mantinha ao redor dos meus ombros ficou tenso, e os dedos dele se curvaram no meu bíceps.

— O que houve, *elskede*? — murmurou, abaixando o queixo, de modo que nossos rostos ficaram próximos. Meu lábio inferior tremia, o que chamou sua atenção de imediato. Ele ergueu a mão e acariciou-me a boca, os olhos se estreitando. — Quer falar?

Pigarreei.

— Isto não está certo. Ele é parte do motivo de estarmos aqui. — Minha voz tremeu quando a tristeza da situação fez meu coração ficar apertado.

— O que quer dizer com ele ser o motivo? — A voz dele passou de calma e contida a severa num segundo.

Eu me virei em seu abraço e encostei as palmas no peito musculoso.

— A família dele quer comprar a nossa fazenda, a terra que possuímos há gerações.

Ele franziu o cenho, e mordi o lábio para me impedir de chorar.

— A fazenda da sua família enfrenta problemas? — ele quis esclarecer.

Assenti.

— Dívidas até as orelhas.

Ele deu de ombros.

— Então, com você como minha esposa, eu pagarei as dívidas. Simples assim.

Meu Deus. Erik Johansen estava se revelando um homem e tanto. Honrado. Leal. Pronto para arriscar o pescoço e abrir a carteira pela mulher que acabara de conhecer.

Fechei os olhos e balancei a cabeça.

— Nós, os McAllister, pagamos nossas dívidas. É só que o nosso pai fica nos metendo em apuros toda vez que conseguimos respirar um pouco aliviados.

Erik levantou a mão e esfregou o queixo barbudo. Eu queria tocá-lo, sentir se a barba era suave ou grossa.

Por que esperar?

Estávamos noivos, *tecnicamente*.

Ganhando coragem movida pela lógica, ergui a mão e espalmei a lateral de seu rosto, passando o polegar ao longo dos pelos macios do queixo dele antes de me permitir coçar a mandíbula de leve com os dedos.

Os olhos de Erik se fecharam, e ele murmurou de um jeito que quase pareceu um ronronar.

Jarod costumava adorar quando eu passava as unhas pelo cabelo dele.

Uma culpa, escaldante e pegajosa, azedou meu estômago na mesma hora em que percebi que não tocaria mais em Jarod por muito, muito tempo. Talvez nunca mais. Quando eu enfim ficasse disponível, ele provavelmente já estaria casado com alguma moça doce de Sandee que seria capaz de lhe dar o mundo. Afastei a mão como se tivesse me queimado. Os olhos de Erik se abriram. Ele pegou meu punho, depois entrelaçou os dedos nos meus. Levantou a palma para a boca e a beijou bem no meio, o que surtiu o efeito adicional de enviar um leve formigamento de prazer pelos meus braços.

— Sinta-se à vontade para tocar em mim, Savannah. Sempre que quiser. — Os olhos dele eram uma mistura de caramelo derretido com grama que acabara de nascer. Os lábios se curvaram num sorriso travesso de menino, de lado, que me fez sorrir.

— Devidamente anotado. — Abaixei a mão e me concentrei na minha irmã, que carregava uma expressão formidável, ainda que venenosa. Não era uma combinação saudável, isso era certo. Quando criança, estive do lado receptor da sua fúria, e não era uma posição agradável de se estar. Sutton mal sabia o que o esperava. Não só pelo que estava impingindo à nossa família, mas também por tê-la como esposa.

Ele nem ia perceber o que foi que o acertou. Quase sentia pena do homem. Quase.

— Mas o que o caubói tem a ver com tudo isso? — perguntou Erik, seu sotaque norueguês tornando o som de cada palavra e sílaba mais interessante que o outro.

Estreitei o olhar para o belo homem, que permitia que um atendente colocasse uma linda rosa vermelha na lapela do seu paletó.

— A fazenda da família dele faz fronteira com a nossa. Divididas por uma cerca. Apesar de a deles ter o dobro de hectares, sempre quiseram nos afastar da nossa terra para poderem assumi-la.

Erik estreitou os olhos ao observar Sutton Goodall.

Não se podia negar que era um homem lindo. Mesmo que ele e a família fossem do pior tipo. Sem dúvida tinham boa genética, porque Sutton tinha bem mais que um metro e oitenta, um queixo entalhado, olhos agradáveis e um corpo feito para o trabalho manual. Se não estivéssemos nessa rixa familiar há gerações, eu o teria considerado lindo. Muitas das mulheres de Sandee falavam dele com fervor, mas eu não o via pessoalmente há anos. Enquanto estive na escola e, depois, na faculdade, ele se manteve afastado, viajando a negócios, pelo que fiquei sabendo. Em um dos nossos telefonemas, Jarod mencionou por alto que ele tinha voltado e que as assanhadas da cidade estavam todas em polvorosa. Acho que isso ia terminar logo, assim que descobrissem que ele se casou com uma McAllister.

A cidade iria à loucura.

Sem falar no nosso pai.

Estremeci ao pensar em como ele reagiria. De modo dramático e mal-comportado, com certeza. Dakota achava que eu não tinha visto as brigas de tapas que ele tivera com ela e com a nossa mãe ao longo dos anos.

Eu sabia que ele não reservava os punhos para as brigas de bar e que nunca fez nenhuma ressalva em usá-los com a minha mãe e a minha irmã.

O que nem minha mãe nem Dakota perceberam era como ele me beliscava sempre que eu estava por perto. Quase todos os dias. Até muitas vezes no mesmo dia. Dizia que a minha bunda era gorda demais e beliscava com força suficiente para deixar uma marca roxa. A mesma coisa com a minha barriga, dizendo que era grande demais, acusando meus braços de flácidos. Eu tinha tantas marcas na bunda, nos quadris e na parte interna dos braços que Jarod achava que eu precisava me consultar com um médico. Eu dava uma desculpa atrás da outra.

Fico com hematomas com muita facilidade.

As cabras me morderam.

As galinhas estavam agitadas.

Caí num arbusto espinhento.

O que viesse à mente, já usei como desculpa. Isso só parou quando fui embora para a faculdade.

De repente, senti duas mãos quentes segurando meu maxilar. Pisquei em meio ao torpor das terríveis recordações e fiquei frente a frente com o olhar preocupado de Erik.

— Ei, ei. Vai ficar tudo bem. Se você quiser que eu interrompa esse casamento, farei isso. Farei tudo para que essas lágrimas desapareçam. — Os polegares enxugaram as lágrimas que caíam.

Balancei a cabeça, funguei e aceitei o lenço que ele tinha tirado do bolso.

— Obrigada. Estou bem. — Engoli as antigas lembranças e limpei o rosto dando tapinhas de leve com o tecido macio. — A minha irmã tem que tomar as próprias decisões e, se ela sente que precisa fazer isso, então não vou impedir. Só me resta estar perto para apoiá-la.

Ofereci um meio sorriso quando Dakota me chamou.

— Savvy, precisamos de uma testemunha — disse em seu tom prático.

— Já vou! — Enxuguei os olhos de novo e pus minha mão na de Erik. — Fica comigo? — sussurrei.

— Pelo tempo que você precisar. Sempre. — Ele entrelaçou os dedos nos meus.

Andei pela nave da capela ao som de uma música que não conhecia. Ao chegar ao altar, parei do lado direito, ficando de frente para Sutton e Erik, que estavam a alguns metros de mim. Erik estava fazendo as vezes de testemunha do noivo, enquanto eu era a dama de honra... mais ou menos. Encarei Sutton com raiva, tentando demonstrar o meu infinito ódio pelo homem com um único olhar.

Ele deu um largo sorriso e piscou para mim.

Desviei o olhar com uma carranca e assisti à chegada da minha irmã pela nave. Ela não fez aquilo de dar um passo lento e parar, típico da maioria das noivas. Em vez disso, foi direto ao ponto. Nem sequer segurou o buquê perto da cintura. O arranjo estava para baixo, ao lado do corpo, resvalando no vestido. Algumas pétalas se soltaram e caíram no chão enquanto ela marchava adiante.

Rir teria sido grosseiro, por isso desviei o olhar e me concentrei nas feições gloriosas de Erik. O homem era de uma beleza absurda. Tudo nele dizia "tire uma foto minha", "coloque-me num calendário de caras gostosos" e "estampe meu rosto em todas as redes sociais e em todos os filmes". Ele era lindo desse jeito.

E era *meu*.

Meu marido.

Bem, futuro marido.

Ainda tínhamos que conversar sobre essa parte.

Dakota chegou ao altar, e Sutton estendeu a mão. Ela olhou para a mão esticada como se fosse mordê-la antes de rosnar e aceitá-la.

Ao se virar para o oficiante, os lábios dele se retorceram como quem, pensei, estivesse se divertindo.

Por parte da cerimônia, encarei Erik. Não conseguia evitar. Mas, quando ele olhava para mim, meu coração acelerava e eu voltava a me concentrar em Dakota. Ela tratou a cerimônia toda como se fosse uma conversa de negócios, respondendo quando necessário e mantendo-se calada se não fosse o caso.

— Você aceita este homem, Sutton Duke Goodall, como seu legítimo esposo? — o oficiante perguntou.

— Sim. — Dakota interrompeu o resto do que o homem estava para dizer: — Vamos direto ao ponto, sim? — resmungou.

Sutton riu e assentiu.

— Como pediu a dama — disse, confirmando que estava de acordo em seguir num ritmo mais acelerado.

— Você aceita esta mulher, Dakota Leanne McAllister, como sua legítima esposa?

— Claro que sim! — Sutton se gabou com um sorriso enorme enquanto o peito se enchia em um gesto que só podia ser definido como orgulho. Ele reluzia ao levar o dorso da mão dela à boca e beijá-la. Uma reação bem estranha para alguém que, supostamente, era um ser humano terrível vindo de uma família desprezível.

Seria possível que ele quisesse mesmo se casar com a minha irmã? Assim, ela era linda, esperta, sabia tudo sobre como gerir uma fazenda e podia ser de fato engraçada quando não estava tentando tomar a frente de um legado quase falido.

Quando o oficiante mencionou a parte das alianças, Sutton enfiou a mão no bolso da calça e desenterrou um par de alianças de ouro. Uma era mais delicada que a outra, mas, definitivamente, formavam um conjunto. Ele entregou seu anel a Dakota, e percebi que ela inspirou fundo, surpresa.

Ele tinha mesmo planejado esse evento até os mínimos detalhes. Parecia que ele sabia que ela estaria sendo leiloada ou, no mínimo, não antecipara sair daquele evento sem uma noiva ao seu lado.

As alianças foram trocadas, e a mão da minha irmã tremia quando ele a colocou no dedo dela. Observei enquanto Sutton girava o anel e encarava os olhos de Dakota com anseio.

— Até que enfim estou me casando com a mulher que sempre quis desde que tinha quinze anos. — Inclinou-se para baixo e beijou a aliança no dedo dela num gesto de adoração que acalmou meu coração apreensivo.

Ele gosta de verdade dela.

Ela se sobressaltou, deixando as flores ao seu lado caírem no chão quando levou a mão ao peito.

— E com essa feliz declaração, tenho a satisfação de anunciar, pelo poder investido em mim pelo estado de Nevada, que vocês agora são marido e mulher. Pode beijar a noiva.

— Não, pode parar! Sai de perto de mim, rapaz! Você não vai chegar perto de mim com essa sua boca! — ela resmungou, mas Sutton não lhe deu ouvidos. Ele tinha uma missão a cumprir, e ela era o seu objetivo.

Levou uma mão à cintura dela e outra à nuca, puxando-a para junto de seu corpo. Abaixou e inclinou a cabeça bem para o lado, garantindo haver bastante espaço para seu chapéu ao pressionar os lábios nos dela.

Por um segundo ou dois, ela resistiu, as mãos em punho contra o peito dele, mas, em seguida, de modo surpreendente, parou de se opor. Envolveu-o pelos ombros largos e pendeu a cabeça. O beijo passou de furioso a sensual com tanta rapidez que quase ficou indecente de assistir.

Estavam se agarrando com as bocas, grunhindo e gemendo como se estivessem numa batalha de línguas.

As mãos da minha irmã subiram para o pescoço e para os cabelos dele, derrubando o chapéu de caubói. Os dedos se espalharam entre as camadas de cabelo quando a mão dele desceu até a bunda dela. Um gemido másculo e rouco se espalhou no ar quando Sutton a suspendeu ainda mais ao encontro do corpo.

Erik e eu ficamos ali, tentando não olhar para o casal indomável, mas não conseguimos. Era como assistir a um trem prestes a atingir um carro preso nos trilhos. Não conseguíamos desviar o olhar. Era hipnotizante. E, mesmo assim, Sutton suspendeu minha irmã, levantando os pés dela do chão, segurando-a com as mãos nas nádegas dela enquanto a aproximava ainda mais, numa demonstração gráfica do seu lado possessivo.

Senti um calor no peito e abanei o rosto. Erik riu por trás do punho fechado, mas os dois continuaram a se beijar. Caso estivessem sozinhos, eram grandes as chances de que teriam rasgado as roupas um do outro e transado como coelhos, e que o resto de nós se danasse.

— Hum, oi, vocês dois? Ainda estamos aqui — disse em voz alta.

No mesmo segundo, o corpo da minha irmã congelou. Os dedos deslizaram para fora dos cabelos de Sutton e ela chutou as pernas ainda com as botas com selvageria, acertando Sutton na canela, ao mesmo tempo que o mordia no lábio.

Eu me retraí quando ele se afastou imprecando.

— Meu Deus, mulher! — rugiu. Sangue pingava dos lábios inchados enquanto ele cutucava a pele com os dedos. — Você me mordeu!

O olhar dela se estreitou e ela lhe apontou um dedo, o braço todo esticado à frente.

— Bem-feito. Foi por ter me beijado!

Ele deu um sorriso malicioso, os dentes manchados de sangue enquanto tateava ao redor da ferida.

— Valeu cada segundo. Valeu até um beiço inchado e a canela dolorida.

— Ah, é? Que tal um olho roxo para acompanhar? — Ela fechou a mão e jogou o braço para trás.

— Você já me socou hoje. Acho que atingimos a nossa quota de violência e de felicidade conjugal, não concorda?

Ela bufou e afastou o cabelo do rosto, depois apoiou as mãos na cintura.

— E agora, meu *marido*? — escarneceu.

Ele riu como um maníaco.

— Alguma possibilidade de você estar pronta para consumar o casamento?

Ela se aproximou dele com o dedo em riste de novo e o cutucou no peito largo.

— Nem a pau!

Ele agarrou o punho dela com tamanha agilidade que mal vi quando ele o colocou nas costas dela.

— Continua me provocando que eu te laço e te provoco até você me *implorar* para gozar — grunhiu num tom gutural.

— Eu. Te. Desafio. A. Tentar — disse ela entre os dentes, discutindo, mas arqueando o corpo naturalmente na direção dele uma vez mais.

Ele sorriu.

— Estar casado com você vai ser a coisa mais divertida da minha vida.

— A sua diversão, o meu pesadelo — ela rebateu de pronto.

— Veremos. Venha, está na hora de assinar a certidão. E, depois, de volta ao nosso hotel.

— Nosso hotel? — Os olhos dela se arregalaram.

— Óbvio. Estamos casados agora, Dakota. Você dorme onde eu falar para você dormir. Ou seja, ao meu lado. Dê uma lida no seu contrato, querida.

O contrato.

Ah, inferno, agora eu estava questionando o que estava escrito em letras miúdas. Era para eu ir dormir ao lado de Erik? Antes do casamento?

Pensei que teria um mês para me acostumar com esse homem na minha vida e... *na minha cama.*

EPISÓDIO 21

FÉ EM ALGUÉM

FAITH

Ele tinha uma filha.

Uma criança.

Meu coração doía apertado no peito. Cerrei os dentes enquanto Joel segurava minha mão por todo o caminho até o Alexandra, um resort que, pelo visto, era dele. Pela primeira vez em anos, o toque de outra pessoa não me foi repulsivo nem causou medo. Muito pelo contrário. Eu me senti ancorada a algo seguro, como uma boia em alto-mar. Uma sensação que eu não experimentava nem sei havia quanto tempo.

Meu telefone vibrou na bolsa, e contraí os maxilares com tanta força que pensei que acabariam triturados.

— Atenda, Faith. Agora, aqui comigo. Ninguém vai te fazer mal. Nunca mais. Eu prometo. — Joel apertou minha mão, demonstrando seu apoio.

Engoli o medo e tirei o aparelho da bolsa. O identificador de chamadas dizia que era meu pai. Uma nova descarga de medo me assolou enquanto eu me atrapalhava com o celular na mão. Meu pai sabia o que eu estava fazendo. Não concordava, mas também entendia em que pé estava a situação e aceitou que não havia outra saída. Assim como ele precisou tomar decisões difíceis quando perdemos nossa mãe para o vício. Um traço familiar que também levou minha irmã Gracie para o lado sombrio.

Depressa, apertei o botão para aceitar a chamada.

— Pai, o que foi?

— *Cara mia*, os capangas dele estão batendo na porta de novo. Estão exigindo saber onde você está. Éden está assustada. Chamei a polícia, mas sabe como ele manda em muitos deles. — As palavras do meu pai estavam apressadas e cheias de medo.

— Éden está bem? — Tentei tirar minha mão da de Joel quando a minha ansiedade aumentou mil vezes, mas ele não a soltava. Em vez disso, segurou-a com ainda mais firmeza.

— Sim, ela está bem, Faith. Deixei que ela ficasse mais tempo com o tablet que você lhe comprou e os fones que bloqueiam ruído. Isso pareceu ajudar.

— E os níveis dela? — perguntei, com o coração na garganta.

— A glicemia está boa. Testamos há algumas horas, depois do jantar, e ela está bem. Tenho bastante prática com isso, você sabe, *cara mia*. — Ouvi-lo me chamando de "minha querida" foi como sentir um cobertor quentinho de energia me envolvendo a alma castigada.

Meu pai era o melhor homem do planeta. Ele dava tudo de si para mim, para minha irmã — que não merecia — e para sua única neta, Éden.

— Sinto muito que você tenha que lidar com isso… — sussurrei enquanto minha nuca e meus ombros se tensionavam.

— Vai ficar tudo bem. Só queria ter certeza de que o diabo e os capangas dele não tinham te apanhado. Você sabe que este velho aqui não vai aguentar mais nenhuma perda. Você, Éden e Gracie são tudo o que tenho. Quero que isto acabe. Para você, para Éden. Eu só queria saber poder fazer isso, *cara*.

Eu ouvia o desespero na voz do meu pai, e isso dilacerava ainda mais uma parte da minha determinação, estilhaçando-a em pedacinhos. Ele suspirou fundo, demonstrando quanto estava exausto. Depois de um dia inteiro lidando com o restaurante, cuidando de Éden e das necessidades dela, ter que aguentar o meu ex tentando arrombar sua porta? Sem falar na minha irmã dopada que entrava e saía da vida dele quando bem queria, e as infindáveis preocupações comigo e com o que poderia acontecer caso fosse capturada… Tudo isso tinha um preço. Ele lidava com muito mais coisas do que um homem de cinquenta e cinco anos deveria. Criava a neta enquanto ambas as filhas estavam presas em suas próprias versões de um inferno na Terra. Definitivamente, essa não era a vida que ele desejou para nós e para si mesmo.

Tudo isso iria mudar.

Joel Castellanos me escolhera como sua noiva. Tudo melhoraria. Eu só tinha que chegar até a parte do casamento e sobreviver pelos próximos três anos sem a minha família. Mas faria tudo para manter meu pai e Éden a salvo.

— Eu fui... fui escolhida, pai. Como eu esperava.

— Claro que foi. Eu não tinha dúvidas de que seria. Você é perfeição dos pés à cabeça — exclamou.

Pressionei os lábios, permitindo que o elogio carinhoso dele me lembrasse de que eu também tinha algo a oferecer a Joel.

— Escuta, pai, vou transferir uma grande soma para a sua conta. — Forcei Joel a soltar minha mão e me virei para a janela do carro a fim de ter a ilusão de um pouco de privacidade. — Use esse dinheiro para pagar as contas médicas e tudo o mais que você e Éden precisarem. Vou receber muito mais depois do casamento. Prometo que tudo vai melhorar logo.

— *Cara mia...* não gosto do que está fazendo. Vai contra tudo o que sempre quis para você. — Seu tom estava estressado e carregado de emoção.

Lágrimas encheram meus olhos e desceram pelo meu rosto. Enxuguei-as sem sequer pensar.

— O dinheiro vai resolver a nossa maior preocupação. Diga a Éden que eu a amo muito e que logo vou visitá-la. Quando for seguro. Combinado?

— Você deveria ser capaz de dizer isso a ela pessoalmente. Ela precisa de você, Faith. Todos os dias ela pergunta de você. Todos os dias eu digo *logo*, sabendo que estou mentindo para a minha neta.

— Não é mentira se for verdade. Eu logo vou ver vocês dois. — Inspirei fundo, porque tinha que perguntar. — Você a está mantendo longe de Gracie, não está, pai? — Eu me retraí, ansiando pela resposta certa. Papai não queria que Gracie exercesse má influência em Éden, assim como eu fizera, mas ele tinha um ponto fraco pelas suas meninas. E minha irmã era igualzinha à nossa mãe. Ela conseguia entrar na casa e no coração dele com uma única conversa. Eu a vi fazendo isso muitas vezes no passado.

— Sim, Faith. Grace nunca nem perguntou sobre Éden. Ela chegou a vir ao restaurante mês passado, implorando por dinheiro. Eu dei, só porque precisava que ela fosse embora. Éden estava no escritório, brincando de colorir, e eu não queria arriscar um confronto. Sei que você não quer nem que ela coloque os olhos em Éden, e eu concordei com esse pedido, porque isso é o melhor para a minha neta. Mas um dia... tudo isso tem que acabar. As mentiras. O medo. O ódio. Costumávamos ser uma família, *cara*. Agora mais parece que estamos num esquema de proteção a testemunhas, vivendo uma mentira constante.

Fechei os olhos e deixei que a dor familiar machucasse mais um pouco da minha alma. Eu precisava da dor, da raiva, do ódio. A dor me fortalecia. A raiva me movia. E o ódio... isso me mantinha concentrada no que mais importava.

— Sinto muito, pai. Por favor, me conte o que acontecer depois que os policiais chegarem. Eu te amo — sussurrei e desliguei rápido. Não conseguiria lidar com a culpa dele, ainda por cima. Pressionei a testa quente contra o frio do vidro da janela.

De repente, dois braços calorosos me envolveram e me viraram de lado, de modo que acabei enroscada ao peito firme de Joel. Ele acariciou meus cabelos por toda a cabeça.

— O que quer que esteja acontecendo, minha querida, posso ajudar a consertar. Se você me permitir, eu juro, para mim será uma honra ajudar a facilitar a sua vida.

Com essas palavras gentis soando em meus ouvidos, chorei ainda mais contra o peito dele.

Toda vez que eu sentia que dava um passo adiante, encontrando um novo normal, a vida me alcançava e me empurrava dois passos para trás.

A limusine parou na entrada circular do Alexandra. Quando o motorista abriu a porta, Joel deslizou para fora e esticou a mão para mim. Peguei na mão dele e depois fiquei bem perto de seu corpo, enquanto vasculhava a entrada e o descampado ao nosso redor.

Joel enrijeceu quando me encolhi contra ele, mas, corajoso, passou um braço sobre meus ombros, mantendo-me próxima, e me conduziu a passos rápidos até a sua propriedade. Ele não parou até chegarmos a um elevador particular que levava direto à cobertura.

Uma vez lá dentro, ele me conduziu até um bar lustroso de madeira com tampo de mármore. Curvou os longos dedos ao redor de um banquinho e gesticulou para que eu me sentasse. Obedeci sem dizer nada enquanto o observava dar a volta no bar e pegar dois copos baixos e uma garrafa de uísque caro. Serviu dois dedos em cada um e depois deslizou um copo de cristal para mim.

Ele pegou o copo e bebeu o líquido ardente de uma vez só. Eu o imitei, bebendo até sentir um calor agradável ardendo no estômago. Ele serviu mais dois dedos e ergueu o copo. Ergui o meu perto do dele.

— A uma vida melhor... — declarou, os olhos ardendo com uma intensidade que me hipnotizou.

Bati o copo no dele e repeti suas palavras:

— A uma vida melhor — sussurrei, querendo essa realidade mais do que tudo.

Ele tomou um gole, abaixou o copo e pressionou as palmas contra o tampo do bar.

— Agora conte-me, Faith. Quem está atrás de você? E o que eles querem?

Lambi os lábios e mordi a boca enquanto passava a ponta do dedo na beira do copo. Eu vinha fugindo há tanto tempo, paralisando minha vida, afastando meu pai, guardando segredos a fim de poder seguir em frente.

— Eu não te conheço, Joel. Como posso confiar em você quando todas as pessoas em quem já confiei me traíram?

— É justo. Vamos começar com a parte fácil. Quem quer fazer mal a você?

Fechei os olhos e depois fitei as janelas que iam do teto até o chão diante de nós. A Cidade do Pecado reluzia como um diamante numa mina tendo o deserto escuro como pano de fundo. Eu já vagara por aquelas ruas, escondendo-me em buracos, dormindo em sofás imundos, acovardando-me em hotéis baratos, infestados de baratas. Fiz o necessário para fugir.

— Meu ex-noivo. Aiden Bradford.

Joel se encostou no bar, cruzou os braços diante do peito e pressionou os lábios antes de erguer a sobrancelha.

— Está me dizendo que esteve noiva e ia se casar com Aiden Bradford, o hoteleiro mau-caráter?

— Hum... é.

— Ele é um monstro — Joel declarou como se isso fosse novidade para mim.

— Hum... é — repeti.

Ele franziu o cenho e se afastou da beirada do bar.

— E é óbvio que ele acredita ser seu dono. Você deve dinheiro a ele?

Balancei a cabeça.

— Não peguei um centavo do dinheiro dele. — Posso ter tirado outra coisa de Aiden, mas ele não sabia disso e jamais saberia.

— Então por que ele está tão determinado a encontrar você?

Dei de ombros.

— Porque eu fui embora, e ninguém o deixa antes que ele se canse. Aiden deixou isso bem claro me perseguindo pelo país. Depois que me encontrou, me arrastou de volta contra a minha vontade. Ele me trancou numa das suas gaiolas de ouro até estar pronto para brincar comigo de novo. Só que, da última vez que fugi, ameacei colocá-lo na cadeia.

— E por que você faria essa ameaça? — Joel inclinou a cabeça de lado, a atenção toda em mim.

Faith, se não puder confiar no homem que será seu marido, em quem vai confiar?, eu me digladiei por um minuto inteiro.

Joel não parecia ter problemas em esperar até que eu me decidisse entre partilhar isso ou não.

Inspirei bem fundo uma única vez e soltei o ar devagar, permitindo que a minha intuição me conduzisse. Joel não me dera motivos para duvidar de suas melhores intenções. E aquele primeiro beijo, sem falar no segundo, foram os melhores da minha vida. A química entre nós, mesmo naquele instante, era palpável. Eu quase poderia sentir com os dedos a tensão no ar entre nós — de tão forte que era.

Levantei a cabeça e olhei bem fundo nos olhos dele, enxergando sua honestidade, antes de divulgar a única verdade que nunca tinha contado a ninguém. Nem ao meu pai, o homem em quem mais confiava no mundo todo.

— Porque fugi pela última vez depois de ele ter me estuprado.

EPISÓDIO 22

JANTAR PARA DOIS, E MAIS UM

RUBY

O anel no meu dedo era a coisa mais linda que eu já havia possuído em toda a minha vida. Fiquei olhando para ele, esticando a mão como se fosse uma doida, vendo o rubi e os diamantes brilharem contra o pano de fundo das muitas luzes dos cassinos.

Noah me levou direto pela entrada de um deslumbrante resort chamado Alexandra. O projeto era sem igual, com paredes caiadas e piso que imitava pedras, mas era liso. Era como se existisse uma camada de vidro cobrindo a superfície irregular das pedras, passando a ilusão de andar por cima de algo mais natural. Havia fontes no saguão e folhagens verdejantes com botões de flores roxas e azuis que eu achava se chamarem "belas-de-dia". No conjunto, o resort era elegante e confortável sem ser chamativo nem iluminado demais, como os outros resorts cassinos que vi quando passamos pela Strip.

— O que estamos fazendo aqui? — sussurrei, ainda segurando o cotovelo de Noah enquanto a gente adentrava mais a construção.

— Você já comeu esta noite? — ele perguntou.

Balancei a cabeça.

— Eu estava nervosa demais antes do leil…

Noah mudou de posição num segundo, colocando um braço ao redor da minha cintura, colando meu corpo junto ao dele. Pressionou um dedo nos meus lábios para me impedir de terminar a palavra *leilão*.

Franziu o cenho quando os olhos escuros se encontraram com os meus.

— Primeira regra de ser uma Pennington: nunca discuta assuntos pessoais em público. Se a mídia ficar sabendo a forma como você se tornou uma de nós, isso arruinará tudo. Como sabe, o modo como nos conhecemos não é nada convencional.

Uma sensação de apreensão e desconforto fez meu ventre formigar.

— Desculpe. Não tinha pensado nisso — murmurei, permitindo que a tristeza se infiltrasse nas minhas veias.

Noah amparou meu rosto.

— Não se preocupe, amor. Foi um erro inocente.

Engoli com força o algodão que parecia entalado na garganta e grasnei:

— Tá bem. Não vai acontecer de novo. — Procurei nos olhos dele qualquer rastro de raiva ou arrependimento por ter escolhido uma garota ignorante que não era inteligente o bastante para manter a boca fechada quando mais importava.

Ele sorriu, colocando charme no sorriso juvenil, no mesmo instante derretendo a tensão ao nosso redor.

— Tenho fé em você, Ruby. — Ele recuou, ergueu a minha mão com o anel e beijou os nós dos dedos.

— Meu irmão, alguém como você não deveria se esforçar tanto para ganhar vantagem sobre mim. — Outro sotaque inglês interrompeu nossa troca de olhares. Tanto Noah quanto eu nos viramos, dando de cara com Nile parado a alguns metros de nós.

O olhar de Nile era afiado, penetrante, fixo em nós dois, enquanto todo o resto parecia controlado à perfeição, belo como sempre. Com os cabelos penteados para trás, o terno que caía como uma luva e aqueles óculos sensuais, ele parecia a imagem de um professor universitário gostoso por quem todas as garotas se apaixonavam.

— Meu irmão. — Noah deu um sorriso largo ao abaixar minha mão e colocar as dele dentro dos bolsos. — Depois que deixamos Ruby mais cedo, eu lembrei que precisava cuidar de um detalhe do qual nos esquecemos antes de deixar nossa linda futura esposa.

Nile ajustou o paletó do terno impecável, fechando os botões antes de cruzar as mãos diante de si.

— Conte-me, por favor. — Ergueu a sobrancelha, avaliando Noah com um olhar que eu não desejava ter sobre mim. Só seu tom e sua postura já eram gélidos. No passado, tive que lidar com caras ricos irritados. Não que algum dos meus clientes frequentes tivesse o tipo de dinheiro que esses irmãos tinham, mas nunca era uma boa ideia ficar diante de um homem forte irritado. Pouco importando sua postura e sofisticação. Essas coisas com frequência eram esquecidas quando um cara está querendo briga.

Noah sorriu ainda mais.

— Nenhuma futura Pennington deveria ficar sem um anel de noivado adequado. Por isso, procurei retificar esse problema.

As sobrancelhas de Nile se juntaram, e o olhar dele desceu até meus dedos. Ele se aproximou e estendeu a mão, gesticulando para a minha.

Ergui a mão e a coloquei sobre a dele.

Nile se inclinou para perto do anel e olhou com atenção conforme virava meu dedo de um lado para o outro. Seu perfume se espalhou ao nosso redor, e inspirei as notas profundas de madeira misturadas com uma fragrância terrosa de patchuli, baunilha e flores que só podia ser um Tom Ford. Depois de passar tanto tempo no colo dos homens ao longo dos anos, eu entendia de perfumes.

— Tom Ford Noir — sussurrei.

Os olhos escuros de Nile dispararam para os meus por trás daquelas armações caras.

— Um olfato apurado. Muito bom. — Sorriu de leve, e meu coração disparou, o orgulho se espalhando por mim enquanto ele continuava a inspecionar meu anel. — O anel, contudo não é bom o bastante — anunciou.

Noah deu uma gargalhada.

— Só você poderia considerar insuficiente um anel de doze mil dólares da Tiffany. Você é muito esnobe.

Nile deu de ombros, depois segurou minha mão entre as dele.

— Eu nem chamaria isso de anel de noivado. Querida, podemos fazer melhor do que isso. — Deu um tapinha na minha mão.

Franzi o cenho e recolhi a mão. O orgulho que antes senti pelo elogio dele desapareceu, dando lugar à irritação.

— Eu gosto bastante deste anel. — Ergui o queixo. — Fui eu mesma que escolhi. É a coisa mais linda que já vi, a não ser pela minha irmã.

— Irmã? — ambos os irmãos perguntaram ao mesmo tempo, as vozes idênticas assim como eles.

— Isso mesmo. Opal.

— Você é Ruby e sua irmã é Opal? Duas pedras preciosas. Aposto como há uma brilhante história familiar por trás disso — comentou Noah.

— Você perderia a aposta — respondi sem inflexão. — Pensei que a gente ia jantar? — perguntei, desesperada pra mudar de assunto.

— Ah, vocês iam? — Nile encarou Noah, bravo. — Então tenho certeza de que não se importarão se eu me juntar a vocês, já que, ao que tudo leva a crer, este é o momento de nos conhecermos melhor.

Noah inclinou a cabeça, sorrindo, e gesticulou para o que parecia ser um restaurante no fim de um corredor comprido em forma de arco. Na entrada, havia uma placa com uma única palavra, escrita com fluidez num tom azul.

— Bri-zo-lau-de-co — li o nome mais adiante no corredor. — O que isso quer dizer?

Nile perscrutou a palavra.

— *Brizoládiko* — repetiu. — É grego. Significa churrascaria. Você gosta de carne?

— Amo. — Assenti com vontade, a boca salivando só de pensar em morder um bife suculento. Não tinha comido nada desde o café da manhã. Minha barriga se revirou de nervosismo desde que começamos a nos preparar para o leilão.

— Maravilha. Vamos, então? — Nile me ofereceu o braço.

Pressionei os lábios e relanceei sobre o ombro para Noah, que balançava a cabeça e sorria. Segurei o braço de Nile.

— Obrigada.

— O prazer é meu. Agora me conte tudo o que preciso saber sobre a senhorita Ruby Dawson. — Ele deu uns tapinhas na minha mão com suavidade e me conduziu pelo longo corredor.

— Não tem muita coisa para saber. Sou só uma garota do interior, de uma cidadezinha abandonada no Mississippi.

— Mississippi… Não creio que eu já tenho visitado alguma vez. — Ergueu o queixo como quem está pensando no passado.

— Bem, não perdeu nada.

Graças a Deus, a recepcionista se aproximou do nosso grupo e logo fomos levados para dentro do restaurante mais chique em que entrei na vida.

Antes que eu conseguisse ao menos encostar na cadeira para a qual fui levada, Nile a puxou para mim.

— Hum, obrigada. Isso foi bem gentil — disse e me sentei.

— Um cavalheiro sempre arrasta a cadeira para uma dama — disse ele com uma meia mesura.

Baixei os olhos para o prato e os talheres. Havia tantos — não só uma faca, um garfo e uma colher. Ali estava um conjunto de três garfos, duas colheres e duas facas. Sem falar nos três copos vazios diante de cada pessoa. Mordi o lábio inferior, imaginando para que tantos se um de cada dava conta.

Noah, que se sentou à minha direita, inclinou-se para perto de mim.

— Um aperitivo, amor?

Levei um segundo para entender que ele estava falando de bebida alcóolica. Eu, sem dúvida, concordava com essa ideia.

— Sim, por favor. Acho que vou precisar.

Logo depois que nos sentamos, vi, atordoada, um garçom pegar o guardanapo do prato dele e colocá-lo no colo. Por ele. O garçom repetiu o processo comigo e com Nile. Ninguém disse nada, agindo como se aquilo fosse perfeitamente normal. Nunca tinha ouvido falar de uma pessoa colocar o guardanapo no colo de outra. Muito estranho.

Sem demora, dois dos três copos na nossa frente foram enchidos, com água e vinho tinto. Nile passou um tempo falando sobre o vinho com um homem bem-vestido que tinha o título de *"sommelier"*. Essa pessoa, pelo visto, só falava sobre vinho, servia a bebida e sugeria o que comer para acompanhar, como se a bebida fosse o principal, e não a carne. Para mim, tudo aquilo era muito esquisito. Por que precisávamos do cara para isso? Era só experimentar e ver se gostava ou não.

Fiquei calada enquanto Nile fazia o que tinha que fazer e Noah se ofereceu para realizar o pedido por mim. Concordei e vi os dois interagirem enquanto bebericava o vinho. No instante em que o vinho descia uns dois centímetros no copo, um dos garçons aparecia e voltava a encher. Essa parte era legal.

Por fim, os pratos foram servidos, e esperei com a boca salivando para reparar qual faca e garfo os irmãos pegavam.

Noah apontou para a faca mais afiada, que estava mais próxima do prato, e para o garfo com os dentes mais compridos. Remexeu as sobrancelhas, e não contive uma gargalhada.

— O que aconteceu de tão engraçado? — Nile perguntou, cortando o bife e levando-o à boca.

— Nada. E aí, onde vocês dois estão planejando me manter em Londres quando a gente chegar lá? — perguntei, bem curiosa. Estava colocando a minha vida nas mãos deles, literal e fisicamente. Ainda bem que a empresa de Madame Alana era bem séria e detalhista. Eu sabia que ficaria bem, mas também tinha um pouco de medo de sair do país e ficar tão longe de Opal.

— Acredito que a propriedade Pennington em Oxshott seja a mais adequada. Noah?

Ele suspirou.

— Faz tempo desde a última vez que estivemos lá. — Seu tom era sério e tinha um ponta de tristeza.

— Sim, mas ambos temos nossos aposentos privativos e muito espaço para Ruby explorar enquanto se acostuma com um novo país. Além disso, a criadagem estará lá para cuidar de tudo.

— Inclusive a governanta. — Noah sorriu de modo travesso.

Governanta? Era assim que chamavam a mulher do governador? Talvez a família estivesse metida na política?

— Estava de fato pensando nisso. Ela garantirá que nossa cara Ruby seja treinada na arte de ser exatamente o que se espera de uma esposa Pennington. Elegante. Educada.

— Educada? Está falando de escola? — Enruguei o nariz. Odiei todos os segundos passados na escola quando era criança.

Nile sorveu seu vinho e se recostou no espaldar de veludo da cadeira. Girou o líquido roxo no copo.

— Pelo que vi em seu portfólio, você concluiu seus estudos aqui? — perguntou Nile.

— Hum… Isso mesmo. Terminei o colégio.

— E estou certo de que entende que, a fim de ser a esposa de um Pennington, esse título vem acompanhado de alguns pré-requisitos, como participar de eventos, oferecer festas, participar de atividades femininas relacionadas aos nossos interesses empresariais e/ou filantrópicos.

— Fi-lan-tró-pi-cos — repeti, sem ter a mínima noção do que isso significava.

— De caridade — esclareceu Nile.

— Ah! Vocês doam coisas? Organizei uma venda de garagem faz pouco tempo. Bem, estava mais para uma "venda de gramado", na frente do centro comunitário. Mas armei um monte de mesas e coloquei uma tonelada de coisas doadas para conseguir uma grana para o abrigo local. Eu me saí muito bem e me diverti bastante. Posso fazer isso sem problemas.

Noah estava com a taça erguida diante do rosto enquanto cobria uma risada com a mão.

— Coisas doadas. Uma grana. Venda de garagem? — Nile fez uma carranca, como se essas palavras fossem venenosas. — Senhorita Dawson, sinto dizer que você está necessitando com urgência de treinamento em etiqueta.

— Não sei o que isso quer dizer. — Agarrei o copo de vinho como se fosse uma boia salva-vidas, pegando a parte mais larga com as duas mãos, que, de repente, começaram a tremer.

— Eu bem que gosto de Ruby assim como ela é. É impossível saber que coisas interessantes sairão dessa sua boca. — Noah deu de ombros. — Por que mexer no que é perfeito? Ela não precisa do seu enfadonho treinamento em etiqueta. Deixe a garota ser como é.

O olhar de Nile disparou para Noah.

— Você espera trazê-la para o nosso mundo sem qualquer treinamento formal? Quer só largá-la no ninho de víboras e espera que ela saia ilesa? Eu esperava mais de você, meu irmão.

Eu me endireitei na cadeira, precisando salvar aquela noite. Não podia deixar que um dos irmãos não me achasse boa o bastante. Faria o que fosse

preciso, com muita boa vontade, para garantir que aquele negócio acontecesse. Eu precisava do dinheiro. Meu futuro e o da minha irmã dependiam
de que um desses homens se casasse comigo.

— Eu faço o treinamento. Tudo o que vocês precisarem. Quero ser
uma boa esposa. Se precisam que eu fale ou aja de alguma maneira determinada, para não envergonhar nenhum dos dois, não tem problema.
É só me apontar para a direção certa e farei isso acontecer. Aprendo rápido.

Noah sorriu de modo malicioso.

—Tenho certeza de que sim.

— Estupendo. Ligarei para a governanta e avisarei quando deve nos
esperar. — Nile sorriu e levantou o copo, parecendo contente por eu ter
concordado em passar pelo treinamento em etiqueta dele com uma pessoa
chamada governanta.

— Bem, estou ansiosa para conhecer essa tal de governanta. — Sorri
e tomei um belo gole do melhor vinho que tinha provado, terminando o
que restava no copo antes de abaixá-lo. — Espero que ela goste de mim —
partilhei, já me sentindo mais tontinha.

— Ah, ela vai *odiar* você — Noah respondeu com uma risada.

Virei rápido a cabeça para a direita.

— Vai? Por quê? A gente nem se conhece!

— Não é óbvio? — perguntou Noah.

Deixei meus olhos irem de Nile para Noah, tentando entender o que
ele queria dizer. Eu era tão ruim assim? Quero dizer, foram eles que me
escolheram, então isso deveria contar alguma coisa.

Balancei a cabeça.

— Amor, você está basicamente noiva dos dois homens que ela criou
por grande parte da nossa vida. Como acha que vai ser isso?

Droga, por que aquele cara do vinho ainda não voltou para encher o meu
copo? Eu queria beber mais daquilo como se estivesse tomando refrigerante
num dia quente lá nas minhas bandas.

— Hum… sério? Não faço a mínima ideia de como responder.

Noah olhou para o irmão e depois para mim antes de declarar:

— Infelizmente, também não sabemos. Só sei que não será nada bom.

EPISÓDIO 23

A ESPOSA DESSE HOMEM

Dakota

A limusine levou nós quatro de volta ao hotel. Assim que saímos, puxei minha irmã pelos braços e a abracei com força.

— Savvy, toma cuidado. Dorme bem esta noite e eu te vejo na reunião amanhã de manhã. — Olhei direto nos olhos azuis da minha irmãzinha enquanto ela assentia.

Soltei-a e fiquei de frente para o viking.

— E você — apontei para o peito do belo homem —, se machucar a minha irmã, puser as mãos nela ou forçá-la a fazer *qualquer coisa* indecente, que Deus me ajude, pois vou atrás de você como se caça um animal selvagem. Atiro no meio dos seus olhos. Arranco a cabeça de vez.

Erik, ajuizado, recuou um passo.

Sutton passou o braço sobre meus ombros, vindo por trás.

— Ei, rapaz, ela não está brincando, não. Sei que ela é boa de mira. Eu tomaria cuidado. — Tocou na beirada do chapéu com a mão livre. — Divirtam-se, vocês dois, enquanto se conhecem — sugeriu. — Vem, doçura. Temos uma noite de núpcias pela frente. — A voz arrastada de Sutton era sexy e lançava descargas de eletricidade e prazer pelos meus braços. Senti ódio por ele e pelo meu corpo traiçoeiro.

Fiz uma careta e tentei libertar meus ombros, sem sucesso. Ele segurava firme. E o pior, o abraço dele me parecia gostoso e reconfortante depois do dia mais doido da minha vida.

— Tomei a liberdade de pedir que levassem todas as suas coisas para o meu quarto — ele declarou ao me conduzir para o mesmo elevador em que descemos antes.

Meu corpo inteiro gelou, e me virei para empurrá-lo.

— Você o quê? — rugi, o som reverberando pelas quatro paredes do elevador.

Ele sorriu com malícia.

— Depois da cerimônia, enquanto você conversava com a sua irmã na capela, deixei instruções no hotel e com Madame Alana. Depois que nos casamos e assinamos os papéis, tirei uma foto e enviei para ela. Ela ficou muito animada e feliz em ajudar. Bem rápido para darmos início à transferência do primeiro milhão e duzentos e cinquenta mil.

Contraí a mandíbula com tanta força que um músculo da articulação começou a doer.

— Bem, você pensou em tudo, não pensou, querido *marido*? — rosnei.

O sorriso dele foi largo.

— Pensei mesmo, querida esposa.

O elevador emitiu uma campainha e a porta se abriu. Sutton pegou minha mão e a envolveu com firmeza, a fim de segurá-la enquanto avançava pelo corredor. A força bruta venceu a batalha.

Com a outra mão, ele tirou o cartão de acesso do bolso e abriu a porta.

O quarto dele era bem melhor que o meu. Era uma suíte ampla com uma vista impressionante da Strip de Las Vegas a partir das janelas que iam do teto ao chão. Havia até uma sala de estar, um bar e um saleta de jantar onde duas velas compridas estavam acesas ao lado de um buquê de *margaridas*. Não de rosas. Na mesa, havia dois pratos dispostos cobertos por domos de metal. Champanhe gelava num balde.

Abri e fechei a boca, achando difícil falar por causa da surpresa.

— Como você... Quero dizer, estivemos juntos o tempo inteiro — disse ao encarar o cenário incrivelmente *romântico*.

Sutton se aproximou por trás de mim e passou o braço ao redor da minha cintura, pressionando minhas costas em seu peito.

— Gostou? — Jogou meus cabelos para um ombro e, audacioso, pressionou os lábios na pele nua da junção entre o ombro e o pescoço.

Não resisti e fechei os olhos, apreciando o calor líquido que disparou pelas minhas veias com aquele simples toque.

— Eu... estou surpresa.

Ele ronronou contra minha pele, depois deu outro beijo quente no meu ombro.

— Vem, vamos beber alguma coisa.

Assenti, de repente sem palavras ao fitar o belo cenário que ele havia providenciado para mim.

Para mim.

Uma McAllister.

Sua esposa.

Fiquei bem ereta, tentando não deixar que aquele gesto gentil me afetasse demais. Ele puxou a cadeira para mim, e eu me sentei com as mãos no colo enquanto ele abria o champanhe e enchia duas taças com o líquido dourado. Observei as bolhinhas subirem desordenadas à superfície enquanto ele me entregava uma das taças.

No instante em que peguei a taça, levei-a aos lábios e tomei tudo de uma vez só.

As sobrancelhas de Sutton se ergueram até a testa, mas ele não disse nada ao me entregar a outra ainda cheia, pegar a vazia e enchê-la de novo. Ergueu a taça no ar.

— A três anos de felicidade conjugal? — Ele sorriu, ficando ridiculamente lindo.

— A três anos sem nos matarmos? — sugeri.

— Isso parece bom. — Ele riu e bateu a taça na minha antes de tomar um gole. Enrugou o nariz e depositou-a na mesa.

— Não é do seu agrado?

Ele ergueu um ombro.

— Prefiro cerveja ou bourbon.

Isso me fez rir.

— Eu também.

— Mesmo?

Assenti.

— Meu tipo de mulher — disse, o olhar no meu, com aqueles olhos verdes hipnotizantes. Pensei, pela primeira vez, que poderia ficar olhando para o redemoinho daqueles olhos por toda a vida. Se eu não o odiasse junto a tudo o que ele representava.

Em vez de responder, apontei para os domos à nossa frente.

— O que temos para o jantar? Imagino que isso seja o jantar.

Ele abaixou o queixo e levantou as duas tampas, deixando-as no carrinho ao lado, que tinha mais comida. Sem falar nos morangos cobertos com chocolate — o meu predileto.

No prato, havia um belo contrafilé suculento e fervilhando, acompanhado de purê de batatas e talos de brócolis. O aroma de manteiga e alho permeou o ar, quase me fazendo babar.

Enquanto eu me ocupava desenrolando o guardanapo e colocando-o no colo, Sutton foi até o bar bem estocado.

— Gosta? — Aproximou-se com uma garrafa fechada de bourbon e dois copos baixos. Colocou-os na mesa e serviu uns três dedos em cada um antes de se sentar.

— O que há para não amar? É carne com batata e legumes.

Ele sorriu com afetação.

— Eu te conheço melhor do que pensa, minha *esposa*. — Ele enfatizou a última palavra com um sorriso de quem sabe das coisas.

Idiota estúpido e sexy.

Revirei os olhos, cortei o filé — notando o perfeito centro rosado — e o enfiei na boca. Fechei os olhos e saboreei cada nuance da carne deliciosa enquanto os sabores se desdobravam pelas papilas gustativas.

Um gemido másculo me tirou do meu torpor alimentício.

Sutton mastigava de olhos fechados, com o copo de bourbon pendurado nos dedos grossos e compridos. Por um momento, imaginei aqueles dedos mergulhados em outro lugar. Minha temperatura aumentou com esse pensamento, e tomei mais da coragem líquida.

— Caramba, isso, sim, é que é carne — disse ele, terminando o bourbon com um *ahhh* de satisfação.

Assenti e sorri enquanto atacava minha comida. Nós dois chegamos à metade, saciando boa parte da fome antes de ele servir mais uma dose da bebida.

— Então, me diz como isto vai funcionar? — Levantei o copo e assenti em agradecimento.

Ele limpou a boca e recostou o corpo largo numa pose relaxada.

— Com "isto" está se referindo a quê?

— Depois da reunião de amanhã, o que vem em seguida? — Sorvi um gole generoso da minha bebida, deixando que o calor me aquecesse por dentro e relaxasse a tensão do dia.

— Vamos para casa. — Sua resposta foi direta, sem nenhuma pista do que aquilo significava para ele.

— A minha casa fica na propriedade McAllister — lembrei-o.

Seus lábios se retorceram.

— Não mais, doçura.

Pressionei os lábios e inspirei fundo, depois soltei o ar bem devagar.

— Então repito: qual é o plano?

Ele encheu seu copo vazio e completou o meu.

— Vamos descobrir quando chegarmos lá. Não faz sentido nos preocuparmos com o que vai acontecer até estarmos diante da situação. Concorda? — Levantou o copo e me fitou por cima da beirada ao beber metade do conteúdo.

Um desafio havia sido lançado.

Ergui uma sobrancelha, e ele retribuiu o gesto.

Encheu meu copo de novo, depois o dele. O líquido se revirava prazerosamente no meu estômago, o estresse do dia desaparecendo mais a cada minuto que se passava.

— Está tentando me embebedar para poder tirar vantagem de mim? — Lambi os lábios e mordi, olhando o homem relaxado diante de mim de alto a baixo. Sutton Goodall era mais ardente que Hades, e ele sabia disso.

Sentindo-me quente e sensual, não só por causa do álcool, mas pelo modo com que o olhar de Sutton deslizava sobre mim, eu me levantei. A bebida me deixou um pouco tonta ao retirar as botas e as meias.

Ele assistiu a mim cambalear até terminar a tarefa e afastar os cabelos do rosto. Em seguida, quando fui tirar o meu prato e colocá-lo no carrinho, meu pé enroscou na barra do vestido e eu perdi o equilíbrio, mexendo os braços sem coordenação enquanto caía para a frente. O prato bateu na mesa, e comida voou por todo lado, espalhando-se na toalha branca enquanto eu caía bem em cima de Sutton.

— Minha nossa! — ele exclamou, apanhando-me no meio da queda e colocando-me de lado no seu colo. — Deus do céu, mulher, você é sempre atrapalhada assim?

Não sei o que deu em mim, mas, de repente, enquanto fitava o rosto preocupado dele, disparei a gargalhar. Não demorou para Sutton se contagiar e começou a rir junto.

Enquanto eu ria, encarei o belo rosto. Ele havia tirado o chapéu quando chegamos, e os cabelos eram grossos e ondulados no topo. Pareciam tão macios. Antes de me dar conta do que fazia, ergui a mão e passei os dedos pelos fios sedosos. As mãos dele se apertaram ao meu redor, mantendo-me perto.

Querendo explorar um pouco mais, mudei de posição, puxando os metros de tecido para cima, a fim de deixar as pernas livres. Ele me ajudou, passando aquelas patonas pelas laterais das minhas coxas enquanto eu o montava, com uma perna de cada lado, meu peito apoiado no dele.

— O que está fazendo, esposa? — Ele engoliu, e vi a inquietação se digladiar com o desejo ante a minha escolha audaciosa de posição.

Sentei de vez em seu colo, montando nele e na cadeira.

— Quero mexer nos seus cabelos com as mãos — sussurrei com o olhar travado no queixo com barba por fazer e nos lábios cheios. Podia ver o machucado que provoquei por tê-lo mordido antes. Com o polegar, tracejei o corte. — Sinto muito por isto — murmurei, franzindo o cenho.

— Sente mesmo?

Balancei a cabeça.

— Não. Mas deveria. — Sorri, depois deslizei as mãos pelos cabelos fartos de maneira provocante. — Tão macios… — arrulhei, deliciando-me com a sensação dos dedos passando pelos fios sedosos.

— Dakota, não sou de olhar os dentes do cavalo dado, minha linda, mas você está no meu colo, esfregando esse seu lindo traseiro no meu pau e me provocando.

— Aham. — Raspei seu couro cabeludo com os dedos e, de propósito, esfreguei a bunda nele.

Os dedos dele se enterraram nos meus quadris.

— A gente bebeu. A garrafa está a menos da metade. Isso quer dizer que nenhum de nós está pensando direito — declarou de maneira meio puritana, mas as mãos começaram a subir e descer pela lateral do meu corpo de uma maneira deliciosa.

Suspirei e esfreguei meu sexo com mais força na extensão já firme como aço entre nós e gritei quando o alvo foi acertado em cheio.

— Por que você está falando? — resmunguei, com um objetivo em mente. As mãos dele subiram pelas minhas costas e me afundaram contra o quadril dele. Eu me segurei ao encosto da cadeira, adorando a pressão entre as minhas coxas. — Porra, isso! — arfei. A excitação rugia pelo meu corpo, deixando minha pele sensível e minhas partes femininas necessitadas.

A boca de Sutton se agarrou à minha pele, e ele foi me enchendo de beijos da orelha ao longo da coluna do pescoço e chegando até o alto dos seios. Tanto o tecido do vestido como o da lingerie cobriam meus peitos, prendendo-os por trás de duas camadas complexas de tecido. Isso não deteve Sutton nem por um segundo.

Antes de me dar conta, o fecho na nuca estava solto, o tecido descendo até a cintura e expondo a parte de cima da linda lingerie. Ele levou um nanossegundo para afastar as duas faixas de tecido e espalmar meus seios nus, provocando os mamilos com os polegares.

O prazer tomou conta do meu peito e se acomodou como líquido quente no meu ventre.

— Deus, isso é bom. — Arqueei no colo dele, continuando a me esfregar, querendo mais.

— Dakota… Doçura, se eu colocar a minha boca em você, esse trem não tem freio. Esta é a sua última chance de colocar um fim nisto. Aqui, agora. — As mãos dele emolduravam os meus seios de um jeito lindo, enquanto os polegares acarinhavam as pontas rosadas de leve, como plumas, enlouquecedoras e deliciosas ao mesmo tempo.

Parar? Não, inferno. Eu queria gozar. Múltiplas vezes se aquela lança dentro das calças dele fosse tão promissora quanto parecia através da roupa. Ficaríamos naquela relação por três anos, então era melhor desfrutar das partes boas. Que ficavam cada vez mais óbvias, já que não conseguíamos tirar as mãos um do outro.

Fiquei de pé de repente e notei a expressão dele mudar para pesar. Deixou os braços frouxos ao lado do corpo, as mãos fechadas em punhos enquanto o peito subia e descia a cada inspiração forçada.

Foi nessa hora que surpreendi Sutton Goodall pra caramba.

Livrei-me do resto do vestido e deixei que ele se empoçasse aos meus pés. Depois, soltei o fecho da lingerie na nuca e a tirei por baixo até ficar toda nua diante do meu inimigo. Do meu adversário.

Do meu marido.

O ar fresco arrepiou meus mamilos e a umidade entre minhas coxas. Voltando-me para a mesa, peguei meu copo de bourbon, terminando o que restava nele. O líquido ardeu de um jeito glorioso garganta abaixo. Então entreguei a Sutton o copo dele, que não desviou os olhos de mim ao terminar seu bourbon e jogar o copo por cima da cabeça. Ele bateu no chão e se estilhaçou. Sutton nem piscou.

— Ôa, garoto. — Agarrei a beira arredondada da mesa com os dedos, esperando para ver como ele reagiria.

— Tem tantas coisas que quero fazer com você. Com esse seu corpo perfeito... — grunhiu, o olhar passando por meu corpo inteiro, dos peitos até o abdômen e descendo ainda mais.

Ele passou a mão pelo rosto como se tentasse decidir onde tocar primeiro. Em seguida, colocou o braço atrás de mim e empurrou tudo o que havia sobre a mesa. Os pratos e os talheres se chocaram e caíram no chão, fazendo a maior bagunça, mas isso não teve importância, porque Sutton tinha as mãos na minha cintura. Ele me suspendeu e apoiou minha bunda nua na mesa, deixando minhas pernas dobradas para cima e abertas contra a caixa torácica dele.

— Você quer isso? Quer que eu te foda bem aqui nesta mesa? — perguntou enquanto as mãos subiam e desciam pelas minhas coxas, provocando-me.

Sorri cheia de malícia, deixei o corpo cair para trás devagar, contra a superfície, e assisti enquanto ele abria as calças e libertava a imponente ereção.

— Inferno, é, é isso. — Espalmei meus seios, sendo preenchida de uma luxúria que eu não conseguia domar.

— Mas você me odeia. — Ele engoliu, as mãos tracejando a parte interna das minhas coxas, abrindo-me bem, até os polegares encontrarem meu centro úmido, onde começou a fazer movimentos circulares provocantes com um enquanto enfiava o outro dentro de mim.

Arqueei de prazer.

— Então me fode com ódio, não ligo. Só me faz gozar. — Eu estava tonta de desejo e necessidade.

Ele continuou a me provocar entre as coxas, aumentando a minha excitação, enquanto se acomodava mais perto, a boca vindo para o meu seio para circundar o bico de calor.

Gemi, querendo muito mais. Eu me sentia um fio desencapado pronto para pipocar com a corrente elétrica que percorria meu corpo.

Com uma mordiscada e um estalo, ele soltou o mamilo para percorrer meu peito com beijos. Pairou acima de mim, a boca quase tocando a minha.

— Abra os olhos, esposa. — Era uma exigência, não um pedido.

Abri os olhos, meu corpo todo retesado quando ele tirou as mãos de mim e as trocou por algo muito maior entre minhas pernas.

Ele me encarou nos olhos, envolveu meu ombro e meu pescoço com a mão, mudou a postura do quadril e meteu de vez.

Nossas vozes se misturaram num êxtase partilhado quando gritamos.

Entendi ali, naquela hora, no momento em que nos tornamos fisicamente um só... que eu já não era mais só Dakota McAllister.

Eu era Dakota McAllister-Goodall.

A esposa desse homem.

EPISÓDIO 23B

A ESPOSA DESSE HOMEM
(CENA BÔNUS)

SUTTON

— Minha nossa, como você é *apertada*. — Enterrei a pelve contra o corpo exuberante de Dakota, batendo as coxas na mesa quando penetrei fundo.

O tronco dela se arqueou como o daquelas instrutoras de ioga enquanto se esparramava na mesa à minha frente. Levei a boca até os peitos empinados e chupei um bico rosado. Ela tinha gosto de sol e sal, quase como tomar uma dose de tequila na hora mais quente do dia. Refrescante e ardido para os sentidos ao mesmo tempo.

Estava atordoado pelo banquete diante de mim. Ali estava eu, com as bolas enterradas na mulher que dominou minhas punhetas na adolescência e todos os meus devaneios de adulto. A minha vida não tinha como ficar melhor.

Dakota McAllister era a minha mulher.

Não conseguia absorver de fato essa realidade, então contornei o quadril dela e apertei os dedos, segurando com força seu corpo excitado enquanto eu metia e recuava.

— Deus, por que você tem que ser tão bom assim nisso, porra?! — ela se queixou.

Sorri envolvendo aquele delicioso seio com a boca, adorando cada segundo de insolência dela enquanto subia até o pescoço. Bem quando estava prestes a morder e deixar uma marca de que ela não se esqueceria tão cedo e, com certeza, da qual reclamaria depois, senti o sexo dela me apertar e sua boca relaxar num gemido demorado.

Mergulhei na boca entreaberta e deixei que as nossas línguas dançassem juntas. O sabor do bourbon estava presente enquanto rivalizávamos pelo controle do beijo. Dentes procurando um ponto de apoio, mordiscando os lábios macios, depois se suavizando com lambidas gentis. Mesmo o mais simples dos beijos virava uma loucura. A tensão sexual entre nós era coberta de suor e prazer.

Meu mundo nunca seria entediante, não com essa mulher esquentando a minha cama.

Maldição. Como se eu já não adorasse a ideia de ter Dakota McAllister como minha esposa, com certeza agora estava comprometido com a ideia.

Dakota reclamou quando eu recuei e me ergui, agarrando os quadris com as mãos, arrastando-a para a beirada da mesa, a fim de ter um ponto de apoio melhor. Dupliquei meus esforços para montar nela até que nós dois conseguíssemos encontrar alívio. Grunhi como um animal não domado enquanto me via entrar nela uma vez depois da outra, e havia algo primitivo e visceral em ver meu pau penetrando as carnes rosadas dela. As mãos dela agarraram meus punhos enquanto as pernas compridas e tonificadas envolviam minha cintura.

Meu Deus, ela era a perfeição.

De vez em quando cravava os calcanhares na minha bunda enquanto eu a fodia, forçando-me a entrar até o fim, numa deliciosa sensação.

— Mais forte — implorou, movendo a cabeça sem cessar enquanto o suor brotava na linha dos cabelos e nas marcas dos músculos do abdômen. Eu nem tinha chegado a tirar a roupa quando ela despiu o vestido como se fosse um trapo e me desafiou a comê-la.

— Mulher, você vai ser a minha ruína. — Trinquei os dentes, atendendo ao pedido dela e metendo sem piedade.

— Só me resta ter esperanças! — ela rebateu, dando uma de doida enquanto aceitava meu pau, implorando por mais.

O corpo atlético dela deslizava para cima e para baixo na mesa com as minhas investidas bruscas, mas isso só parecia aumentar o desejo dela.

— Estou muito perto, perto pra cacete… *Por favor, gato* — ela gemeu, e eu quase perdi as bolas ali, naquela hora.

Ouvir Dakota, a mulher dos meus sonhos, *minha esposa*, implorar e me chamar de *gato* me deixou louco e me encheu de um prazer intenso que se avolumou na base da coluna e se espalhou direto para as bolas retesadas. Meu pau pareceu inchar dentro dela em resposta, mas eu sabia muito bem do que a minha garota precisava para gozar. Ergui a mão e usei o polegar para atiçar a perolazinha inchada de nervos logo acima de onde meu corpo metia nela. Fiz movimentos circulares ao redor daquela pedra preciosa, acrescentando tanta pressão quanto achava que ela iria aguentar.

Ela gritou alto enquanto eu arremetia e contornava aquela joia até que o corpo todo dela travasse no meu como um torno de modo tão brutal que jorrei dentro dela no que me pareceu um rio de êxtase. Caí para a frente, por cima do peito dela, os quadris ainda se mexendo, as pernas dela me abraçando, os braços envolvendo minhas costas. Pressionei o rosto no pescoço suado dela e inspirei o perfume de flores silvestres, de sol, bourbon e do inconfundível cheiro de sexo enquanto arrancava todo e qualquer resquício de prazer que podia.

Magia pura do cacete.

Assim que recuperamos o fôlego, ela me deu um tapinha nas costas, sugerindo que eu saísse de cima dela. Não queria me afastar da pele suada dela, preferindo ficar ali nos nossos fluidos combinados até que estivéssemos prontos para a segunda rodada. Mas precisávamos nos limpar, e de jeito nenhum eu iria para o chuveiro sozinho. Ainda assim, temia que ela fosse surtar assim que eu deslizasse para fora do corpo dela.

Saí de dentro dela usando a mesa como apoio, logo guardando meu pau molhado e desinflando dentro das calças.

Dakota, contudo, não teve nenhuma necessidade de recato. Sentou-se, apanhou a garrafa de bourbon, que, de modo surpreendente, não tinha caído durante nossa sessão de sexo à mesa, e a levantou, tomando uns goles longos direto do gargalo. Limpou a boca com o dorso do braço e me entregou a garrafa.

Repeti à exatidão os movimentos dela, tomando alguns goles e devolvendo-lhe a garrafa. Ela a deixou na mesa e deslizou a bunda para fora até ficar de pé.

— Bem, isso foi inesperado — declarou sem qualquer indício de como se sentia a respeito.

— Eu não diria inesperado, já que estamos casados. A maioria das pessoas trepa como coelho na noite de núpcias.

Ela assentiu, pressionou os lábios e ergueu a sobrancelha.

— Eu topo. Você transa bem e já faz um tempo desde a minha última vez.

Pisquei como um bobo por uns cinco segundos inteiros, encarando aquele rosto maravilhoso. Os cabelos eram uma bagunça sexy de ondas emoldurando o rosto. Os olhos cor de chocolate derretido brilhavam com uma luz de mil sóis. As faces estavam rosadas num tom que combinava à perfeição com os bicos dos seios, que eu estava bem desesperado para voltar a abocanhar... de novo e de novo, se ela me deixasse.

— Vai ficar encarando meus peitos o dia inteiro ou vai me foder de novo no chuveiro? — ela perguntou de um jeito bem atrevido ao passar por mim e seguir na direção do banheiro da suíte principal. — Ou você é daqueles que só conseguem dar uma rapidinha e acabou? Se for esse o caso, posso cuidar de mim mesma sem problemas — provocou e saiu.

— O cacete que vai. — Disparei atrás dela. — Sou eu quem vai te dar todos os seus orgasmos esta noite, muito obrigado.

Eu a segui até o banheiro, onde ela já tinha aberto a água quente e deslizado para dentro do palácio que era o chuveiro. A coisa tinha pelo menos uns três metros quadrados. Precisaríamos de uma monstruosidade dessas lá no rancho. Eu tinha boa imaginação e visualizei todas as maneiras com que podia dar prazer à minha esposa. Se ela era ligada em sexo no chuveiro, eu ficaria muito feliz em servi-la da melhor maneira.

— É mesmo? — Ela sorriu, virou o corpo nu de lado e colocou a cabeça debaixo d'água.

Observei a muito custo a água escorrer pelas curvas suaves e pelos músculos definidos. Nunca me considerei um homem que tinha um tipo em relação às mulheres, mas estava muito errado. Eu tinha um tipo. Era ela. Dakota. Os cabelos loiro-acobreados que, quando molhados, ficavam mais escuros, da cor do mel, fizeram-me querer segurá-los na mão e puxar a boca dela até a minha. Os peitos pequenos e empinados, que cabiam perfeitamente nas minhas palmas, tinham os bicos mais lindos, e eu jurava, pela minha bola esquerda, que eles me provocavam e imploravam para que eu os saboreasse uma vez mais. E eu nem conseguia começar a pensar naquelas pernas compridas e nos braços firmes e bem definidos. Ela era uma mulher que conseguia aguentar uma boa montada e ainda pedia mais. E era exatamente isso o que ela estava fazendo agora.

— Se está mesmo disposto a me dar orgasmos, é melhor vir se ajoelhar aqui e começar a trabalhar — ela me desafiou, depois deixou a mão ensaboada deslizar entre as coxas, com luxúria.

Pendeu a cabeça para trás quando gemeu, os dedos brincando de modo langoroso, fazendo uma apresentação sexy pra caralho. Meu pau prestou continência conforme eu removia todas as roupas.

— A única pessoa que vai ficar de joelhos é você, esposa, quando eu enfiar o meu pau tão fundo na sua garganta que você nem vai mais lembrar qual é o seu nome — disse entre os dentes, a imagem já umedecendo a minha ponta.

Os olhos dela se escancararam, e a mão entre as coxas parou de se mexer.

— É isso mesmo? Você parece bem confiante do que quer. — A voz dela estava baixa, num timbre sensual que eu saborearia nas minhas lembranças desta noite pelos próximos anos.

— Eu sempre sei exatamente o que quero — grunhi, enganchando a cintura dela e deslizando o corpo molhado contra o meu.

Ela arfou e sorriu, passando os braços ao redor dos meus ombros.

— Se vou ficar de joelhos, como é que você vai me dar todos aqueles orgasmos esta noite, hein? — Enrolou uma das minhas mechas mais compridas no dedo até eu sentir uma fisgada de dor na raiz.

— É fácil, gata. Você vai estar montando meu rosto enquanto eu estiver fodendo essa sua linda boca. — Tracejei os lábios macios enquanto a outra mão espalmava a bundinha gostosa dela e eu esfregava minha extensão contra o abdômen.

— A gente pode fazer isso agora? — ela sussurrou, o olhar a meio mastro, a expressão ébria de desejo. Ou talvez fosse o álcool, já que nós dois estávamos sendo atrevidos e honestos, o que não era comum.

Balancei a cabeça e ela fez beicinho.

— Não, agora eu vou te comer por trás para poder olhar para essa bunda que esteve em todas as minhas fantasias desde que consigo me lembrar.

As sobrancelhas dela se uniram, mas, antes que conseguisse dizer algo, eu a virei de costas, prendendo os punhos contra a parede de azulejos com uma das minhas mãos, e a inclinei para a frente.

— Afaste as pernas, querida. Me deixe entrar.

Ela relanceou por sobre o ombro, os olhos ardentes de desejo.

— Pede com jeitinho — respondeu com atrevimento, como eu esperava.

Em vez de pedir, tirei a mão e dei um tapa na bunda dela, forte como teria dado em qualquer égua teimosa no rancho.

Dakota deu um gritinho, seguido de um gemido quando esfreguei a leve marca avermelhada que a minha mão deixou na nádega. Fui em frente, descendo por entre as coxas para garantir que estivesse gostando da nossa chuveirada juntos.

Bem como eu imaginava… *encharcada*.

Gemi e me postei atrás dela. Ela ainda não tinha afastado as pernas o bastante para me deixar entrar sem resistência. E eu queria, não, *precisava* que ela se oferecesse para mim de livre e espontânea vontade. Por isso, funguei no pescoço dela e depositei beijos e mordidas ao longo do caminho até a orelha.

— Você gosta de apanhar, esposa? — sussurrei, depois lambi o contorno da orelha.

Ela deixou a cabeça pender e suspirou.

— Mais.

Ri.

— Admite que você gosta. Que quer que o seu marido dê uns tapas na sua bunda e depois te coma com tudo por trás.

Ela levantou a cabeça e rosnou.

— Me come de uma vez. Não precisa ser um babaca tão grande a esse respeito! — reclamou e depois afastou as pernas como se estivesse chateada.

— Eu vou te mostrar o que é grande. — Dessa vez deslizei para dentro dela, dobrando os joelhos e metendo para cima com tanta força que ela esticou o corpo até ficar nas pontas dos pés.

— Deeeeeuuuuusss — ela gemeu, o som ecoando pelas paredes do chuveiro. — Eu te sinto em todo lugar — arfou.

— É isso o que você quer? — Beijei a nuca dela.

— É — ela ronronou.

— Quer mais? — perguntei.

— Ah, quero. Quero, sim.

— Essa é a minha garota. — Passei o braço para a frente e cobri o sexo dela com possessividade, sentindo-me encaixado entre as coxas dela.

Encontrei o que precisava, pressionei a parte mais firme da mão no centro do prazer dela e a penetrei por trás. O corpo dela convulsionou, balançando comigo, com movimentos tão descontrolados quanto os meus.

A água já tinha esfriado quando nós dois gritamos aos céus no maior deleite carnal. Mas, ainda assim, promessa era promessa. Por isso, depois de ter transado até não poder mais com ela no chuveiro, eu a enxuguei, coloquei-a na cama e deixei que dormisse por uma hora. Depois a acordei com a boca enterrada entre as coxas dela, o corpo pairando acima do dela.

Ela balançou o quadril enquanto eu enfiava a língua nas dobras dela, penetrando o centro. Meu pau estava a centímetros dos lábios dela e, sem ter que lhe dizer o que fazer, minha esposa o enfiou naquela boca pecaminosa e abalou meu mundo.

Nós poderíamos voltar a nos odiar no dia seguinte, mas, depois desta nossa noite de núpcias, tinha absoluta certeza de duas coisas: de que somos uma combinação perfeita no quarto e de que eu sou o marido dessa mulher. Com essas duas verdades passando pela cabeça, envolvi os braços ao redor da minha esposa, saciada e desmaiada de exaustão, e sussurrei ao seu ouvido:

— Não tenho intenção nenhuma de te deixar partir.

EPISÓDIO 24

UM DIA DE CADA VEZ

SAVANNAH

De volta ao hotel, logo após o casamento, vi Dakota andar de cabeça erguida, botas batendo no piso de mármore, de mãos dadas com seu *marido*. Sutton Goodall. Minha irmã agora estava casada com o inimigo. Inspirei bem fundo e deixei o ar sair enquanto os dois entravam no elevador.

Um par de mãos envolveu meus ombros por trás. Senti o calor às minhas costas e fechei os olhos, mergulhando na sensação.

— Você está bem? — Erik perguntou, a respiração leve como uma pluma resvalando a minha orelha.

Assenti, sem ter certeza de que conseguiria compartilhar todos os sentimentos que rodopiavam como um túnel de vento tumultuoso em minha mente e meu corpo.

— Está com fome? — Ele apertou meus ombros e depois, devagar, virou-me para ficar de frente para ele.

— Eu poderia comer alguma coisa. — Embora só o pensamento pesasse como chumbo no meu estômago. Ainda assim, eu precisava fazer alguma coisa, *qualquer coisa*, a fim de escapar dos sentimentos insanos que ameaçavam sair à força da minha garganta num grito agudo e violento.

— Depois de tudo pelo que passamos, não sei quanto a você, mas, para mim, um drinque viria a calhar. — Ele segurou meu queixo com o polegar e o indicador. — Bom? — A palavra soou como "bum" por causa do seu sotaque norueguês.

Não consegui segurar uma risada.

Erik sorriu, e seu rosto inteiro pareceu assumir aquele tom dourado que me enfeitiçou no leilão.

— O que é tão engraçado? — Ele inclinou a cabeça, e algumas das lindas mechas compridas caíram pelos ombros e pelo peito.

Balancei a cabeça quando o rubor de vergonha se espalhou pelo meu rosto.

— Nada… É só que, quando você disse b-o-m, soou como b-u-m. — Enruguei o nariz, tentando não rir de novo.

— E por que isso é engraçado? — perguntou, a testa enrugando.

Um ronco escapou com a minha risada, e meus olhos se arregalaram quando minhas bochechas arderam de constrangimento. Balancei a cabeça.

— Por nenhum motivo. Foi… *bonitinho* — decidi dizer.

Ele franziu o cenho.

— Bonitinho. Hum. Acho que não gosto dessa palavra para me descrever. — Pressionou os lábios. — Eu preferiria muito mais se minha noiva me considerasse lindo, interessante e, ouso ter esperanças… *sexy*? — Ao pronunciar a última palavra, a voz assumiu um timbre sensual mais grave.

Meu coração bateu forte dentro do peito, e abri e fechei a boca enquanto tentava encontrar as palavras certas para consertar minha gafe.

— Você é sexy — deixei escapar. — Quero dizer, olha só para você. — Apontei para o corpo e para o rosto dele. — Toda mulher o consideraria ridiculamente atraente. Não tive a intenção de ferir os seus sentimentos. — Apressei-me em me desculpar.

Foi então que Erik pôs uma mão na barriga e caiu na gargalhada. A cabeça dele pendeu para trás, cabelos deslizaram pelos ombros e a garganta se alongou com os movimentos. O ar foi tomado pela risada profunda, rouca. Vi o peito imenso subir e descer, e pensei comigo que cheguei a ver muitos homens belos, mas aquele homem gargalhando era, possivelmente, o mais arrasador de todos.

— Ah, Savannah, você me diverte tanto. — Os olhos dele reluziam de alegria. — Acredito mesmo que iremos ter uma linda vida juntos.

Uma linda vida.

Juntos.

Com ele. Não com Jarod.

Cerrei os dentes quando meu nariz começou a arder, o precursor de um dilúvio de lágrimas à espera de escapar.

Erik levantou a mão e espalmou meu maxilar.

— Ei, ei, nada disso. Nada de tristeza aqui. Você e eu? Nós vamos encontrar um meio-termo feliz. Vamos descobrir tudo juntos, lembra?

Desviei o olhar, afastando o sofrimento constante pelo homem que eu havia abandonado numa caixa trancada bem no fundo da mente, que é onde eu queria que ele ficasse, pelo menos pelos próximos três anos.

— Ok. É isso mesmo o que vamos fazer. Você mencionou comida? — Lembrei-o, desesperada para ter algo em que me concentrar.

Ele estendeu a mão espalmada.

— Vamos?

Depositei a minha mão na dele, notando a energia magnética que se moveu entre nossas palmas no exato momento em que nos tocamos. Encarei nossas mãos, desconfiada.

Erik se inclinou para mais perto.

— Você também sente? — sussurrou.

Negar a conexão seria ridículo. Contudo, dar voz e um nome a ela parecia presunçoso. Não estava pronta para admitir nada físico ou metafísico entre mim e este homem a esta altura. O dia tinha sido muito comprido. Eu precisava segmentá-lo, decifrar tudo sozinha e determinar como me sentia exatamente e como gostaria de lidar com todas as mudanças à frente.

Em vez de falar, só assenti.

Ainda bem que Erik era sábio e não me pressionou mais. Só apertou minha mão, informando-me, com seu silêncio, que eu não estava só naquele estranho mundo novo ao me conduzir pelo cassino até um dos vários restaurantes do local.

O restaurante em que entramos era alegre e decorado com mesas e cadeiras de madeira escura e opulenta. Tecidos em tons fechados de pedras preciosas e peças de arte interessantes estavam espalhadas com esmero pelas paredes para que todos pudessem ver. O cardápio era europeu, uma mistura de culinária francesa, italiana, grega, espanhola, alemã e muito mais. Fosse lá o que isso quisesse dizer. Parecia mais fácil só dizer que havia algo para todos que pudessem pagar. Porque os preços não eram nada acessíveis. Uma melodia suave de piano tocava ao fundo, e os assentos eram cadeiras com espaldares altos de veludo capitonê que pareciam tronos e seriam mais apropriados num castelo do que num restaurante ostentoso na Strip de Las Vegas.

Enquanto passava os olhos pelas entradas, alguém parado à porta lendo o cardápio na tribuna chamou a minha atenção. Um homem negro alto que reconhecia estava ao lado de outro rosto familiar.

Memphis e Jade.

Estava prestes a me levantar quando os olhos escuros de Memphis repararam em mim, e um sorriso radiante e largo se formou em seu rosto. Meu peito se encheu de alegria e acenei como uma doida chamando tanto a sua atenção quanto a de Jade.

— Amigos seus? — Erik perguntou.

— Sim, era para eles terem participado do leilão, mas algo… aconteceu — observei distraída enquanto os dois se aproximavam.

Eu me levantei, e Memphis me puxou para sua figura forte, abraçando-me.

— Garota, estou feliz em te ver — murmurou num timbre grave que me fez pensar num cantor de soul superfamoso.

Eu me aninhei no seu abraço com força, permitindo-me um momento com esse meu novo amigo. Não nos conhecíamos há muito, mas, por algum motivo, sermos candidatos no leilão nos conectou de uma maneira difícil de explicar. Atribuí isso à experiência partilhada, ou talvez fôssemos pessoas destinadas a nos tornarmos amigos. O que quer que fosse, esses laços eram fortes, e eu estava feliz em vê-los.

Ele me soltou e me virei para Jade, puxando-a para os meus braços. Ela ficou dura como uma tábua, mas deu uns tapinhas nas minhas costas e um sorriso breve. Era o melhor que eu teria de Jade. Até então, a mulher sempre se mostrara muito composta, desconsiderando-se o momento em que a vi sair correndo do palco aos prantos.

— O que aconteceu com vocês? — Aproximei-me deles, tentando manter a voz num tom sussurrado.

Os lábios de Jade afinaram, apertando-se numa linha, mas ela não disse nada. Memphis ergueu o queixo, apontando por cima do meu ombro.

Eu me virei e afastei os cachos do rosto.

— Puxa vida, que cabeça a minha. Memphis Taylor, Jade Lee, deixem que os apresente meu… noivo, Erik Johansen — disse, fazendo as apresentações.

Erik estendeu a mão e cumprimentou Memphis, depois Jade.

— Por favor, sentem-se. Juntem-se a nós.

Os olhos de Memphis se arregalaram.

— Sinto que este lugar seja elegante demais para os nossos bolsos, irmão. Vimos o cardápio e estávamos indo para outro lugar…

Senti uma pontada no coração e, na mesma hora, olhei para Erik pedindo ajuda. Por quê? Não sei. Foi uma reação natural, e, uma vez que fiz isso, não havia como voltar atrás. Aquele homem, meu noivo, já tinha demostrado que cuidaria de mim e das minhas necessidades, quaisquer que fossem.

Erik mudou de posição, segurando uma das duas cadeiras livres da nossa mesa, e a puxou.

— Tolice. Vocês serão nossos convidados. Os amigos de Savannah são meus amigos. Por favor. — Ele se curvou de leve. — É por minha conta, claro. O dia foi longo, tenho certeza de que todos precisamos comer e relaxar. Eu me sentiria honrado se vocês se juntassem a nós.

Fiquei orgulhosa da bondade de Erik e, depois, como se embalada por uma sensação suprema de segurança, fiquei ao lado dele e passei o braço por sua cintura, permitindo que a frente do meu corpo encostasse na lateral dele.

— Sim, Erik tem razão. Eu adoraria jantar com amigos esta noite. Além do mais, precisamos contar as novidades.

Memphis deu de ombros.

— Se não se importam mesmo, por mim tudo bem. Se estiver legal para você também, Jade? — Olhou para ela e esperou pela resposta.

— É muita gentileza sua, senhor Johansen. Obrigada. — Ela voltou a ser reservada ao se sentar na cadeira que Erik lhe oferecia.

Memphis acomodou o corpo largo na última cadeira e todos nos sentamos.

Enquanto fazíamos os pedidos de bebida e comida, estiquei a mão por baixo da mesa e segurei a de Erik, que repousava sobre sua coxa. Envolvi os dedos dele e esperei que ele olhasse para mim. Seus olhos se arregalaram ao entrelaçar nossos dedos.

— Obrigada — disse baixinho, e ele me presenteou com um daqueles seus enormes e lindos sorrisos que penetravam fundo na minha alma, num lugar que, percebi, ele tomara posse num único dia.

As bebidas foram servidas com alguns petiscos que Erik acrescentara ao nosso pedido.

Sorvi um delicioso vinho branco, deixando que a tensão nos ombros sumisse, até, por fim, conseguir relaxar.

— Bem, agora que já pedimos e nossas bebidas chegaram, o que aconteceu no leilão?

Memphis inspirou fundo e olhou para Jade de soslaio.

Ela gemeu baixinho, mas se aprumou na cadeira. Os olhos rasgados tinham um contorno preto que acentuava os cílios, deixando-os ainda mais longos. Os lábios estavam pintados num tom de cereja, um contraste com a pele cor de oliva. Era uma mulher simplesmente deslumbrante.

— Tive apenas alguns interessados no começo. Isso me abalou bastante. E, quando Madame Alana pediu que eu me despisse ali no palco, fiquei sem ação. Não foi o melhor momento da minha vida, com certeza. Quando começaram a vaiar, eu fugi.

— Madame Alana solicitou aos seguranças que retirassem esses homens depois que você saiu. Ela pareceu tão perturbada com a demonstração quanto você — Erik acrescentou.

Jade assentiu.

— Conversamos com ela depois do evento. Ela vai permitir que Memphis e eu participemos do próximo leilão, daqui a uns três meses.

— Ah, entendo. Faz sentido. Fico feliz que vocês tenham outra oportunidade — concordei.

— Eu só queria não ter reagido de modo tão emotivo. — Ela franziu o cenho, como se admitir o feito fosse penoso. — Foi quando este grandão aqui se ofereceu para ficar comigo e desistiu de participar do leilão de hoje. Cavalheiresco apesar de sofrer as consequências, senhor Taylor — ela o criticou e, recatada, sorveu um gole de vinho tinto.

— Parece-me que o senhor Taylor é um bom amigo — Erik elogiou.

— Me chamem de Memphis, por favor, vocês dois. Senhor Taylor é o meu pai. — As sobrancelhas escuras se ergueram ao olhar para Erik e depois para Jade. — Além do mais, minha mãe me tiraria o couro se eu deixasse uma mulher em lágrimas sozinha. E, como Jade acabou de dizer, nos disseram que podemos tentar no próximo. Ninguém saiu perdendo. É apenas um atraso no jogo.

Erik esticou a mão e tocou o ombro de Memphis.

— Tudo tem seu lado bom. Pensamento positivo. É disso que gosto — acrescentou antes de soltá-lo.

— E quanto a vocês dois? O que vem agora? — Memphis perguntou enquanto enfiava uma brusqueta inteira na boca.

— Estamos encarando um dia de cada vez. Juntos. Certo, Erik?

Ele assentiu e buscou minha mão, segurou-a e levantou-a em direção aos lábios, beijando os nós dos dedos. A barba e o bigode pinicaram minha pele, e estremeci, ficando com os braços arrepiados. Os olhos dele passaram do caramelo-esverdeado para um dourado ardente misturado com marrom. Como se ali queimasse uma tocha.

— Eu iria até o fim do mundo para estar com você, Savannah. — O olhar dele não se desviou nem por um segundo do meu ao jogar essa bomba.

Perdi o fôlego e segurei firme na mão dele, tendo dificuldade para desviar quando só o que eu queria era me derreter ainda mais naquele mel quente de seu olhar.

— Bem, nós… hum… — Balancei a cabeça e voltei a me concentrar em nossos novos amigos. — Desculpe, sobre o que a gente estava falando mesmo?

Memphis deu um sorriso largo e balançou a cabeça, escondendo o riso por trás do copo do seu coquetel. Jade ria com malícia, e senti como se, de repente, a temperatura do ambiente tivesse triplicado.

— Sobre você e eu levarmos um dia de cada vez — Erik informou, ajudando-me.

— Isso! — exclamei num tom agudo. — Acredito que, depois da reunião de amanhã, nós iremos para a Noruega, não?

Erik assentiu.

— Eu adoraria mostrar o meu lar a você. Apresentá-la para a minha família.

Família.

Minha família, ou pelo menos o meu *pai*, não iria querer conhecer Erik. Eu também não queria exibir o nosso relacionamento para Jarod, que ajudava a cuidar da fazenda e das nossas terras. Isso iria acontecer mais cedo ou mais tarde, mas não estava disposta a cutucar essa ferida ainda aberta.

— Nunca fui à Noruega — disse, agarrando a taça de vinho. Diabos, nunca estive em nenhum lugar exceto Montana e, agora, Nevada. Sair dali, afastar-me de tudo, parecia uma ideia excelente.

— Então está combinado. Depois da reunião de amanhã, partiremos para Oslo. — Erik sorriu.

Nesse momento, o garçom se aproximou para servir os pratos e reabastecer as bebidas. Eu ainda estava pasma com o que Erik dissera há pouco sobre me seguir para qualquer lugar.

— Você está bem? — ele perguntou.

Assenti e peguei os talheres, disposta a relaxar.

— Hum… Vocês não vão adivinhar onde a gente estava antes de vir para cá. — Tanto Jade quanto Memphis se concentraram em mim. — Na Capela Little White Wedding, vendo Dakota se casar — disparei.

— Como que é? — disse Memphis. — Caramba. O arrematante não perdeu tempo, hein? Meu Senhor, rápido como um raio.

— E como Dakota reagiu? — Jade perguntou com um indício de sorriso travesso.

— Tão bem quanto vocês podem imaginar — ri.

— Nada bem, então — deduziu Memphis.

— É uma forma de explicar a situação. Digamos que o noivo saiu sangrando depois do beijo ao fim da cerimônia — contei, e ambos se inclinaram mais para ouvir toda a história. Sabia que a minha irmã não iria se importar, e eu precisava contar todo o drama para poder ir dormir naquela noite sem ficar me preocupando tanto. — Então, o que aconteceu foi o seguinte...

EPISÓDIO 25

PERDENDO O MEDO

JOEL

Ódio. Revolta. Fúria.

Esses eram os sentimentos que mais se infiltraram em minhas veias e esquentaram meu sangue até deixá-lo ferver. Mal consegui manter a compostura enquanto a raiva fervilhava por cada um dos meus poros, prestes a reagir.

A aleijar.

A machucar.

A destruir.

Fechei os olhos e inspirei fundo, prendendo a respiração até o limite de minha capacidade, antes de permitir que o ar saísse aos poucos do meu peito. A ardência nos pulmões era uma sensação familiar, uma a que conseguia me apegar. Uma da qual me lembrava e a que poderia recorrer toda vez que precisava me acalmar.

Como naquele momento.

Faith fora *estuprada*. Pelo homem que um dia amou e em quem confiou. Essa mulher de aparência angelical com olhos de oceano, pele fulva e lábios rosados fora profanada por um monstro. Ainda estava sendo ameaçada pelo cretino.

Minhas narinas inflaram, e minhas mãos se fecharam em punhos tão firmes que os nós dos dedos empalideceram. Senti na língua um sabor amargo e ruim, e eu me servi de mais uma dose, que engoli de vez, permitindo que o álcool expulsasse a revolta que roía meu coração, minha mente, meu corpo.

Nenhum homem colocaria um dedo sequer numa mulher sob meus cuidados e minha proteção. Nenhum homem *jamais* colocaria um dedo numa mulher na minha presença. O que eu queria fazer com o ex de Faith faria um roteirista de filmes de terror fugir de medo.

Por um bom tempo, fitei os olhos de Faith. Estavam assustados, vulneráveis de um modo que me deixou ainda mais bravo, mas também continham uma centelha de esperança. Por ter partilhado aquilo. Comigo. Ela me dissera uma verdade que eu sabia não ter sido dita a nenhuma outra alma. Não permitiria que se arrependesse dessa decisão.

— Por favor, Joel... Não. Não diga que sente muito.

Cerrei os dentes e inspirei fundo.

— Não vou fazer isso.

Ela fechou os olhos, e só pude pensar que era por alívio. Senti outra descarga de fúria dentro de mim. Eu teria que me esforçar muito mais para chegar ao coração dessa mulher. Mas, como minha Alexandra sempre dizia: "É preciso esforço para conquistar o que se deseja. Assim, quando conseguir, será mais fácil apreciar o que é seu." Conseguir que Faith confiasse em mim demandaria esforço. Franco. Honesto. Um esforço necessário e que valeria a pena. Eu não me furtava de me empenhar em circunstância alguma. Foi assim que construí meu império. É como meu legado seria passado para as futuras gerações.

— Obrigada — sussurrou ao encarar o copo como se estivesse atrás de respostas para o seu problema. E só o que precisava fazer era erguer os olhos. Eu resolveria todos os problemas dela. Mostraria que era um homem honrado. Um homem em quem ela poderia confiar. Um homem que a adoraria junto a tudo o que ela trouxesse para a minha vida e para a da minha filha. Era isso o que Alexandra teria querido. Era o que eu queria. De repente, mais do que tudo no mundo, fora a felicidade da minha filha.

— Eu jamais colocaria um dedo em você pensando em machucá-la — declarei, erguendo a cabeça e mantendo a coluna ereta. O mesmo, contudo, não poderia ser dito a respeito do ex dela, Aiden Bradford. Mas isso era assunto para outro dia. — Você não precisa ter medo de mim.

Ela baixou o olhar, desviando-o, como se estivesse com vergonha do que tinha revelado.

— Ah, bem. Espero que isso seja verdade.

Estiquei a mão e soltei os dedos dela do copo, segurando-a do outro lado do bar pelas mãos, e me inclinei até apoiar os cotovelos na bancada de madeira, aproximando o rosto do dela.

— Se eu pudesse te dar alguma coisa agora, qualquer coisa que te trouxesse paz, o que seria?

Ela nem precisou de um segundo para pensar.

— Me levar até o meu pai para eu poder ver como ele e minha sobrinha estão. Saber que os homens de Aiden os estão incomodando está acabando comigo. — Ela apertou minhas mãos com tanta força que senti sua apreensão passar para mim.

— Feito. Vamos. Agora. — Apertei um pouco a mão dela, querendo que ela sentisse minha urgência em fazê-la feliz. Mesmo sendo uma coisa simples como visitar a família. E conhecer a família dela traria o benefício extra de me permitir compreender mais da intimidade de minha futura esposa.

Os olhos dela se arregalaram, e um pequeno vislumbre de um sorriso se formou nos lábios. Essa pontada de alegria me atingiu como uma lâmina no coração. O contentamento dela atravessou a armadura que vestia e a destruiu com aquele único e breve sorriso. Eu não sabia o que naquela mulher me tocava tanto. Talvez a crença de que minha falecida esposa a escolhera para mim. Ou, quem sabe, fosse mais a química de nosso beijo. Intervenção divina, talvez? O que quer que fosse, eu queria mais.

Em silêncio, jurei que trataria pessoalmente da felicidade de Faith, mesmo que fosse a última coisa que eu fizesse neste mundo.

Soltei as mãos dela e dei a volta no bar.

— Venha. Me siga. Meu motorista nos levará até lá.

Ela não hesitou e se mexeu, deslizando a mão na minha sem que eu sugerisse.

Aceitei isso como uma pequena vitória.

O bairro era um conjunto antigo de casas térreas padronizadas, castigadas pelo clima do deserto. A maioria dos jardins tinha plantas que não necessitavam de muita irrigação, cheios de pedras, cactos e outras plantas desérticas que aguentavam o calor seco. Ao contrário da minha terra natal, que era tomada pela brisa do oceano, onde a névoa umedecia a paisagem e dava a tudo um sopro de vida e de paz. Não via a hora de voltar. Estive longe por mais tempo do que gostaria.

Fiquei uns metros afastado enquanto Faith batia à porta.

— Já disse, ela não está aqui! Faz anos que não vem aqui! — Uma voz masculina rugiu pela porta ainda fechada.

— Pai! — gritou Faith. — Sou eu! Abra a porta!

Uma série de mecanismos sendo destrancada soou contra a madeira antes de a porta ser escancarada.

Um homem de cabelos grossos e pretos, olhos avaliadores e barriga proeminente apareceu surpreso e boquiaberto na soleira da casa.

— Faith. — O tom dele era de pura descrença. Ele esticou o braço e puxou a filha em um abraço, apertando-a como se não a tivesse visto em anos.

Assisti em silêncio enquanto ele a beijava na cabeça, em cada face, e depois pressionou a testa na dela.

— Você está aqui. Em carne e osso. Isto não é um sonho. — A voz dele se partiu de emoção, e os olhos escuros marejaram.

— Estou aqui, pai. Por enquanto — ela disse, agarrada ao pai.

Aquele reencontro deveria ser maravilhoso, lindo até. E, mesmo assim, entendia que o que sentiam era desespero — por ficarem tanto tempo sem se verem. Eu não conseguia me imaginar distante da minha família. Em especial da minha filha, Penny. Depois de duas semanas de viagens de negócios, ansiava em estar perto dela. Não era natural para um pai ficar afastado dos filhos por tempo demais. Era o motivo pelo qual eu precisava voltar. O amor da minha família me chamava, mesmo a um continente de distância.

Uma vez mais tive que conter a ira crescente que vinha fervilhando dentro de mim desde que li a mensagem ameaçadora que Faith recebera ainda no leilão. Aquela raiva aumentava a cada nova experiência que tinha com a minha noiva.

Era assim que ela vivia todos os dias? Com medo? Sempre olhando por cima do ombro? Preocupada que Aiden a atacasse na escuridão e a aprisionasse em outra gaiola de ouro?

Um grunhido primitivo reverberou em minha garganta enquanto minha mente pensava em cada uma das possibilidades horrendas que a minha noiva enfrentava todos os dias.

Faith deve ter me ouvido, porque mudou de posição nos braços do pai e se virou.

— Pai, quero que conheça uma pessoa. Meu...

— Noivo, Joel Castellanos. É um prazer conhecê-lo, senhor. Mesmo as circunstâncias... sendo estas. — Estendi a mão.

O pai me cumprimentou, mas manteve a filha junto ao corpo.

— Robert Marino.

— Mimi! — a exclamação aguda de uma criança veio dos fundos da casa.

Faith soltou o pai, correu três metros para dentro da casa e caiu de joelhos, sem nenhuma preocupação com o maravilhoso vestido de gala que usava.

Assisti hipnotizado a uma menina de no máximo três ou quatro anos agarrar Faith pelo pescoço, apertando bem os olhos enquanto a abraçava.

— Éden, *meu docinho*. — Faith arfou, jogando os braços ao redor da criança, amparando os cabelos castanho-claros da menina com a mão. Encheu o rosto e o pescoço dela de beijos até ela começar a rir sem parar.

— Que saudade!

— Também senti saudades, Mimi. — A menina deu um sorriso enorme.

— Mimi? — murmurei em voz alta.

— Ela não conseguia dizer "titia". A palavra foi evoluindo e acabou virando Mimi — Robert explicou.

Assenti e deslizei as mãos nos bolsos, sem ter ideia do que fazer naquela situação complicada.

Faith mexeu nos cabelos da menina, afastando os fios compridos do rosto.

— Vai ficar, Mimi? — a pequena perguntou.

Notei que os ombros de Faith penderam, e ela balançou a cabeça.

— Não, docinho. Mimi tem que viajar e ficar longe por um tempo de novo.

O lábio inferior da menina começou a tremer, e seus olhos se encheram de lágrimas.

— Eu quero você. Fica comigo, Mimi. Comigo e com o vovô.

O corpo de Faith pareceu convulsionar ao pressionar um dedo nos lábios da menina.

— Lembra o que eu prometi? Que visitaria sempre que pudesse? Mas o seu lugar é com o vovô agora.

Ela balançou a cabeça.

— Vovô e Mimi, por favor — implorou, lágrimas caindo pelo rosto em gotas largas que eu não suportava observar. Se fosse Penny, eu compraria um pônei, um carro... diabos, uma *ilha* para acabar com a tristeza profunda que a menininha sentia.

Faith ergueu três dedos.

— Quantos dedos tem aqui, Éden?

— Três! Como a minha idade! — Ela apontou para a barriga, fungando enquanto as lágrimas caíam sem cessar.

— Isso mesmo. Mas logo você vai completar quatro anos. E em três anos a Mimi vai voltar para morar com você. — Ergueu os dedos de novo.

— *Três anos*. — Sua voz se partiu, a emoção levando a melhor.

Balancei a cabeça.

— Não. Nada disso — anunciei na sala, meu coração doendo diante de um cenário de tamanha tristeza.

Eu não aceitaria aquilo. Qualquer um podia ver quanto Faith gostava da criança e se preocupava com seu bem-estar. Não havia necessidade de fazê-la esperar anos e anos para estar de volta com a família. Não quando eu podia resolver a situação com tanta facilidade. Virei-me para o pai de Faith.

— Senhor Marino, entendo que está cuidando desta criança ao mesmo tempo que administra um negócio?

O pai de Faith assentiu de cabeça erguida.

— É verdade.

— Joel, o que está fazendo? — Faith perguntou com os braços ainda ao redor da menininha.

— O que diria se nós nos responsabilizarmos pela criação da sua neta? — ofereci.

— Eu... eu... eu... não sei se estou entendendo. — A testa do senhor Marino se enrugou, e a desconfiança tomou conta da sua expressão.

Faith se levantou e apoiou a mão no meu antebraço.

— Joel. — Seu tom era suplicante e cheio de medo.

Cerrei a mandíbula. Não permitiria que ela sentisse medo de mim. Essa era a primeira coisa que eu pretendia remediar antes do nosso casamento.

— Quem é o guardião da criança? — Meu tom era direto e inflexível. Nos negócios, eu chegava ao cerne de cada questão sem me importar com emoções e sentimentos subjacentes.

— Legalmente, Faith. Mas, por causa do perigo que cerca minha filha, venho sendo o principal cuidador desde que Éden tinha um ano.

Faith fechou os olhos e deixou a mão pender, afastando-se de mim, como se a verdade a partisse ao meio. Ela teve que deixar a sobrinha com o pai porque o ex-noivo era um ser humano desprezível. A ira atravessou meu corpo; o desejo de arruinar Aiden Bradford e tudo o que ele mais amava era um latejar palpável nas minhas têmporas. Inspirei fundo, por um momento concentrando-me na minha respiração para me acalmar. Não serviria de nada a essas pessoas se eu me descontrolasse.

— Se concordar, gostaria de levar Faith e Éden para a minha casa, na Grécia. Para conhecê-las melhor antes do casamento. Claro, você está convidado para vir no meu jatinho particular. Minha casa está repleta de quartos vazios. Eu cuidarei de tudo. — Estiquei os braços e ajustei os punhos, sentindo-me muito mais tranquilo ao tomar decisões ousadas e importantes que, eu sabia, seriam melhores para todos.

O pai dela balançou a cabeça.

— Tenho o restaurante da família. Os funcionários… eles precisam de mim. E eu não saberia o que fazer se não estivesse alimentando Las Vegas todas as noites. E, claro, também tem a Grace…

— Joel, você não pode estar falando sério — Faith interrompeu o pai enquanto levantava a menina, acomodando-a no quadril.

A menina se aninhou no colo de Faith, e imaginei minha própria filha fazendo isso. Ter em sua vida uma mulher a quem se agarrar além da minha mãe seria uma dádiva. Algo que eu jamais esperaria. Mas tudo isso era possível agora. Com Faith.

— Eu sempre falo sério. Você logo vai perceber isso sobre mim.

Ela engoliu e pigarreou.

— Éden precisa de cuidados médicos. Ela tem que ser monitorada e assistida o tempo todo.

— No carro, você mencionou algo sobre glicemia. Presumo que ela seja diabética?

Faith assentiu.

— Tipo um. Dependente de insulina. — Beijou a menina na testa.

— Vocês têm medicamento suficiente para uma viagem até a Europa? Nesse meio-tempo, farei com que a minha equipe entre em contato com médicos para garantir que ela tenha tudo de que precisa. Faremos exames assim que chegarmos em Santorini.

— Joel, você não se imaginou numa situação como esta — sussurrou Faith, os olhos revelando quanto ela queria que aquilo fosse verdade.

Estiquei o braço e espalmei a mão em seu rosto, grato por ela se apoiar no gesto por instinto.

— Não, não imaginei. Também não imaginei que encontraria você no leilão, Faith. E você não esperava que eu estivesse lá. — Deslizei o polegar pelo rosto corado, querendo livrá-la das suas preocupações com beijos. — E com certeza não esperava que você tivesse uma sobrinha que parece precisar tanto de você quanto... — Deixei que as palavras morressem no ar. Queria lhe dizer que eu precisava dela do mesmo modo. Que Penny também precisava. Só que tudo aquilo era muito para um único dia. Demais.

Virando-me para o pai dela, esfreguei as mãos diante do corpo, pronto para fechar o negócio. Os negócios sempre tinham me movido, e nunca me esquivei de um desafio estimulante a ser negociado.

— Senhor Marino, estou me oferecendo para cuidar da sua neta e da sua filha. Eu lhes darei tudo de que precisarem, tudo o que desejarem. Dentro de um mês, quando estivermos casados, se sentir que esta situação não lhe é aceitável, nos encontraremos de novo para discutir outras opções.

O pai de Faith passou os dedos pelos cabelos espessos e deixou a mão na nuca.

— Éden sente muito a sua falta, *cara mia*. Ela precisa de uma figura feminina na vida dela. E mantê-la trancada no escritório do restaurante ou com a babá enquanto trabalho está sendo exaustivo.

Prendi a respiração e observei os dois se entreolharem, ambos parecendo incertos.

— Quer que Éden venha conosco? Que more com você e a sua filha na Grécia? Mesmo? — Faith perguntou.

Sorri, sabendo que conseguira exatamente o que queria. Um sentimento de vitória, pura e simples, encheu meu peito.

— A minha Penélope vai adorar poder brincar com Éden todos os dias — disse, lembrando-a de que eu já tinha uma filha. — Ter outra criança na casa não será um problema. Eu amo crianças.

Ela mordeu o lábio inferior e começou a andar de um lado a outro com a sobrinha já adormecida contra o peito.

— Podemos pensar a respeito? — Faith perguntou.

Assenti.

— Vocês têm até a reunião de amanhã com Madame Alana. Depois partiremos para a Grécia. Não posso mais ficar longe da minha filha.

Faith assentiu.

— Tudo bem. Hum... só me deixe colocá-la na cama. Eu já volto. — Saiu da sala e seguiu por um corredor como se conhecesse bem a casa. Devia ter crescido ali.

— Vou sair para dar um telefonema. — Apontei para a porta principal e pedi licença.

O pai dela me deteve com uma mão no meio do peito.

— Não a magoe — implorou, os olhos me perscrutando com intensidade. — Ela já sofreu o bastante.

Assenti e esperei até que o senhor Marino sumisse pelo mesmo corredor que Faith tomara e, em seguida, peguei o celular.

— Joel, meu primo, o que posso fazer por você? — Bruno, o chefe de segurança da minha empresa atendeu ao primeiro toque. Não importava que horas fossem, dia ou noite, ele recebia bem para atender sempre que eu ligava. E levava seu trabalho a sério.

— Descubra tudo o que puder sobre o hoteleiro de Las Vegas chamado Aiden Bradford; sobre minha futura esposa, Faith Marino; sobre o pai dela, Robert Marino; a irmã, Grace Marino; e a sobrinha, Éden Marino. Me mande por e-mail tudo o que encontrar até o meio-dia de amanhã. Isso é tudo.

— Será feito — ele disse e desligou.

Inspirei fundo o ar seco do deserto e exalei a vitória.

Em seguida, lidaria com Aiden Bradford.

EPISÓDIO 26

UMA HISTÓRIA SOBRE
DOIS IRMÃOS

Noah

Bip. Bip. Bip.

O alarme tocou ao raiar do dia. A luz dourada atravessava as janelas, fazendo o quarto ganhar vida. Esfreguei o rosto e relanceei para o lado de fora. O sol brilhava sobre o cenário desértico, despertando devagar a cidade abaixo.

Mesmo sem as luzes ofuscantes da noite, Las Vegas era maravilhosa dali de cima. Mas eu não tinha tempo para admirar a vista. Participaria de uma reunião com meu irmão e a adorável Ruby Dawson.

Saltei nu da cama e fui direto para o chuveiro de conceito aberto, deixando a água escaldante. Usei o vaso e, quando retornei ao chuveiro, a água já tinha esquentado.

Recordações da noite anterior surgiram à mente, e deixei a água relaxar os músculos tensos do pescoço e das costas.

Ruby rindo de uma piada que fiz.

Seus perfeitos lábios vermelhos abocanhando uma porção de cheesecake que ela me permitiu lhe servir.

Meu pau se mexeu com essas lembranças, e passei a mão ao redor da extensão endurecida, dando uma bela puxada.

O prazer se espalhou como pontadas escaldantes pela minha coluna, acomodando-se com força nas bolas. Sibilei pelo desejo doloroso.

Imagem após imagem de Ruby surgiu à minha mente, e fechei os olhos, deixando que cada fantasia se tornasse mais vívida enquanto eu me mexia contra a mão, movendo o quadril sem descanso.

A lembrança dela durante o leilão naquele bustiê vermelho que mal continha os seios fartos acelerou meu coração, e minha mão passou a se mover mais rápido, com mais força.

Gemi e pressionei a testa no azulejo frio, apreciando o prazer da mão ao redor de minha extensão enquanto me lembrava do exato instante em que Ruby se virou no palco e mostrou aquela bunda, quase despida, em formato de coração.

Na minha mente, o momento passou para uma fantasia na qual eu a segurava firme, de joelhos por trás dela enquanto mordia uma das bandas deliciosas, deixando a minha marca. Ela gritaria de êxtase enquanto eu continuaria a torturar a bunda dela com mordiscadas e beijos antes de percorrer a língua ao longo do encontro da coxa com a bunda. A Ruby dos sonhos gritaria quando eu afundasse os dentes na pele sensível, o corpo balançando para mais perto, querendo meu toque. E, então, eu encostaria a ponta do meu pau nas dobras macias dela, deslizando fundo.

Essa última imagem da fantasia foi o suficiente para me levar ao limite.

O orgasmo subiu pelo meu pau, tensionando e formigando a base da coluna enquanto meu corpo todo enrijecia. Deixei rolar, soltando tudo num gemido cansado e demorado, até ficar exausto, o ar entrando e saindo do meu corpo enquanto me recuperava. Encostei a cabeça no antebraço e deixei a água me trazer de volta à vida devagar.

— Puta que o pariu — arfei e me livrei da breve, porém intensa, experiência. Terminei de me lavar e secar no automático, sentindo a pele energizada e sensível ao toque.

O alívio foi bom, mas não basta, pensei ao pentear os cabelos úmidos.

Nunca bastaria. Não havia substituto para a Ruby Dawson de carne e osso. Só de pensar nela na noite passada com aquele vestido, meu pau latejou de novo, apesar de eu ter acabado de cuidar desse problema.

Suspirei, vesti o roupão do hotel sobre o corpo nu e saí do quarto, desesperado por uma xícara de chá.

Nile estava sentado à mesa, com os resquícios de um desjejum inglês afastados para o lado. Havia outro lugar posto, coberto por um domo de metal, que deduzi ser para mim. O canalha prestativo.

— Bom dia — falei, seguindo direto para a garrafa térmica, de olho em cafeína.

Nile relanceou para o relógio de pulso antes de voltar a olhar para o tablet.

— Que bom da sua parte se juntar a mim.

Puxei a cadeira e me sentei, depois enchi a xícara com água quente e joguei o saquinho de chá dentro dele.

— Mal passa das sete.

Nile olhou para mim por cima da armação dos óculos.

— Exato. Está atrasado. Nossa última reunião com Madame Alana e a senhorita Dawson é às oito.

Sorvi meu chá, removi o domo e ataquei meu café da manhã, relanceando para o meu irmão.

— São sete e quinze. Relaxe, Nile, não vou nos atrasar. Sei como isso o irrita — caçoei.

Os lábios de Nile se retorceram, dando o indício de um sorriso, que eu sabia ser o melhor que receberia do meu gêmeo enfadonho.

— Você sabe que sete da manhã é cedo demais para mim. Costumo ir para a cama pouco antes disso.

— Como já lhe disse antes, você deveria concentrar seu tempo e seu dinheiro nos vinhedos, não nas boates — declarou pela milionésima vez. Se eu ganhasse uma libra para cada vez que ele tocasse no assunto, eu seria rico em dobro.

— Possuo dez por cento dos empreendimentos mundiais ligados ao entretenimento. E tudo isso vem fazendo meus investimentos crescerem. Você só não aprecia o valor de uma boate ou de um pub como eu. Nunca conseguiu.

— Boates e pubs. — Ele enrugou o nariz como se tivesse acabado de cheirar algo pútrido. — Quem sabe se você revisasse os relatórios de demonstração financeira mais recentes, os vinhedos que possuímos em sociedade pudessem receber um pouco mais da suas... capacidades administrativas. A análise é promissora.

Ergui meu chá num brinde.

— Brilhante. Então, talvez, você devesse lhes dar um pouco mais da *sua* atenção. É você quem ama a vinicultura.

Nile estreitou os lábios e se concentrou no tablet.

— Talvez eu faça isso.

Depois de alguns minutos de silêncio enquanto eu comia e Nile trabalhava, recostei-me e suspirei.

— Acredito é que deveríamos estar falando sobre Ruby.

— O que há com a senhorita Dawson?

Gemi e alonguei os braços para o alto.

— Como vamos conquistar o coração dela? No fim, temos que combinar algumas regras básicas entre nós ou estaremos seguindo um caminho bem acidentado.

— Conquistar o coração dela? — ele escarneceu. — Não tenho intenção alguma de conquistar o coração de ninguém. Quero me casar com ela, levá-la para a cama e transformá-la numa perfeita esposa de um Pennington. Não tenho tempo para nada além disso.

— Ela não é uma coisa a ser adquirida — desdenhei.

— Ah, é? Creio que tenha sido exatamente isso que nós dois fizemos ontem. Ou você não estava lá quando ofereci um lance de seis milhões de dólares por ela? Se bem me lembro, concordamos em dividir de maneira igualitária tais despesas e pagar o dobro da comissão. O primeiro depósito já foi transferido para a conta da senhorita Dawson. Eu o lembrarei, querido irmão, que adquirir a senhorita Dawson foi o objetivo de ontem.

Minhas narinas inflaram à mera menção de Ruby ter sido "adquirida", embora Nile tivesse feito uma descrição acurada. Todavia, agora que passara um tempo com a mulher, tinha dificuldades em me lembrar que nós a compramos, essencialmente, como uma peça de porcelana delicada ou uma bela obra de arte.

— É a última vez que falamos dela como se fosse um *objeto*. Ela é um ser humano e merece ser tratada com respeito.

— De acordo — Nile declarou sem inflexão, olhando para mim por cima dos óculos. — Algo mais?

— Sim! Uma vez que concordamos em cortejá-la até que ela escolhesse um de nós, pretendo levar o processo a sério.

— Assim como eu. Contudo, antes de mais nada, a mulher tem que ser treinada. A governanta cuidará disso. — Ele mexeu no tablet, dispensando-me.

— E se eu não concordar com esse plano? — argumentei.

Nile suspirou e deixou o aparelho de lado para me dar sua total atenção.

— Ela será devorada pelos lobos do nosso círculo social se não receber os instrumentos adequados. Ela não sabia qual talher usar no jantar de ontem, um jantar considerado social, *informal*. Imagine-a num jantar de seis pratos? Sem falar que a mulher nem sequer sabia o significado de "filantrópico". A esposa de um Pennington deve lidar com todas as nossas ações de caridade em nosso nome. Não concorda?

Dei de ombros.

— Francamente, não sei. Nunca dispensei muito tempo para participar desses eventos. Costumo apenas assinar o cheque.

— Sei disso. Participo de todos os eventos, assim como faziam nossos pais. Faço conexões com todos os sócios e conhecidos deles. Minha equipe administra a Fundação Pennington para a Infância, sobre a qual você nunca perguntou desde a morte de nosso avô. Noah, você não faz ideia do trabalho que envolve administrar os negócios da família. Nem sei o motivo por que está disputando o percentual adicional e os direitos majoritários de voto. Você nunca deu atenção alguma a isso quando nossos pais ou mesmo nosso avô estavam no comando. — Cruzou as pernas e apoiou os dedos entrelaçados sobre o joelho, parecendo de fato o cabeça da família, assim como nosso pai.

Deus, como eu sentia saudades dele.

Uma falta de autoconfiança surgiu dos recessos da minha mente. Nile não estava errado. Não dei muita atenção a nada relacionado aos negócios da família enquanto nosso avô ainda estava vivo. Concentrei-me no que eu queria da vida. Renunciando à universidade e usando meu fundo fiduciário para adquirir boates e pubs decadentes, a fim de trazê-los de volta à vida. E, depois, levando isso além, ao abrir estabelecimentos exclusivos novos desprezados por todos a não ser a governanta. Vovô acreditava que um

Pennington deveria trabalhar em áreas que agregavam algo de importante ao mundo, não em empreendimentos frívolos como boates e pubs. Nile, que sempre foi o filho perfeito, fez exatamente o que nosso pai e depois nosso avô esperavam dele. Foi para a universidade e trabalhou nas Empresas Pennington para aprender a lidar com os negócios. E fez tudo isso ao mesmo tempo que trabalhava em composições sinfônicas premiadas que, mais tarde, ganhariam reconhecimento mundial.

Foi só após o falecimento de vovô e da imposição do casamento que me mostrei interessado em relação ao legado familiar. Depois disso, de repente, um botão foi acionado, e percebi do que havia aberto mão. Como havia me desconectado daquilo que deveria ter sido importante na minha vida. Minha família. De alguma forma, mergulhei na cena da vida noturna muito mais do que havia pretendido no início. Perder vovô tornou tudo isso mais real.

Eu queria ser mais. Fazer mais. Provar meu valor na linhagem da nossa família, não só para meu irmão, mas para *mim mesmo*. Meu próprio império funcionava como uma engrenagem, e eu ganhava dinheiro muito rápido. Não precisava assumir o comando dos negócios familiares. Nile muito provavelmente seria perfeito nisso. O homem era perfeito em tudo o que fazia.

E, mesmo assim, eu queria fazer parte disso. Pela primeira vez em muito tempo, tomaria o caminho da responsabilidade. Com outras pessoas, Nile inclusive, dependendo de mim, só para variar. Eu não fazia a mínima ideia de como conseguiria fazer isso, mas ter uma mulher como Ruby ao meu lado com certeza tornaria tudo melhor. Menos solitário.

— Que tal se, quando chegarmos em Oxshott, criarmos um cronograma — propus. — Ruby treinará com a governanta em determinados dias. Concordo que precisamos que aprenda pelo menos o básico. Depois, duas vezes por semana, ela terá um tempo designado comigo e outro com você, separadamente. Não nos envolveremos nos "encontros" ou nos planos um do outro de modo algum. O restante do tempo, quando não estiver conosco ou em treinamento, ela pode fazer o que bem entender.

— E o planejamento da cerimônia? Caso tenha se dado ao trabalho de ler o contrato, cada noiva deve estar casada dentro de trinta dias após a assinatura do contrato. Não é muito tempo para conquistar e treinar a senhorita Dawson.

Mordi o lábio inferior quando uma ideia surgiu.

— A governanta ficará surpresa em ter que planejar um casamento. Ainda que o faça de maneira excepcional. Tanto que precisaremos lhe comprar um presente caro, a fim de conquistar seus favores. — Sorri.

Nile, por fim, abriu um sorriso largo.

— Verdade. Nossa mãe pediria a ela conselhos em relação a todos os detalhes.

Relembrei quanto nossa mãe fora íntima da senhora Bancroft. Quando não podia estar com os filhos, confiava nosso cuidado à governanta. E foi o que ela fez. Por meio de avisos, repreensões, infindáveis ensinamentos, disciplina, lições sobre arte e música, e tudo o mais que havia a ser ensinado. Eudora Bancroft, a "governanta", era uma devotada mãe substituta até o fim. E, por trás de sua fachada de sobriedade, carregava consigo um pedaço enorme do meu coração e do de Nile. Ela gostava de fingir não ter um lado suave. Mas fomos meninos indisciplinados que se machucavam, caindo de árvores, ralando joelhos e sendo mordidos e picados por bichos que perseguíamos. Com frequência, era ela quem nos tomava nos braços, enxugava nossas lágrimas, incentivava-nos e afugentava nossos medos com beijos. A governanta foi tão importante na nossa criação quanto o foram nossos pais. E, por mais que eles já tivessem partido, ela ainda estava aqui.

— É o que mamãe teria feito — concordei.

— Está definido, então. Ao chegarmos em casa, cuidaremos da agenda de Ruby. Na véspera do casamento, ela deve escolher com quem deseja se casar. — O tom de Nile foi resoluto. — Sem questionamentos. Não importa quem ela escolher, nós respeitaremos a decisão. — Ele ergueu a sobrancelha e ofereceu a mão.

Uma sensação de constrição dolorosa surgiu em meu estômago, provocando-me, ao pensar que Nile podia ser o homem que Ruby escolheria.

Foi com isso que concordei.

Não havia como voltar atrás.

Apertei a mão de meu irmão, o medo fazendo minha palma suar.

— Fechado.

Agora, o que me restava a fazer era me aprontar, encontrar Ruby na reunião final e descobrir uma maneira de conquistá-la. Eu tinha vinte e nove dias para mostrar meu valor e ganhar o coração de Ruby Dawson.

Que vença o irmão certo.

EPISÓDIO 27

MADAME ALANA

MADAME ALANA

— *Bonjour, chérie* — meu marido murmurou contra a lateral do meu pescoço enquanto seus braços bronzeados e fortes me envolviam pela cintura, vindo de trás.

Eu estava de pé diante da pia do banheiro, dando os toques finais no penteado e na maquiagem antes da última reunião oficial com as mais recentes candidatas quando senti Christophe aparecer sorrateiro por trás. Ele adorava me surpreender, e eu era uma mulher que adorava surpresas de todos os tipos. Ainda mais quando era o aparecimento inesperado de meu amado marido depois de um mês vivendo sem sua presença.

Recostando-me no corpo forte, fechei os olhos e me deliciei com seu porte e seu calor durante o abraço. Um formigamento se espalhou pela base da minha coluna quando ele deslizou os lábios pela extensão do meu pescoço, provocando-me.

Zuni e me agarrei aos seus braços, deixando que ele me segurasse, nossos corpos e nossa energia se acolhendo mutuamente depois de uma longa separação.

— Está pronta para voltar para casa, *chérie*? — ele sussurrou contra minha pele.

— Agora que você voltou do projeto no Havaí, *oui*, estou. Hoje de manhã é meu último encontro com o grupo atual, como você sabe.

— Ah, por isso a expressão triste. Está preocupada com o bem-estar deles?

Encarei os calorosos olhos castanho-esverdeados de Christophe e os cabelos pretos pontilhados de branco penteados para trás pelo reflexo do espelho diante do qual nos abraçávamos. Parecia-me impossível não apreciar o fato de ele ainda ser tão lindo quanto era quando me comprou, há trinta anos. Desde então, muita coisa mudou, mas não a minha atração por ele nem a sua absoluta devoção e obsessão por mim.

Nós nos tornamos um par romântico depois do leilão. O que, na época, era algo inédito. Na maneira que administro a empresa que agora possuo, prezar para os casais ficarem juntos se tornou algo com que me preocupo. Não era incomum que meus casais acabassem tendo casamentos felizes, completamente realizados, depois do período estipulado de três anos. A empresa estava muito bem avaliada em relação à completa satisfação dos arrematantes sobre suas aquisições e vice-versa. Não recebi muitas reclamações ao longo dos anos desde que assumi a mesma empresa que um dia me vendera.

Dei de ombros em resposta a Christophe.

— Toda vez que você se despede de um grupo, experimenta essa sensação de desapontamento. Reconheça isso pelo que é, Alana. Lamente se precisar, mas não deixe que isso a faça perder a cabeça de preocupação.

Franzi o cenho e apanhei o batom vermelho, determinada a deixar de lado as velhas feridas e terminar as tarefas do dia, para que Christophe e eu pudéssemos retornar à França.

— *Je vais bien*, Christo. — *Estou bem*, eu o assegurei em sua língua nativa. Como sempre, desde o dia em que me tornei sua, meu príncipe se preocupava com o meu bem-estar. Se ele não fosse governado física e mentalmente pela necessidade de criar arte por meio de suas esculturas, eu temia que ficasse colado ao meu lado. Ele só se ocupava de fato com duas coisas na vida: comigo e com a sua arte.

Christophe era tudo o que havia de bom na minha vida. Minha mãe, uma sul-coreana, teve um caso com um soldado teuto-irlandês quarenta e nove anos atrás. Passei meus primeiros doze anos na miséria, sobrevivendo à base de arroz e de qualquer outra comida que conseguíamos obter nas ruas. No fim, ela acabou me abandonando perto de um orfanato quando eu tinha doze anos.

Precisei de anos de muito esforço, sacrifício e muitas atividades degradantes para chegar aos Estados Unidos, onde eu acreditava que teria a chance de uma vida nova. Também foi onde conheci Celine. Adolescentes, vivíamos nas ruas, mas cuidávamos uma da outra. Até o dia em que fomos abordadas pelo Leilão de Casamentos, e tudo mudou.

O Leilão de Casamentos me trouxe Christophe e uma bela vida nova em que era amada e cuidada. O mesmo não pode ser dito sobre Celine.

Christophe me observou terminar de passar a grossa camada de batom nos lábios antes de se apoiar na bancada e ficar de frente para mim. Sua expressão era doce e carinhosa, a mesma com que sempre me olhava.

— Está pensando em Celine? — perguntou com gentileza, sabendo que essa ferida nunca se cicatrizou por completo. Eu, com frequência, cutucava o passado sofrido como se ele tivesse acontecido ontem, e não há trinta anos.

Eu me retraí e ele suspirou, sabendo muito bem que não deveria insistir.

— Como posso não pensar nela num dia como o de hoje? — rebati, a velha fúria mostrando sua faceta monstruosa como de costume.

Christophe esfregou o rosto exausto. O homem pegara um voo de seis horas para estar aqui porque nunca me deixava sozinha no dia em que eu me despedia dos casais. Sabia por instinto que eu precisava dele, ainda mais depois da reunião.

Pegou o tubo de batom da minha mão e o depositou de volta na bancada, depois segurou a minha mão entre as suas.

— Não há nada que você poderia ter feito por Celine. Você só tinha dezenove anos. Num país estrangeiro, trabalhando em circunstâncias deploráveis. Vocês duas tomaram as únicas decisões que podiam. — Ergueu minha mão e beijou minha palma repetidas vezes.

Lágrimas encheram meus olhos conforme as lembranças daquele dia me assolavam. Ficamos tão felizes por sermos escolhidas no Leilão de Casamentos. Planejamos manter contato e nos encontrarmos ao fim dos nossos contratos. Na época, eram exigidos cinco anos. Só que receberíamos todo o dinheiro de que precisávamos para realizar nossos sonhos. Juntas. Melhores amigas para sempre.

Era isso o que *deveria* ter acontecido.

— É por isso que você adquiriu a empresa há tantos anos. Para garantir que outros homens e mulheres inocentes não fossem vendidos para monstros, *oui*?

Assenti, o estômago embrulhando por causa das lembranças sofridas. Meu coração se espremeu, e apertei a mão de Christophe, precisando do apoio e do amor dele para me sustentar.

— E você se esforçou para garantir que cada candidato esteja a salvo, não? — perguntou.

— Sim — respondi rouca, tentando controlar as emoções.

— *Bien, bien*. Então você fez tudo o que prometeu. Hoje, você os lembrará dos acordos e dos compromissos que assumiram. Sem falar das consequências dos seus atos, se abusarem do poder que têm. *Oui*?

— *Oui* — murmurei.

Ele me virou de frente e segurou meu rosto nas mãos.

— Você sente que essas pessoas estão seguras com seus arrematantes? — perguntou, encarando-me com firmeza, chegando ao cerne da minha derradeira preocupação.

Assenti.

— Sim, eu sinto. Ainda que sejam de classes tão diferentes, bem distintos de quaisquer casais que uni antes.

Ele passou os polegares pelas minhas faces e se inclinou para a frente, tomando minha boca num leve encostar de lábios. Um farfalhar de puro amor se infiltrou no meu peito, e a luz de meu marido me preencheu, a ponto de explodir.

Christophe era o meu sol, capaz de afastar toda a escuridão e as lembranças tenebrosas com um único beijo.

— Tenho fé em você, *chérie*. Você jamais permitiria que um homem ou uma mulher entrasse numa situação perigosa caso soubesse disso. Confie que chegou ao fim do processo tratando de todas as preocupações. Do contrário, você não os deixaria ir embora hoje, *non*?

Balancei a cabeça.

— Não, eu não permitiria.

— Então vá. Estarei aqui, pronto para levá-la para casa quando você voltar. — Ele sorriu cansado, mas seus olhos ainda reluziam o amor forte de três décadas.

— *Merci, mon amour.* — *Obrigada, meu amor*, sussurrei em seu ouvido, estalando um beijo em uma face e depois na outra.

Um a um, os casais foram entrando na sala de reuniões de tamanho médio. Eu estava de costas para as janelas do teto ao chão, com a cidade atrás de mim, à espera de que cada um deles se acomodasse para podermos começar.

Com um olhar avaliador, observei cada agrupamento.

Como esperado, Savannah McAllister e Erik Johansen se sentaram lado a lado, parecendo alegres, joviais, bem descansados. Erik aproximou sua cadeira da de Savannah depois de se certificar que ela estivesse acomodada, mas não chegou a segurar a mão dela nem a invadir seu espaço pessoal. Um verdadeiro cavalheiro. Eu tinha grandes expectativas em relação àquele casal. Havia algo de inacreditavelmente doce e inocente naqueles dois.

Em seguida, sentado rígido como uma tábua, com os olhos grudados no celular, estava Nile Pennington. Ruby Dawson sentara-se entre ele e seu irmão gêmeo, Noah Pennington. Enquanto Ruby mordia a cutícula, relanceando ao redor do ambiente, tentando não ser vista, Noah, à sua direita, batucava no tampo da mesa uma linha rítmica que só ele conseguia ouvir, como se lhe fosse indiferente estar ou não estar ali. Muitas vezes me perguntei como seria ter tanto dinheiro a ponto de não ter qualquer preocupação na vida. No fim, sua natureza desprendida e tranquila também poderia atormentá-lo. O que ele pode não ter percebido a respeito da senhorita Dawson era que ela era muito mais esperta do que outras loiras lindas que estava acostumado a seduzir em sua enormidade de boates. Aquela mulher sobrevivera ao inferno e queria um futuro para si. Estabelecera um plano e uma lógica para participar do leilão. Não estava ali por amor, mas, sim, por dinheiro. Seria bom se ele se lembrasse disso.

Ao lado de Noah estavam Joel Castellanos e Faith Marino. Joel estava concentrado, os olhos em mim; pragmático, nem o rosto nem a linguagem corporal revelavam o que sentia ou pensava. Faith, por sua vez, aparentava estar assolada por emoções. Mordia o lábio, retorcia os dedos, cruzava e descruzava as pernas como se estivesse pronta para fugir a qualquer instante. Ficava olhando toda hora para o celular, depois para Joel, como se buscasse algum alívio do que quer que a estivesse incomodando.

Concentrei-me neles por um momento, já que o último grupo ainda não chegara. Para minha grande surpresa, Joel se virou para Faith, sussurrou algo, depois segurou sua mão e colocou-a sobre sua coxa. No mesmo instante, a agitação dela desapareceu, e ela soltou um suspiro longo, relaxando na cadeira de couro.

Até então, aquela foi a descoberta mais excitante a respeito dos pareamentos, isto é, até Sutton invadir a sala, arrastando pela mão uma perturbada Dakota atrás de si. Ele puxou uma cadeira e a colocou ali. Os cabelos dela estavam presos num rabo de cavalo, a camisa do avesso, deixando aparecer a etiqueta na nuca. Os olhos dela estavam embotados; a pele, um tanto esverdeada. Depois que ela se sentou, inclinou-se e apoiou os cotovelos na mesa, amparando a cabeça com um gemido, pressionando a testa na superfície lisa. Relanceei para Sutton e notei os olhos vermelhos, o rosto com barba por fazer, um olho roxo, o lábio cortado e um hematoma do tamanho de uma moeda, ou deveria dizer um "chupão", na lateral do pescoço. Ele deixou seu Stetson cair na mesa e passou os dedos pelos agora visíveis cabelos molhados, como se tivesse vindo direto do banho.

— É óbvio que os Goodall tiveram uma noite e tanto. Gostariam de atualizar o grupo a respeito das novidades?

— Não sou uma Goodall! — Dakota gemeu, batendo, sem força, a palma na mesa. — E por que precisa berrar?

Pressionei os lábios para não rir diante do espetáculo oferecido.

— A gente se amarrou ontem, pessoal — Sutton partilhou, sorrindo largamente.

Alguns arquejos e murmúrios percorreram o grupo, mas levantei a mão até que todos se calassem.

— Alguns anúncios e lembretes, e depois os liberarei. Parabéns a Dakota e Sutton. Desejo a vocês muitos anos de felicidade.

Dakota bufou.

— Felicidade. Tá, certo — resmungou, sem levantar a cabeça.

— Você ficou bem feliz ontem sobre a mesa, contra a parede, no chuveiro... — Sutton rebateu.

Isso chamou a atenção dela. Dakota ergueu a cabeça e encarou o marido.

— Quer outro olho roxo?

Eu me sobressaltei com esse comentário.

— Você o socou no olho? — perguntei, meu tom carregado de horror.

Os olhos dela se arregalaram, e ela relanceou ao redor em busca de auxílio.

— Hum, bem... foi uma espécie de reação anormal... É difícil explicar. Tudo saiu meio fora de controle ontem à noite. — Ela encarou Sutton, que não fazia nada a não ser sorrir.

— Madame Alana, tivemos uma desavença. Algumas palavras foram ditas... e estamos trabalhando nisso. Ela não teve a intenção de me socar no olho. Foi um acidente. Certo, querida? — O rosto de Sutton corou ao mentir, oferecendo a ela uma desculpa. Perdoando um comportamento abjeto como se não fosse nada.

Dakota o olhou como se ele tivesse acabado de pisar numa pilha de excremento.

— Não erguemos a mão uns para os outros. *Jamais!* — estrepitei. — Isso vale para cada um de vocês. É uma quebra de contrato. — Rilhei baixo e fiz questão de encarar cada um deles nos olhos, Dakota em especial.

Sutton ergueu as mãos num gesto de rendição.

— Sem problemas aqui. Estou contente com a minha aquisição. Não preciso de reembolso.

Dakota bufou.

— Reembolso? — estrepitou. — Se tem alguém aqui que merece reembolso sou eu! — Ela apontou para o próprio peito.

Levantei a mão uma vez mais.

— Não haverá reembolso algum. Com isso em mente, quero lembrá-los, a todos, dos termos do acordo.

Esperei até que todos estivessem prestando atenção, mesmo Dakota e Sutton, que estavam um pouco mal-humorados um com o outro, algo que acreditava que nunca mudaria entre eles.

— Por favor, não me interrompam nesta parte. As regras do contrato são as seguintes: todos os arrematantes transferiram os montantes do depósito de suas contas para a conta das candidatas. Todas as comissões também já foram transferidas no montante total. Agradeço por isso. Os casamentos devem ser realizados dentro de um mês após a assinatura do contrato, se não antes disso.

Olhei para Sutton e Dakota de esguelha.

— Se precisarem de mais tempo, podem me solicitar isso pessoalmente. Após o casamento, a primeira parcela será transferida para a conta da candidata. Os montantes seguintes serão divididos e depositados em cada aniversário de casamento até o fim do período de três anos. Se, em algum momento, a candidata quiser se desvincular do casamento, antes do término do prazo de três anos, sairá do acordo com o dinheiro do depósito e deverá devolver qualquer outra quantia que tiver recebido do arrematante. Se o arrematante quiser romper o casamento antes do fim do contrato, abrirá mão do depósito, das comissões e ainda deverá pagar o valor total oferecido em leilão pela candidata.

Noah sibilou ao ouvir o lembrete.

— Bem pesado.

Assenti.

— O objetivo é esse. O Leilão de Casamentos não é um jogo. É um acordo de vínculo mútuo entre duas partes por um período de três anos. Em contrapartida à parte monetária, espera-se que a candidata cumpra todos os pré-requisitos estipulados no contrato. Um dos quais é a consumação do casamento no período de até duas semanas após a cerimônia. Se não o consumarem, o contrato será anulado. Relações frequentes, participação em eventos, assistência no lar, nos negócios e na criação dos filhos, e assim por diante fazem parte do seu compromisso. Esse contrato vincula ambas as partes a um casamento da vida real por um período de três anos. Todos aqui compreendem isso?

LEILÃO DE CASAMENTOS – VOLUME 1

Certifiquei-me de ver cada um deles assentindo.

— Não haverá nenhum tipo de violência doméstica.

Estreitei o olhar para Dakota. Geralmente alertava os arrematantes, não os candidatos, mas, como eu havia mencionado a Christophe, esse grupo era rebelde.

— Temos uma política de tolerância zero em relação à violência. A violência entre os casais é inaceitável e valerá como quebra de contrato. Ações legais serão tomadas pela minha empresa, a fim de proteger a vítima. Isso será bastante dispendioso. Posso concluir que todos vocês são capazes de partilhar um espaço sem recorrer à violência doméstica?

Dessa vez, esperei até que cada pessoa me desse sua garantia verbal. Até mesmo Dakota concordou, contra a vontade. Por menos que eu confiasse na resposta dela, também acreditava que Sutton era um menino crescido que saberia cuidar de si.

Meu coração praticamente suspirou aliviado depois disso.

— Anseio por receber convites para os casamentos e entrarei em contato com cada candidata em intervalos regulares. Isso inclui não apenas telefonemas de verificação, mas, no decorrer dos próximos meses, em especial, e até ao longo dos anos, posso aparecer para fazer uma visita e garantir que cada candidata e arrematante estejam cumprindo sua parte no acordo. Vocês devem se tratar com respeito. Não será aceito qualquer tipo de aprisionamento, tortura, tráfico sexual, espancamento, mutilação ou venda de seu parceiro, independentemente da natureza. Se uma das minhas candidatas considerar alguma situação inadequada, espero ser contactada de imediato. Se eu não tiver notícias pessoalmente das minhas candidatas, minha equipe de segurança fará o que for necessário para garantir que o meu pessoal saia vivo de quaisquer situações. O mesmo não pode ser dito do agressor de quaisquer atos hediondos. Estou sendo absolutamente clara?

— Como que é? — Joel se levantou.

— Raios! — Noah imprecou.

— Mas que porra? — grunhiu Sutton.

— *Faen!* — *Porra*, Erik disse em norueguês.

E Nile piscou atordoado algumas vezes, como se eu tivesse chocado o homem impassível.

— Essa porra já aconteceu antes? — Sutton agarrou o braço da cadeira de Dakota e rolou o corpo dela para o seu lado, colocando-se diante dela como se fosse um escudo.

Os rompantes deles me fizeram sorrir.

— Vejo que essas preocupações os incomodaram tanto quanto incomodam a mim. — Juntei as mãos. — Por favor, certifiquem-se que suas esposas respondam aos meus telefonemas e às minhas mensagens. Agradeço por me confiarem a felicidade do seu futuro. Sinto-me honrada. Espero, sinceramente, que todos vocês encontrem paz em sua nova vida. Se não há mais dúvidas, podem ir. Fiquem bem e sejam felizes.

Sutton foi o primeiro a se levantar. Dakota balançou um pouco antes de passar o braço pela cintura dele para se manter de pé.

— Essa última parte foi bem fodida — ele resmungou. — Eu jamais faria mal à minha esposa. Vamos sair daqui, amor.

— Não me chame de amor! — ela rebateu, mas pegou na mão dele quando ele a ofereceu.

Assisti a tudo e acenei quando Sutton e Erik levaram suas noivas para fora. Ruby se afastou do seu grupo, como eu esperava. Eu a abracei quando ela se aproximou. Ela apoiou a cabeça no meu ombro e me abraçou com força.

— Vou telefonar — sussurrou. — E vou ficar bem.

— Claro que vai. Não tenho dúvidas. — Afastei os cabelos loiros sedosos e os prendi atrás de uma orelha. Era uma mulher tão linda. Desejei que percebesse sua beleza e seu valor. Eu tinha a sensação de que isso logo aconteceria.

Depois dela, Faith e Joel se aproximaram. Apertei a mão de Joel e abracei Faith. Fitei-a nos olhos.

— Vai ficar tudo bem.

— Pela primeira vez em muito tempo, também acredito nisso. — Ela sorriu com suavidade e pegou a mão que Joel lhe oferecia.

Depois que todos saíram da sala, pressionei as mãos e me apoiei na mesa, permitindo que a tristeza dominasse meu corpo. Em seguida, solucei no punho fechado.

— Não pude salvá-la, Celine, mas que eu seja amaldiçoada se alguma coisa acontecer com essas meninas — sussurrei para a sala de reuniões vazia.

Assim que as lágrimas caíram, ouvi a porta se abrir.

Minha salvação estava parada na soleira.

Christophe.

Corri para seus braços e, por fim, sorri.

EPISÓDIO 28

ILHAS NA CORRENTEZA[7]

SUTTON

— Conseguem acreditar nas merdas que ela disparou a falar sobre aprisionamento e tráfico de mulheres? — Passei o braço ao redor dos ombros de Dakota quando nos posicionamos no fundo do elevador e Savannah e o noivo dela, Erik, entraram.

Ela sacudiu meu braço, virou-se para sair do abraço e se pôs de lado.

— Sim, consigo. A última estatística que ouvi a respeito dizia que uma em cada quatro a cinco mulheres já foi agredida sexualmente em algum momento da vida. Essas *merdas*, como você diz, vêm acontecendo há séculos. Já passou da hora de você e o resto do sexo oposto se darem conta.

Esfreguei o queixo dolorido.

— E quantos homens têm que aguentar o gancho de direita da mulher deles?

Dakota me encarou brava até os olhos virarem apenas fendas.

— Presta atenção, *marido*.

— Ah, mas eu estou prestando, esposa. Não consigo desviar os olhos. — Sorri.

Deus, eu adorava atiçá-la. E provocar. Saborear. Morder. Basicamente tudo o que se referia à minha nova esposa era *delicioso*. Até a ira dela me excitava. Ajustei o pau que inchava por baixo da minha calça Wrangler e tive orgulho quando vi o olhar dela se desviar para minha mão. Ela mordeu o carnoso lábio grosso inferior, como se estivesse se lembrando com exatidão do que eu sabia fazer com o dito pacote. Gemi e cerrei os dentes, querendo

---

[7] Tradução do título da canção de Dolly Parton e Kenny Rogers, "Islands in the Stream", mencionada adiante neste capítulo. (N.T.)

empurrar aquele corpinho sexy dela contra a parede do elevador e lembrá-la como gostava do meu toque.

— Hum, então... — Savannah limpou a garganta. — Quais são os planos de vocês?

Dakota piscou entorpecida algumas vezes, deixando a sensualidade no olhar desaparecer, e depois se virou de frente para a irmã.

— Vamos voltar para Montana. Temos bilhetes de primeira classe em um voo que parte... — Levantei o punho e verifiquei as horas no relógio. — Daqui a três horas.

— O quê? Nós vamos? Mas já? — Havia um tremor na voz de Dakota, revelando que talvez pudesse mesmo estar com medo de algo.

Ou seja, de voltar para casa.

Franzi o cenho e passei o braço ao redor da cintura dela, aproximando-a de lado. Ela bufou, mas não me afastou. Uma pequena vitória.

— E vocês? — perguntei.

Savannah lambeu os lábios e relanceou para Erik. O viking parecia um tanto calado, avaliador. Só falava quando preciso.

— Planejo levar Savannah para a minha casa, na Noruega — explicou.

Dakota se mexeu no meu abraço.

— Savvy, você vai sair do país? — perguntou, emotiva.

Savannah baixou o olhar, depois assentiu.

— Preciso sair daqui, Kota. Erik e eu queremos passar o tempo até o casamento nos conhecendo. E eu... bem, nós não podemos fazer isso em Montana.

Interpretei o que ela não disse. Duas palavras.

Jarod Talley.

A cidade inteira sempre se alvoroçou por causa da doce e inocente Savannah McAllister e do rancheiro bonitão Jarod Talley — o jovem casal mais celebrado de Sandee. Eles namoravam desde crianças, e todos sabiam que o destino deles era o altar. Só que a vida nem sempre é tão simples como os outros imaginam. Veja só como Dakota e eu acabamos. Ninguém na cidade iria acreditar que nós dois, inimigos jurados, tínhamos nos amarrado.

Dakota assentiu.

— Vocês vão hoje?

Savannah buscou o olhar de Erik.

— Como ela preferir. O meu jatinho está a postos — declarou Erik.

O cara tinha um jatinho? Caramba. Nunca considerei a ideia de termos um desses. Parecia excessivo. Claro que isso facilitaria bastante as idas e vindas das mais de cinquenta fazendas que possuímos por todo o país. Fiz uma anotação mental de avaliar o custo-benefício de comprarmos um jatinho em relação a continuarmos comprando passagens de primeira classe para mim e para a nossa equipe de forma geral. A maioria das pessoas acreditava que nós, os Goodall, só tínhamos a fazenda em Sandee. Nem perto disso, ou eu não teria sido capaz de pagar quatro milhões de dólares por Dakota. Aquilo era apenas uma gota num balde. A fazenda da nossa família nem sequer era a maior, apenas a primeira, motivo pelo qual escolhemos morar juntos nela.

Numa coisa os Goodall acreditavam acima de qualquer coisa: a família era *tudo*. Nós permanecemos juntos. Havia literalmente um teto para todos nós na propriedade. Meus pais, meu avô, meu irmão mais velho, o Júnior, também conhecido como Duke Goodall Segundo, e minha irmã caçula, Bonnie.

Imaginar Dakota em minha casa, a que construí para minha própria família, deixou-me ansioso para levá-la correndo de volta a Montana.

O elevador se abriu e vi o motorista que havia contratado nos esperando com as nossas malas no saguão do hotel.

— Pronta para irmos, querida? — Subi e desci a mão pelas costas de Dakota.

O rosto dela se voltou para mim, e ela fez algo que não imaginei nem em um milhão de anos, vindo da durona e teimosa Dakota McAllister. Ela fez beicinho. O suculento lábio inferior se projetou para a frente e seus olhos marejaram de lágrimas não derramadas.

Sem aviso, ela agarrou e abraçou com força a irmã, depois recuou, amparando as bochechas entre as mãos.

— Eu te amo e tenho muito orgulho de você. Entendeu? — Ficou assentindo até a irmã a imitar, as duas mulheres com lágrimas nos olhos. — Ligue para mim quando chegar aonde estiver indo. E fique bem, ok? — acrescentou.

Savannah assentiu, lágrimas grossas desciam pelas faces de boneca de porcelana. A mulher era linda, sem dúvida. Só parecia frágil. Como um daqueles ovos chiques de decoração que a gente vê nos museus. Meu coração e o meu pau só prestavam atenção à mulher de aparência mais rústica que cuspia fogo como dragão e veneno como uma cobra, que era Dakota. Uma mulher pela qual tinha que disputar e ser merecedor, tornando o esforço cem vezes mais recompensador.

Dakota beijou a irmã na testa, apoiou as mãos nos quadris e inclinou a cabeça enquanto encarava o viking. Um homem que era o dobro do seu tamanho. Sem medo algum. A mulher era doida, mas não seria isso que acabaria com minha vontade de abrir suas pernas e me refestelar por dias e dias. A excitação saía pelos meus poros enquanto assistia à minha esposa ameaçar, de maneira nada gentil, o noivo da irmã.

— Eu juro por Deus, não tem lugar neste mundo a que eu não vá para garantir a segurança da minha irmã... — Ela começou, mas Erik levantou as mãos para interrompê-la.

— Senhora Goodall... — disse. Ela grunhiu entre os dentes pelo uso do novo sobrenome enquanto eu sorria todo contente. — Dakota... — Usando de sabedoria, ele mudou de tática. — Não tenho intenção alguma de fazer nada além de tratar Savannah com o maior respeito e carinho. Ela será tratada como uma rainha. Eu garanto. Você é bem-vinda na Noruega. — O olhar se desviou para mim. — Vocês dois são bem-vindos a qualquer hora. Onde quer que Savannah estiver, a família dela sempre terá um lugar conosco.

Deduzi que essa era a minha deixa para colocar o cavalinho na estrada. Envolvi a cintura de Dakota por trás e a pressionei contra meu peito.

— Deixe a sua irmã ir. Ela já é uma menina crescida.

Seu corpo se contraiu, não para me arrancar de cima dela, mas para me aproximar, como se, de repente, ela fosse cair de joelhos com tantas emoções. Ela começou a tremer, por isso virei o rosto dela para mim, envolvendo-a de vez com os braços. Dakota pressionou a testa em meu peito, e a senti se descontrolar, segurando-se em mim enquanto as unhas se enterravam nos músculos das minhas costas.

— Podem ir — sugeri a Savannah e Erik. — Se não forem agora, ela vai seguir vocês. — Apontei com o queixo para as portas do saguão e apertei com mais força o meu pacote precioso.

Savannah se aproximou e tocou a cabeça de Dakota.

— Vou ficar bem, Kota. Eu te amo — disse, depois se virou, pegou a mão que Erik oferecia e se afastou.

Dakota despencou nos meus braços, sendo tomada por soluços enquanto deixava as emoções fluírem. Pendi para o lado quando mudei o ponto de apoio, inclinei-me e segurei-a por trás dos joelhos, erguendo-a como uma princesa para carregá-la pelas portas principais do hotel. O motorista se pôs a trabalhar ao nos ver, arrastando as duas malas na frente na direção do carro preto que nos aguardava. Ele abriu a porta e, com uma manobra, enfiei-nos no carro de forma que Dakota ficasse no meu colo.

Ela se debulhou em lágrimas sem parar até chegarmos ao aeroporto.

Como eu bem esperava, enxugou o choro, aprumou as costas e, ao sair do carro, pela primeira vez na vida, estendeu a mão para mim.

Um orgulho, puro e desimpedido, preencheu-me por completo. Buscar o meu apoio era um passo enorme para conseguir que minha esposa acabasse exatamente como eu queria.

Apaixonada por mim.

No segundo em que o avião decolou, Dakota se virou de lado e ficou olhando pela janela. Ela rejeitou toda comida e bebida, satisfeita em olhar para o espaço durante as duas horas de voo, fechando-se em si mesma para o mundo. Se era disso que precisava para aceitar a direção que a sua vida nova tinha tomado, eu lhe daria isso.

Assim que me acomodei atrás do volante da minha caminhonete, com ela no banco de passageiro, o silêncio ficou sufocante.

— Cansada? — perguntei, tentando quebrar a tensão.

— Não é como se a gente tenha conseguido dormir muito — ela respondeu com secura.

Bufei.

— A não ser pela hora em que você parecia estar cerrando madeira entre a segunda e a terceira rodada.

Ela inspirou fundo.

— Eu não ronquei coisa nenhuma! — Seus olhos sem vida de repente voltaram a se acender.

— Querida, você *roncou*. E babou também — acrescentei, só para irritá-la um pouco mais. Eu gostava da Dakota brava. Não gostava muito da mulher fria e sem emoção que se tornou desde que nos separamos da irmã dela em Las Vegas.

Ela escarneceu e emitiu um som como se estivesse engasgando, o mau humor dando as caras.

— Você está *mentindo*! E, se não fosse por você, me mantendo acordada a noite toda, eu poderia ter dormido melhor.

Não consegui conter a gargalhada.

— Gata, você caiu no sono enquanto montava no meu pau como uma égua premiada depois de ter dado início à terceira rodada.

Escancarou a boca em sinal de ultraje antes de apontar para mim de modo acusatório.

— Prova de como eu devia estar entediada!

— Entediada? É por isso que está andando com as pernas tortas hoje? — Mexi as sobrancelhas e dei um largo sorriso antes de forçar meus olhos de volta à estrada.

— Dito por um homem que não quer transar nunca mais! — Cruzou os braços, levantou o queixo e cravou um buraco na janela do passageiro com o olhar.

— Mulher, não fique achando que não descobri que você é uma gata selvagem no quarto. Uma que gosto de domar, muito, muito mesmo. Você me quer tanto quanto eu te quero. Mentir sobre isso não vai fazer com que deixe de ser verdade.

Eu conseguia sentir a tensão pareada com o fogo dela enchendo a cabine de eletricidade.

— Admito que somos compatíveis na cama. Mas isso não significa muita coisa, considerando-se tudo.

Bufei.

— Claro que significa.

— Ah, é? Por quê? — perguntou sem inflexão, escondendo seus verdadeiros sentimentos. Ela sabia a resposta tão bem quanto eu.

— Significa que a gente vai se divertir a valer transando como coelhos pelos próximos cinquenta anos. — Sorri, imaginando-nos sentados na varanda num balanço de dois lugares, eu com uma cerveja na mão e meu braço ao redor de uma Dakota de cabelos grisalhos, olhando para as nossas terras. Com talvez uns dois cachorros aos pés e uma leva de netos correndo pela casa.

— Cinquenta? — Ela se engasgou. — Difícil. Está mais para mil e noventa e quatro dias, meu chapa.

— Está fazendo contagem regressiva?

— Estou surpresa por você não estar fazendo isso. Ainda não entendo por que me comprou, para início de conversa. Não faz sentido.

Dei de ombros.

— Acho que você vai ter mais de mil dias para descobrir.

— Pois você não vai me contar? — protestou. — Cretino — resmungou baixinho.

— Eu ouvi.

— Não estava tentando esconder — ela disse com sarcasmo.

Missão cumprida. A Dakota doida da vida era bem melhor do que a Dakota triste e silenciosa.

Enquanto ela ruminava, liguei o rádio, enchendo a cabine da caminhonete com a melodia suave de "Islands in the Stream", cantada por Dolly Parton e Kenny Rogers.

— Adoro essa música — comentou, encostando a cabeça contra o vidro, cantarolando baixinho.

Peguei a mão dela e a levei aos lábios, dando um beijo de leve nos nós dos dedos.

— Eu também.

Ela me presenteou com um sorriso suave e genuíno. Do qual me lembrarei com carinho toda vez que ouvir essa canção. Agora a nossa canção.

Ao chegarmos em Sandee, Dakota foi ficando cada vez mais tensa. Seus movimentos se tornaram rígidos. Passamos pela porteira que dava para a fazenda Goodall, mas o olhar dela se esticava por cima de mim, espiando pelo meu lado na direção em que as nossas terras se encontravam com as da família dela.

Eu não disse nada. Não conseguia pensar numa palavra sequer que fosse tranquilizá-la. Só segui dirigindo até chegarmos a uma encruzilhada na estrada. Para a direita ficava a minha casa. Em frente, a casa principal, onde viviam os meus pais e meu avô, junto a outros prédios principais e o alojamento onde muitos dos nossos funcionários solteiros moravam de graça. À esquerda ficavam as casas da minha irmã e do meu irmão.

Virei à direita e segui pela estrada até chegar a uma entrada de carros circular diante da casa. Logo à esquerda ficava a minha garagem particular e a oficina. Parei diante da construção para que Dakota pudesse ver o conjunto completo.

Antes que eu conseguisse desligar o Ford F-150 e dar a volta no carro, Dakota já tinha saído da caminhonete e olhava parada para a imaculada casa de fazenda de dois andares, pintada num tom de amarelo-claro com acabamentos em branco e venezianas em verde-oliva. Ao redor de toda a casa, havia uma varanda com cerca de madeira branca, permitindo uma visão de trezentos e sessenta graus das terras ao completar toda a volta. Dessa forma, poderíamos ver tanto o nascer quanto o pôr do sol da varanda.

— Você é o dono disso tudo? — ela perguntou surpresa, os dedos compridos cobrindo os lábios enquanto a admiração passava por suas lindas feições.

— *Nós* somos os donos — eu a lembrei.

— É linda, e essa é a minha cor favorita — ela sussurrou, absorvendo tudo.

Eu sei, quis dizer, mas não disse. Não estava pronto para partilhar há quanto tempo queria que Dakota se tornasse minha esposa. O Leilão de Casamentos só tornou o que eu acreditava ser um objetivo distante demais em algo inacreditavelmente ao alcance. E aqui estava ela, olhando para a nossa casa.

Eu me aproximei por trás e apoiei as mãos em seus ombros enquanto ela continuava a admirar.

— Está vazia, a não ser pelo meu quarto e por uma mesa rústica na cozinha. Não faz muito tempo que vivo aqui. Pouco mais de um mês. Estava esperando por você — admiti, abraçando-a por trás e pressionando meu rosto ao dela.

— Por mim? — Ela engoliu, e uma pontada de medo apareceu no seu tom de voz. Ainda assim, recostou-se em mim, apoiando as costas em cheio no meu peito.

Inspirei o perfume de flores do campo misturado ao aroma do interior, permitindo que sua essência cobrisse minha alma.

— Pela minha esposa — dissimulei, sabendo que ela não estava nada pronta para ouvir como a desejei por tantos anos. Como tive esperanças de que fosse ao lado dela que eu entrasse na casa em que pretendia ficar para sempre...

Com um floreio, eu a apanhei nos braços.

Ela deu um grito e chutou as pernas no ar.

— Mas o que é isso? Me põe no chão, seu bruto!

— Está na hora de te carregar soleira adentro! — Sorri e pisei firme nos poucos degraus que levavam até a porta pintada de verde-oliva.

Empurrei a porta para que se abrisse e a carreguei Dakota para dentro.

— Amor, chegamos! — berrei para a casa vazia, depois baixei os olhos para ela e fiz o que passei minha vida inteira querendo fazer.

Beijei minha esposa na casa que construí para nós.

EPISÓDIO 29

VINTE PERGUNTAS

Erik

Savannah permaneceu calada no trajeto até o aeroporto e durante todo o processo de verificação de passaportes, segurança e embarque no jatinho. Quis lhe dar o espaço de que precisava para aceitar o casamento da irmã e o fato de que ficariam separadas por um período indeterminado.

Apontei para uma das grandes poltronas reclináveis de couro e ela passou, sentando-se e afivelando o cinto. Eu me sentei logo à sua frente, para ter uma visão bem desimpedida do seu rosto maravilhoso.

— Isto… — Ela olhou ao redor da cabine. — É espetacular. É seu? Assenti.

— Da minha empresa, mas eu possuo a empresa. Então, sim, é meu.

— Que incrível. O que é que você faz? — Cruzou as mãos no colo, a atenção toda voltada para mim.

Receber as atenções dessa mulher era como se o sol tivesse acabado de aparecer num dia escuro e chuvoso. Enchia-me de luz e, mais que tudo, dava-me uma sensação de propósito.

— Eu possuo a Cervejaria Johansen. Nós vendemos…

— Cerveja. Caramba! Você é dono de uma das maiores cervejarias do mundo. Aprendi muito sobre ela durante a aula de estatística na faculdade. Um dos jogadores de futebol americano da faculdade fez uma apresentação sobre vocês para a sala. Foi incrível. Vocês começaram pequenos, com apenas uma cervejaria que dava lucro e que venderam para comprar uma empresa maior, que quadriplicou o investimento, antes de vocês pegarem esse dinheiro para criar uma marca própria. E teve uma excelente saída, porque as suas cervejas são aclamadas como produtos de primeira qualidade. — O sorriso dela era largo. — Não consigo acreditar que você seja dono de algo tão colossal.

Não consegui conter um sorriso e uma risada ante os elogios dela.

— Você sabe mais a meu respeito do que eu sei sobre você. Não podemos continuar assim. Não é justo — brinquei, apesar de estar muito satisfeito não só por ela ter ouvido falar de mim, mas porque conhecia a história da minha empresa e a considerava impressionante.

O rosto dela corou.

— O que quer saber? Não sou nada interessante, na verdade. Nem saberia o que contar a não ser o de sempre. Sou estudante universitária. Estava um ano adiantada, então só falta um para eu me formar e conseguir o diploma. Em seguida, planejava estagiar com um médico veterinário em Sandee, que é de onde venho, para obter experiência. Claro, isso agora mudou. Mas volto ao plano original em... bem, em três anos.

Três anos.

Savannah não só abrira mão de toda a sua vida ao entrar no Leilão de Casamentos, como também pretendia retomar tudo depois do período estabelecido de três anos, enquanto eu planejava mantê-la indefinidamente.

Parece que você tem três anos para provar que é um marido digno, Erik.

— Fora isso, não há muito mais a respeito de mim. Você sabe que preciso do dinheiro do leilão para ajudar a fazenda da minha família, motivo pelo qual sou muito grata a você, e que passei grande parte da minha vida concentrada nos estudos. — Franziu o cenho e desviou o olhar como se estivesse escondendo algo.

A única comissária de bordo entrou na cabine e se aproximou de nós.

— Olá, senhor Johansen. É bom vê-lo de volta, senhor — disse educadamente.

Sorri de leve para Ingrid. A jovem trabalhava para mim havia uns anos e, aparte o leve deslize de quando me passou uma cantada, à qual não retribuí, ela se mostrava a síntese do profissionalismo.

— O senhor e a sua convidada aceitam uma bebida?

— Ingrid, esta é minha noiva, Savannah. Savannah, Ingrid. Ela trabalha como minha comissária de bordo há alguns anos.

Savannah deu um sorriso luminoso para a mulher e estendeu a mão para cumprimentar Ingrid.

— É um prazer — disse Savannah.

— Noiva? — Ingrid ficou boquiaberta por um segundo antes que sua postura profissional voltasse a prevalecer. — Isso é motivo de celebração. Gostaria que eu abrisse uma garrafa de champanhe? — Ela dirigiu a pergunta a mim.

Assenti.

— Você tem razão. É hora de comemorarmos. Por favor, Ingrid. Champanhe e morangos, se os tivermos a bordo.

— Temos, sim — Ingrid confirmou com alegria. — Também vou preparar alguns petiscos. Levaremos cerca de seis horas até chegarmos a Nova York, onde pararemos para reabastecer antes de seguirmos para Oslo. Trarei um almoço leve quando estivermos em altitude de cruzeiro. Essa é uma notícia excelente e uma bela surpresa. Parabéns, senhor Johansen e futura senhora Johansen.

Enquanto eu fiquei excepcionalmente satisfeito em ouvir Savannah sendo tratada como senhora Johansen, ela não teve a mesma reação. Seus lábios se estreitaram formando uma linha fina enquanto desviava o olhar para a janela, com uma onda de melancolia assolando suas feições.

Eu lhe dei uns minutos para refletir sobre a nossa situação. Pessoalmente, soube que era ela no segundo em que deitei os olhos nessa mulher. Podem chamar isso do que quiserem. Almas gêmeas. Amor à primeira vista. A escolhida. Não me importava com o título dado à nossa conexão, só que, para mim, ela foi instantânea. E sabia que algo também tinha se passado com ela. Não era possível que só eu sentisse aquela ligação visceral extrema. Todas as vezes que nos tocávamos, havia uma sensação imponente de relevância, de *importância*. Como se todos os caminhos da minha vida tivessem, por fim, levado-me em sua direção.

Para Savannah.

Eu não poderia nem iria ignorar o vínculo latente que surgia todas as vezes que nos tocávamos.

Só que algo a impedia de se entregar à nossa conexão, ao que quer de mágico que houvesse entre nós. E eu queria romper esse obstáculo com um golpe poderoso de marreta. Obliterá-lo em um milhão de pedacinhos, tornando-o inútil. Destruir o que quer que fosse para desimpedir essa mulher incrível de ser minha.

Ingrid encheu as duas taças de champanhe e se afastou assim que depositou uma bela tábua de frutas, queijos, chocolates, biscoitinhos e pães diante de nós. Ergui a taça.

— A novos começos em terras muito, muito distantes?

Por fim, os olhos de Savannah brilharam de animação, e ela ergueu sua taça.

— Saúde — disse.

Fitei-a direto nos olhos, garantindo que seu olhar não escapasse ao dizer:

— *Skol.* — O cumprimento tradicional em norueguês para desejar boa saúde, e nós dois bebemos.

Savannah emitiu um som apreciativo e apanhou um morango, abocanhando a fruta com os lábios carnudos e dando uma mordida. O morango estava tão maduro que seu suco deslizou pelos lábios dela. Queria tanto morder e chupar aquele lábio, saboreando-o direto da fonte. Em vez disso, inclinei-me à frente e deslizei o polegar ao longo de sua pele macia, secando o suco e levando-o à minha boca, saboreando-o desse modo.

Os olhos dela se acenderam de interesse, com uma avidez que ainda não tinha visto neles. Foi apenas uma fagulha de calor, mas ali estava, o que me deu mais material com o que trabalhar.

Chupei o polegar e gemi.

— Deliciosa.

— A fruta? — ela sussurrou num timbre rouco, encantador.

— *Você.* Tenho certeza de que a fruta também estava boa. — Sorri com malícia.

Um rubor se espalhou por sua face, e ela sugou o lábio que eu tinha tocado, esquivando o olhar do meu.

— Já que crê não haver muito a descobrir sobre você... — falei, apanhando uma fatia de queijo e colocando-o sobre uma torrada. — Que tal se fizermos uma brincadeira?

— Uma brincadeira? De que tipo? Verdade ou desafio? — Ela riu, dissimulada da própria brincadeira.

Verdade ou desafio continha suas possibilidades, mas nenhuma, acreditava, para a qual ela já estivesse pronta.

— Outro dia, quem sabe. Apesar de que gosto de como sua mente funciona. — Sorri.

— Ah, mas eu não quis dizer nada com isso, não. É só que, lá na faculdade, todos os caras queriam brincar disso para mandar ver com as meninas, e eu... — Os olhos dela ficaram enormes.

Ri com vontade.

— Não, não. — Gesticulei. — Não pare por minha causa. Estou curioso. Conte-me, *elskede*, com quais propostas atrevidas os universitários provocam as garotas para mandar ver, hum? Sou todo ouvidos.

Ela engoliu de modo audível e sua mão passou a tremer, mostrando seu desconforto.

— Eu... eu... nunca participei, mas as minhas amigas, sim. Normalmente, serve de precursor para que elas acabem ficando com os rapazes de quem gostam ou, às vezes, com caras com quem só querem passar a noite. Não julgo. É só que eu tinha... — Deteve-se por um momento. — Não estava interessada em ter lances.

— Hum. Acho que consigo imaginar. Você é mais o tipo de mulher que se compromete com um homem só. Estou certo?

O olhar dela disparou para o meu, e seu rosto se crispou bem diante dos meus olhos. O nariz ficou rosado; os olhos, vidrados, e ela mordeu o lábio inferior. Em seguida, soltou o cinto de segurança e ficou de pé num rompante, derrubando a taça de champanhe quase cheia. O líquido dourado se espalhou por toda parte.

— Ah, não, que desastrada! Sinto muito. — Apanhou o guardanapo e começou a enxugar a bagunça.

— Ingrid! — chamei em voz alta.

A comissária apareceu, avaliou o problema e voltou correndo para a cozinha do jatinho antes de voltar com um pano úmido.

—Tudo bem, tudo bem. Eu limpo — disse, pedindo para que Savannah saísse da frente.

Ela se pôs de pé, com os braços cruzados diante do peito, uma das mãos cobrindo a boca, os olhos arregalados e tristes.

— Há um... hum, um banheiro? — A voz dela tremia, parecendo fina e infantil.

Levantei e a segurei pelo cotovelo, levando-a até os fundos do avião, onde havia um lavatório anexo ao pequeno quarto a bordo.

— Obrigada. E sinto muito, eu... não sou muito graciosa. Meu pai sempre me disse que eu fazia a maior confusão onde quer que estivesse, e acabei de provar que ele estava com a razão. Conheço uns truques ótimos para tirar manchas, posso limpar qualquer coisa. Eu juro.

Eu a virei para mim e a segurei pelos bíceps.

— Savannah, relaxe. Acidentes acontecem o tempo todo. É o trabalho de Ingrid cuidar dessas coisas e, acredite em mim, ela está acostumada. Realizamos eventos corporativos neste avião o tempo todo e servimos bons bebedores de cerveja que derramam tudo em qualquer lugar. Um pouquinho de champanhe não é nada. Por favor, não se preocupe nem por um segundo.

Ela fechou os olhos e permaneceu assim por um momento antes de me dar um sorriso frágil.

— Saio em um minuto. Obrigada por ser tão gentil.

— Estarei lá. — Apontei com o polegar para trás.

Ela assentiu, e eu me afastei.

Quando voltei a me sentar, Ingrid já tinha limpado tudo e providenciado uma nova taça para Savannah, que agora enchia de champanhe.

— Savannah parece adorável — observou Ingrid.

— Assustada como uma gatinha, porém. — Meu sorriso era acolhedor, apreciando a simples verdade de que Savannah não se parecia em nada com qualquer mulher que eu havia namorado ou com que tivesse saído no passado. Seu charme era único de todos os modos. Até mesmo sua falta de jeito era interessante.

Ingrid sorriu e saiu assim que Savannah voltou, toda composta uma vez mais.

— Peço desculpas por ter derramado minha bebida e feito uma bagunça — declarou ao se sentar toda rígida.

— Não há problema mesmo. Ingrid já encheu sua taça de novo e está tudo bem, sim? — Inclinei a cabeça e pisquei.

— Sim. — Ela inspirou e soltou o ar. — Então, antes de eu ter demonstrado ser uma desastrada total, você falava de fazermos uma brincadeira? — perguntou, esticando-se para pegar um pedaço de pão e um pouco de queijo.

— Sim, verdade. Pensei que poderíamos fazer o jogo das vinte perguntas para podermos nos conhecer melhor.

Ela deu de ombros.

— Tudo bem. Mas e se for um assunto que ainda não estou pronta para partilhar?

Ergui as sobrancelhas ante a pergunta.

— Interessante. Definitivamente quero descobrir uma dessas perguntas. — Sorri.

Ela riu e já estávamos de volta a uma troca mais descontraída. Pelas minhas experiências passadas, as mulheres conseguiam se ater a uma questão e arrastá-la por horas, dias, até semanas, dependendo do que fosse. Savannah, porém, tendo feito uma pausa na toalete, agora já estava pronta para recomeçar.

Isso era, sem dúvida, uma novidade.

— Que tal termos três pulos? Mas, não importa qual seja a pergunta, respondemos a verdade ou usamos um dos passes. Quando estivermos sem passes, não há saída.

— Você negocia firme, mas acho que consigo lidar com esses termos. Quem começa?

— Primeiro as damas. — Inclinei a cabeça para a frente e sorvi um gole do meu copo para poder vê-la comer enquanto pensava a respeito do que gostaria de saber de mim.

— Você tem algum animal de estimação?

Pisquei como um tolo, nem um pouco preparado para uma pergunta tão aleatória.

— Você está mesmo cavando fundo no meu coração com essa — caçoei.

Ela jogou um pedacinho de pão em mim e riu.

— Ei! Pensei em ser legal e começar com uma fácil. Nem todas as perguntas têm que ser: qual é o seu segredo mais profundo e sombrio?

— Verdade. E essa pergunta tem duas respostas.

Ela apertou os lábios e estreitou os olhos.

— Estou esperando.

— Não tenho um animal de estimação tradicional como um cachorro ou um gato. Contudo, meus pais moram de um dos lados da minha residência principal. É uma casa enorme, em um terreno grande o bastante para abrigar um vilarejo. Os dois lados da casa partilham uma área central onde costumamos oferecer festas e fazer reuniões familiares. Meus pais têm dois bichinhos. Às vezes os gatos deles vagueiam até o meu lado da casa e eu os deixo à vontade. Eles sabem quem são seus tutores e quem lhes dá comida, mas aprecio a visita na mesma medida que eles parecem apreciar me atormentar.

— Isso é muito legal, mas também quer dizer que… você mora com os seus pais! — Ela deu uma risadinha boba sem dissimular. — Um homem que paga oito milhões de dólares por uma esposa mora com os pais! — Riu com vontade.

Adorei assistir a ela rindo. Savannah era etérea em sua alegria.

— Admito, não tenho necessidade de morar em qualquer outro lugar, mas possuo diversas casas ao redor do mundo que são apenas minhas. Só prefiro estar com a minha família quando possível.

Ela assentiu.

— Entendo. Sempre que tinha férias na faculdade, ia direto para casa. Mesmo que fossem apenas os poucos quatro dias do feriado de Ação de Graças, ainda assim, eu arranjava um dinheiro para voltar para casa e ver Jar… quero dizer, a minha família.

Essa era a segunda vez que ela quase mencionava alguém sobre quem não queria que eu soubesse. Queria insistir para que me falasse dessa pessoa misteriosa, mas não queria afastá-la. Finalmente estava rindo e partilhando coisas suas comigo. No fim, eu a tiraria da sua zona de conforto até que o único conforto de que precisasse fosse meu... nos meus braços.

— Sua vez. — Colocou outro morango na boca, distraindo-me por completo.

— Vou manter as coisas simples. Qual é o seu animal predileto?

— Fácil. Cavalos — ela respondeu no mesmo instante.

— Entre tantos animais, exóticos ou não, você escolhe o cavalo? — perguntei, com um tom repleto de surpresa.

Ela concordou.

— Por quê?

— Porque, quando se olha nos olhos de um cavalo, é possível ver a sua alma. Não há nada mais lindo do que olhar nos olhos de um ser e ver quem ou o que ele é de verdade.

Uma admiração, pura e perene, assolou-me enquanto eu fitava os brilhantes olhos azuis, desesperado para tentar enxergar através da sua alma e descobrir se havia espaço suficiente para mim.

— Não tenho como discordar.

E, por uma fração de segundo, nossos olhares se conectaram, e eu soube que faria o que fosse preciso para conquistar um lugar junto dela.

EPISÓDIO 30

QUANDO O MAL ATACA

FAITH

A antecipação e a ansiedade corriam igualmente por minhas terminações nervosas enquanto eu revirava os dedos.

Joel e eu estávamos no banco de trás da limusine. Ele se esticou no assento e pegou minha mão.

— Pare de se preocupar. Está tudo sob controle. Vamos buscar Éden, nos despedir de seu pai e depois embarcar no meu jatinho.

Assenti, mas apertei a mão dele tanto em busca de apoio como para me acalmar. Nada fora fácil para mim desde o dia em que conheci meu ex. Ele pegou uma garota solitária de dezoito anos com problemas de relacionamento com a mãe e lhe deu o mundo. Pelo menos era isso o que eu pensava. Ele me vestiu com as roupas mais lindas, reluzentes da cabeça aos pés. Eu era a sua rainha; ele, o rei de Las Vegas. Ele me exibia em meio ao seu pessoal e seus hotéis como se eu fosse da realeza.

Eu estava apaixonada e era só uma garota. Uma garota com esperanças e sonhos de ter uma vida incrível. E, então, bem devagar, mas de modo certeiro, ele destruiu cada pedaço dessa garota até não restar nada além de um brinquedinho assustado e submisso que levava ao braço em público e maltratava no âmbito privado.

As coisas que ele fez.

As coisas que fui forçada a fazer.

Dignas de pesadelos.

Estremeci no banco, e suor umedeceu minha testa. Algo parecia... *errado*. Tudo estava sendo fácil demais. Aiden sabia que eu estava na cidade, mas ainda não me encontrara. Cerrei os dentes quando um medo, pesado e denso, envolveu meu coração, apertando até doer. Senti meus braços se arrepiarem c um soco no estômago ao nos aproximarmos da casa do meu pai. Pela janela, consegui ver que a porta da frente estava escancarada, parada num ângulo estranho.

O carro desacelerou e estava quase parando quando me lancei para fora e comecei a correr na direção da casa.

— Faith! Não! — Joel rugiu às minhas costas, mas não parei de correr, os pés batendo ruidosos no concreto enquanto eu disparava até a porta aberta, parando de repente na entrada.

A casa tinha sido saqueada. Tudo estava revirado, como se um tornado tivesse passado por ali, arrancando até os retratos de família da parede. Havia rasgos nos sofás, o enchimento salpicando o chão e outras superfícies como nuvenzinhas brancas espalhadas por toda parte.

— Pai! Éden! — exclamei enquanto encarava, horrorizada, fragmentos da tevê estilhaçada no chão. A mesinha de centro estava rachada ao meio, com pedaços de madeira pontudos como espadas desafiando as pessoas a passarem por ali.

— Faith! — Joel berrou, entrando atrás de mim.

Não dei atenção a ele enquanto disparava para a cozinha. O chão estava coberto por cacos de copos e pratos de vidro, copinhos de plástico e tigelas. Os talheres tinham sido despejados das gavetas, assim como tudo o que havia nos armários. Os utensílios se espalhavam como cavaleiros medievais, armaduras de metal jogadas no campo de batalha.

— Pai! Éden! — guinchei como uma criatura selvagem mítica ao deixar a cozinha e correr pelo corredor na direção do quarto de Éden. De modo surpreendente, o quarto dela estava bagunçado, mas não revirado. Mais como se alguém tivesse arrancado roupas da cômoda às pressas.

Passei por Joel, que estava logo atrás de mim e falava com urgência ao telefone.

— Quem diabos estava vigiando a casa dos Marino? — rugiu no aparelho.

Entrei no quarto do meu pai, que estava um completo desastre. O espelho sobre a cômoda estilhaçado, pedaços compridos de vidro ainda presos na moldura de madeira, o restante em fragmentos espalhados pelo piso. O colchão pendia de um dos lados da cama, enfiado contra a janela.

— Pai — grasnei com o coração batendo a um milhão por hora.

Em meu torpor de pânico, minha visão começou a oscilar e sair de foco. O terror corria em minhas veias. Estiquei o braço e me amparei à parede, mal conseguindo me sustentar, quando notei a marca de uma mão ensanguentada na porta que dava para o banheiro do quarto. Era como se alguém tivesse se chocado contra a porta e caído, deixando marcas vermelhas de sangue na madeira branca.

Foi quando Joel entrou no quarto e me segurou, mantendo-me de pé. A ajuda não poderia ter vindo em melhor hora, já que eu estava prestes a perder a capacidade de continuar ereta. Tudo o que tinha visto havia feito eu chegar a uma conclusão horripilante.

— *Respire, Faith.* Inspire pelo nariz, expire pela boca. — Ele demonstrou o que queria que eu fizesse, e o imitei de modo automático. — Isso mesmo.

— Joel — arfei quando lágrimas encheram meus olhos e caíram pelas faces.

— Vai ficar tudo bem — prometeu.

— Há sangue na porta. — Engoli. Estava começando a ver estrelas enquanto uma tremedeira quente como lava tomava conta de minhas veias.

Joel relanceou por cima do meu ombro e deu um aceno breve com a cabeça.

— Fique aqui. Eu vou ver. Meus homens estão a caminho, assim como a polícia.

— Onde está meu pai? *Éden?* — Um nó se formou em minha garganta enquanto o café da manhã ardia em minhas entranhas, ameaçando deixar meu corpo a qualquer instante.

— Nós os encontraremos. — Suas palavras eram determinadas, diretas ao ponto.

Deus, por favor, não os deixe morrer. É tudo culpa minha. Se eu só tivesse me entregado a ele, nada disso teria acontecido.

Um terror de gelar os ossos me engalfinhou ao ver Joel manobrar em meio à bagunça da mesinha de cabeceira caída e do abajur quebrado, assim como os porta-retratos. O som de vidro quebrado sendo esmagado pela sola dos sapatos caros dele era ensurdecedor.

Eu nunca deveria ter voltado a Las Vegas. Nunca deveria ter acreditado que encontraria um modo de escapar de Aiden.

Joel chegou à porta e a abriu devagar. E foi quando ouvi um gemido de dor baixo vindo do banheiro.

Eu me movi de imediato, voando pelo quarto, subindo e deslizando por cima do colchão torto. Passei pela mesa de cabeceira e pela bagunça no chão em direção ao banheiro, onde Joel agora estava ajoelhado sobre o corpo inerte do meu pai.

Havia sangue espalhado e empoçado ao redor do corpo quase completamente nu do meu pai. Uma toalha o envolvia pela cintura, como se ele tivesse tomado um banho.

— Pai!

Com esforço, ele tentou se levantar, e Joel o ajudou a se virar e se sentar. Havia um corte enorme no meio da testa rodeado pelo sangue coagulado que secou depois de ter escorrido pelo rosto e pelo peito.

— Pai! — Segurei seu rosto entre as palmas enquanto ele piscava diversas vezes.

— Faith? — grasnou.

O nariz dele tinha sido esmurrado e dobrado de tamanho. Um fio de sangue escorria de cada narina. Ele cuspiu e cambaleou para o lado, um dente solto manchando de vermelho as paredes e os azulejos brancos. O dente ricocheteou na parede e caiu no chão, uma cena horrenda que apareceria depois nos meus futuros pesadelos.

Senti ânsia e cobri a boca por instinto, a fim de não vomitar.

— Éden… eles a levaram. Eu os ouvi. — Ele pendeu contra Joel, que o mantinha ereto. — Eu estava no banho quando… quando ouvi gritos. Ela gritou, *cara mia*. Várias vezes. Minha netinha gritava pedindo pelo vovô dela! — Ele soluçou desconsolado, sangue escorrendo de um ferimento pequeno na boca.

Agarrei a mão do meu pai, esperançosa, rezando para que ele ficasse bem assim que lhe conseguíssemos ajuda.

— Lutei contra um deles no quarto e cortei a mão no espelho que ficava sobre a cômoda que eles arruinaram. — Levantou a mão, que ainda sangrava. Peguei uma toalha na pia e a enrolei no ferimento, estancando o sangue. O espelho enorme acima da pia tinha uma cratera do tamanho de um prato no centro, o vidro trincado como uma teia de aranha a partir dele. — E daí outro me atacou, eu caí contra a porta. E foi quando ele me agarrou por trás e deu com minha cabeça contra o espelho. — Ele olhou para o espelho quebrado. — E desmaiei. Eu tentei, Faith. Tentei lutar. — Ele chorava, o corpo tremendo pelo esforço enquanto era tomado pelo choque.

— Foi Aiden? Você o viu pegar Éden?

Ele meneou a cabeça enquanto as sirenes da polícia se aproximavam.

— Os capangas dele — chiou, a cabeça oscilando e os olhos se revirando. E desmaiou.

— Pai! — gritei, segurando o rosto dele enquanto uma equipe de paramédicos entrava no quarto, chegando sabe-se lá de onde, embora estivesse mais do que grata pela presença deles.

Joel assumiu o comando, permitindo que os paramédicos cuidassem do meu pai enquanto me puxava, afastando-me para que pudessem trabalhar.

Eu tremia como uma folha ao vento em meio a uma tempestade enquanto eles transferiam o homem mais importante de toda a minha vida para uma maca. Ele estava pálido e, assim que o suspenderam, vi tanto sangue coagulado no chão que não sabia se restava algum em seu corpo. Os paramédicos trabalharam rápido e foram eficientes, levando-o para longe de toda aquela bagunça em questão de meros segundos.

Logo o colocaram na ambulância, as portas sendo fechadas com força.

— Venha. Nós os seguiremos até o hospital — Joel anunciou e me puxou na direção da limusine.

O trajeto até o hospital foi um borrão de luzes entremeadas à agonia em relação ao estado de saúde do meu pai e ao desaparecimento de Éden. Só que eu sabia, sim, onde ela estava. Nos braços do inimigo. Do diabo em pessoa. O mesmo lugar que eu havia dado o sangue para evitar pelos últimos quatro anos. E eu o levara direto para ela. Ao voltar para Las Vegas, coloquei a minha família na mira. Sabia que seria arriscado voltar para o

Leilão de Casamentos. Sempre soube que ele os usaria para chegar até mim, mas isto era muito pior do que eu havia imaginado. De fato acreditava que conseguiria chegar e partir sem nem um pio de Aiden.

Estivera errada. Tão errada. E agora teria que pagar por isso. Com o sequestro de Éden e meu pai todo surrado e machucado.

Joel estava sentado ao meu lado, uma mão agarrada à minha enquanto ladrava ordens em seu celular. Baixei o olhar para nossos dedos entrelaçados e notei as manchas de sangue seco em nossas mãos.

Aquele homem era muito mais do que eu merecia. Ele, com certeza, não merecia aquele inferno. Era um bom homem. Queria mostrar a mim e a Éden sua vida maravilhosa na Grécia. Era um conto de fadas em que eu havia acreditado pelas últimas vinte e quatro horas. Mas garotas como eu não ficam com o príncipe encantado no lindo castelo branco de frente para o mar Egeu. Permanecem com o monstro pervertido que reina com brutalidade e ganância de sua torre na Cidade dos Pecados.

— Você deveria voltar para casa depois de me deixar no hospital, Joel — anunciei ao olhar para o seu belo perfil enquanto ele escutava quem quer que estivesse falando do outro lado da linha no celular preto e moderno.

— Entrarei em contato. Encontre a menina. Agora. Quero tê-la conosco quanto antes — ordenou num tom autoritário que até então ainda não tinha ouvido sair dos belos lábios esculpidos. Desde que nos conhecemos, ele sempre se mostrara calmo e controlado. Encerrou a ligação, guardou o celular no bolso interno do blazer e se virou de lado. — Que bobagem é essa agora? — perguntou como se eu não tivesse acabado de lhe falar para voltar para casa.

— Você não merece nada disto. Não é tarde demais para ir embora daqui. Volte para a sua filha e para a sua vida na Grécia. Transferirei o dinheiro do depósito de volta para a sua conta.

— E quanto a você? E seu pai e sua sobrinha? — perguntou, o belo rosto inescrutável.

Fechei os olhos por um momento e decidi.

— Vou voltar para Aiden e dar a ele o que quer. — Dei de ombros. — Eu. É a mim que ele quer. Se eu só tivesse feito o que ele me mandou, sem fugir, meu pai não estaria a caminho do hospital numa ambulância e minha... minha sobrinha não teria sido sequestrada pelo demônio.

— Você vai se colocar numa sala com uma víbora e espera não ser picada? — A voz dele soou grave, borbulhando com fúria contida.

Balancei a cabeça.

— Não. Sei muito bem que serei devorada inteira, mas, pelo menos, meu pai e minha sobrinha voltarão a estar a salvo. Já não me importo mais com o que vai acontecer comigo. Tentei muito fugir da maldade dele. Ele sempre ganha no fim.

Os lábios de Joel se afinaram numa carranca.

— Você não vai fazer nada disso. Eu prometi que protegeria você, que protegeria a sua família, e é o que vou fazer. Admito ter subestimado a velocidade com que o inimigo atacaria. Isso não voltará a acontecer. Conhecer o inimigo e saber o que ele quer é o primeiro passo para derrotá-lo.

Bufei.

— Já sabemos o que ele quer! — rebati. — Eu! Lembra? E usou o meu pai como um aríete para provar isso. Ele está com Éden! — gritei, soluçando ao sentir a dor de saber que a minha doce menininha estava nas garras do verdadeiro mal. Sozinha e assustada. Sem entender nada do que está acontecendo.

Joel meneou a cabeça.

— Não, ele quer *controle*! Sobre você. Sobre o seu medo. Ele administra o império que tem com base nisso. É o pior tipo de predador. Qualquer um que usa uma criança inocente arderá no inferno pelos seus pecados. Eu cuido disto, Faith. Trarei a sua sobrinha de volta e manterei vocês duas a salvo. — Ele agarrou minhas mãos. — Você tem que confiar em mim.

— Confiar num homem poderoso foi o que me meteu nesta situação, para início de conversa — disse, enquanto as lágrimas encharcavam meu rosto.

— *Não sou ele* — ele sibilou entre os dentes, inflando as narinas. — E vou provar isso ao proteger o que é mais caro a você.

Senti uma pontada de esperança no peito, mas a esmaguei. A esperança só tinha me levado a destruir a minha vida, com uma experiência horrível depois da outra. A esperança me levara até ali, até aquele momento, em que corria com meu pai surrado e machucado para o hospital e Éden havia sido capturada pelo inimigo.

Minha vida se resumia a isso. Eu não podia mais ter esperanças de nada. Esperança era algo fútil.

O melhor que eu tinha a fazer era rezar. Rezar pelo meu pai. E rezar para que Éden não estivesse sendo maltratada e que eu conseguisse encontrá-la antes que algo pior acontecesse.

Senti-me entorpecida dos pés à cabeça quando a limusine parou. Joel me conduziu para fora do veículo em direção ao hospital, assumindo o comando como se fosse dono do local. Foi manobrando meu corpo entorpecido de um lugar a outro até me acomodar numa cadeira da sala de espera e se agachar diante de mim, de forma que tudo o que eu via era ele.

— Faith, tenho três dos meus homens como seus seguranças aqui. Vou deixá-los protegendo-a enquanto saio para cuidar do resto. Promete que não vai a lugar algum sem eles?

Olhei em seus lindos olhos, e meus lábios tremeram.

— Você é um bom homem, Joel. Ser a sua esposa teria sido bom. — Eu tinha que lhe dar *alguma coisa* depois de tudo que o fiz passar assim que pôs os olhos em mim. Seu mundo tinha sido revirado de ponta-cabeça num único dia, e eu faria com que voltasse a entrar nos eixos.

Ele ficou duro como pedra ao perceber que eu me despedia.

Amparou meu rosto.

— Só me dê uma chance. Não faça nada a não ser permanecer aqui, junto do seu pai. Volto assim que puder. — E me beijou… com força. Os lábios se fecharam sobre os meus com reverência e propósito. Abri a boca e permiti que a língua dele entrasse para se enroscar na minha. Ele me beijou mais fundo, tomando minha boca com uma voracidade escaldante que acompanhei, pois sabia que aquela seria a última vez que nossos lábios se tocariam.

Joel se afastou, os olhos ardentes com uma confiança da qual eu não partilhava. Voltou a amparar meu rosto e enxugou uma lágrima ao se levantar e sair da sala. Seus homens, todos de preto, ficaram de guarda na entrada a uns bons três metros ou mais de distância para me dar privacidade. Eu não fazia ideia do que estava acontecendo com o meu pai, mas sabia muito bem o que precisava fazer a fim de reaver Éden.

Peguei o celular do bolso, verifiquei as chamadas recentes e pressionei o botão de ligar.

— Olá, Faith. Estava à espera do seu telefonema. — A voz dele sibilou ao longo da minha coluna como uma cascavel prestes a atacar.

— Aiden, quero fazer uma troca — disse, engolindo o saber amargo da bile que subia pela garganta.

— Você sabe como gosto de uma boa barganha — escarneceu, altivo, a risada nojenta arranhando meus nervos, deixando-os ainda mais em frangalhos.

— Fique comigo no lugar de Éden — ofereci.

— Fechado — concordou na mesma hora. — Encontre-me na frente do hospital para a troca daqui a meia hora. Não tente reagir, Faith, ou, juro por Deus, ela morre.

A ligação se encerrou junto a toda esperança que tivera de conseguir uma vida melhor.

EPISÓDIO 31

A GOVERNANTA

Ruby

O trajeto de avião de Las Vegas ao aeroporto de Heathrow foi passado com Nile trabalhando em seu laptop o tempo todo, Noah dormindo em um dos sofás e eu toda curvada numa poltrona reclinável, olhando pela janela. Estava só o pó, porque voar era muito assustador. O voo que peguei para ir do Mississippi a Nevada foi tranquilo. Claro que, no dia, eu estava tão animada para sair do buraco em que morava que me concentrei só na possibilidade de mudar de vida, e não que estava presa dentro de uma máquina voadora mortífera.

A turbulência, o som do vento sempre passando pela lata de metal voadora, que fazia meus ouvidos doerem e deixava meu coração acelerado, sem falar nas horas passadas à espera de cair até a morte numa bola de fogo... meus nervos tinham passado do ponto de estar em frangalhos. Quando aterrissamos, eu não passava de uma forma cambaleante e desarrumada de mim mesma, mais parecendo um rato afogado no esgoto ao entrarmos no carro elegante que aguardava na pista para nos apanhar.

Os rapazes garantiram que o trajeto até a propriedade dos Pennington em Oxshott, onde moraríamos como uma grande família de conhecidos, não era demorado. E, mesmo assim, a paisagem ia mudando, úmida e cinzenta, enquanto a chuva castigava a elegante limusine preta. Noah ajeitou o corpo comprido na frente de veículo, apoiou a cabeça na janela e voltou a dormir. Ou o homem dormia muito, ou dormia bem pouco e estava recuperando o sono atrasado.

Nile tinha passado a última meia hora rolando a tela do celular e digitando o que eu imaginava que fossem e-mails. Viciado no trabalho como sempre. Estava começando a me perguntar como seria a vida ao lado de um daqueles homens. Duvidava que Nile teria muito tempo ou se daria ao trabalho de ficar comigo, a não ser para me fazer caber no molde da perfeita esposa para um Pennington. Algo que eu imaginava que seria bem estranho para uma garota nascida e criada no sul dos Estados Unidos. Mas eu topava o desafio. Se me davam um objetivo, eu me esforçava até as unhas para alcançá-lo. Foi como consegui meu diploma do ensino médio depois de ter largado a escola aos dezesseis anos para trabalhar e garantir o meu sustento.

Noah, por sua vez, era um mistério. Parecia bem interessado em me conquistar, o que era bastante estranho, uma vez que já tinham pago um montão de dinheiro pra se casarem comigo. Era desnecessário me conquistar, e ainda não entendia por que eles queriam tanto aquilo. Deduzi que fosse por causa de alguma rivalidade entre irmãos. O que não fazia sentido algum para mim.

Opal era o meu mundo inteiro. Minha irmã era tudo o que eu tinha de bom e certo. E me amava mais do que a qualquer outra pessoa. Eu sabia, bem no fundo, que ela também sentia isso tudo em relação a mim. O nosso relacionamento foi construído com base no amor, na confiança, na lealdade, e, como era feito para durar, nós duas estávamos comprometidas em melhorar de vida. Eu jamais ia querer o que era dela ou brigar com ela para conquistar um homem. Dá para encontrar homens a cada esquina. É possível escolher quem quiser se você tiver curvas, um rostinho bonito e souber como chupar um pau. Era só isso o que os homens com quem estive queriam de uma mulher. Ou, talvez, era só o que queriam de mim. Mas, sendo bem sincera, fica muito mais fácil controlar quando se sabe com o que está lidando.

Nile era franco, direto. Não fazia rodeios. Deixou claro o que queria e quais eram as suas expectativas. Eu gostava de saber o que esperavam de mim. Tornava mais fácil dar o que queriam e receber o que precisava em troca.

Noah era um playboy com lábia que devia ter um rastro de corações partidos trás de si. Se acreditava que conseguiria escancarar o meu coração frio e morto e lhe dar nova vida, estava muito enganado. Não tinha me metido naquilo por amor. Estava ali por dinheiro. Muito dinheiro. Dinheiro capaz de mudar uma vida. Naquele momento, não me importava com quem "me ganhasse" no final. O resultado seria o mesmo.

Casar-me. Trepar com o meu marido quando ele quisesse sexo. Parecer bonita ao seu lado.

Lave. Enxágue. Repita.

Por três anos.

Depois disso, não haveria nada além de mim, Opal e tranquilidade. Ela poderia trabalhar como restauradora em algum museu fabuloso, e eu a seguiria aonde quer que ela fosse. Trabalharia com a minha arte, quem sabe faria alguns cursos sobre assuntos que me interessassem. Ou não. O que mais queria era ser livre. Livre da aversão e da sujeira que tinha sido a minha vida até então. Livre do poste de stripper. Livre de viver uma vida que não queria e que me foi enfiada goela abaixo ainda novinha.

Uma onda de nervosismo me assolou quando a limusine virou numa estrada comprida e imaculada em que não havia nada além de colinas verdejantes e um cenário perfeito até onde a vista alcançava. Até uma imensa mansão de pedras brancas aparecer no topo da colina que subíamos.

O carro parou diante do que parecia uma cópia quase fiel da Casa Branca. Tipo, a Casa Branca em que o presidente dos Estados Unidos morava, só que muito mais antiga. A frente era formada por quatro colunas de pedra gigantes com, no mínimo, uns dois andares de altura. Elas terminavam numa fachada triangular de pedras que eu só tinha visto em filmes. A casa tinha uns dois ou três andares e pelo menos meia dúzia de janelas retangulares de cada lado da imensa entrada. À esquerda da passagem circular para carros, em um ângulo estranho, havia uma garagem anexa para três carros.

Engoli em seco e encarei, horrorizada, a casa extravagante, sabendo na mesma hora quanto ficaria deslocada ali. Meus dedos coçaram de vontade de mandar uma mensagem explicando a Madame Alana que ela teria que devolver o dinheiro e me leiloar de novo para pessoas que não fossem tão ricas assim. Parecia que um rei poderia já ter morado naquela mansão em algum momento. Eu nunca tinha posto os pés num lugar tão maneiro assim antes.

— Ei. — Nile esfregou o nó de um dedo ao longo do meu braço para me reconfortar. — Ainda está conosco nisso? — Sorriu de leve. Aquela devia ser a primeira expressão suave que eu via no homem.

Tentei impedir que meus lábios tremessem e fracassei. Os olhos dele se arregalaram e ele pegou na minha mão, segurando-a entre as suas.

— Qualquer que seja o problema, querida, sinta-se livre para falar comigo. Farei o meu melhor para deixá-la o mais à vontade possível.

Essa gentileza, ainda por cima vinda de Nile, acabou comigo.

Foi demais.

Eu estava emocionalmente acabada. Fisicamente também. Mentalmente destruída por toda aquela experiência. Estava tão distante do que costumava ser que me senti indefesa, vulnerável, perdida. Três coisas das quais me orgulhava por não permitir ser vencida num dia normal lá em casa. Eu era o tipo de garota que vestia a carapuça de mulher adulta e lidava com as situações. Encarar aquela mansão no interior da Inglaterra... Que loucura do cacete.

— Isto é demais pra mim — sussurrei, as palavras escapando numa lufada de ar agitado.

Ele apertou minha mão.

— Pode parecer assim agora. Com o tempo, isso passará. — Nile me deu um tapinha na mão e foi abrir a porta.

Agarrei a mão dele e puxei pelo braço, para que voltasse a olhar para mim.

— Por que eu? — grasnei e balancei a cabeça. — Nada disso faz sentido.

Nile amparou meu rosto com a outra mão.

— Você estava disponível na hora certa, querida. — O olhar dele tracejou minhas feições enquanto o polegar deslizava pelo meu maxilar. — E é bem possível que você seja a beldade mais magnífica que já vi.

Engoli, lutando contra a secura que cobria minha garganta.

— Mas eu não me encaixo nesse mundo.

— Você vai. Vou me certificar de que isso aconteça — sussurrou com uma confiança que eu não sentia. Os lábios dele se retorceram e ele abaixou a cabeça para me olhar por cima dos óculos de armação preta. E fez algo que eu jamais teria esperado.

Inclinou-se adiante e encostou os lábios nos meus. Por um longo momento, só ficamos assim, permitindo que os lábios se tocassem, que se acostumassem. Até ele virar a cabeça para o lado que segurava meu rosto e tomar minha boca num beijo ardente, pressionando-a com firmeza até que eu a abrisse o bastante para que a língua encostasse de leve. Nile estalou a língua contra a minha, e gemi no beijo dele. Coloquei a mão que ele não segurava atrás da nuca dele, agarrando-me ao seu calor e à sua força. Tinha gosto de chá de hortelã e autoconfiança. Duas coisas que agora só associaria a Nile Pennington.

Antes que o beijo saísse do controle, ele recuou e sorriu.

— Como se sente agora, senhorita Dawson?

Pisquei como uma boba enquanto ele tirava os óculos, pegava um paninho de um bolso de dentro do paletó e limpava as lentes.

— De verdade? — murmurei.

— Sempre. Não tenho tempo para meias-verdades ou mentiras. — Seu sorriso foi largo. Relanceei para Noah, que ainda dormia do outro lado da limusine, todo descabelado, a cabeça aninhada no cotovelo que tinha apoiado na janela. — Estou esperando... — Nile me pressionou.

— Excitada. Confusa. Cansada. Faminta — admiti.

Ele bateu as mãos forte o suficiente pra acordar o irmão.

— Fantástico. Pelo menos não está mais petrificada. Agora venha, querida. A governanta nos aguarda e não queremos deixá-la esperando. — Empurrou a porta para abri-la e saiu.

— O que eu perdi? — Noah perguntou enquanto esfregava o rosto.

Um rubor se espalhou pelo meu peito e subiu pelo pescoço enquanto eu balançava a cabeça.

— Nada — respondi e saí do carro. O porta-malas já estava aberto e o motorista tirava a nossa bagagem, colocando-a em fila ao lado do veículo. Fui pegar a minha, e Nile emitiu um som de reprovação.

— Temos criados para isso. Venha. — Ele me ofereceu o cotovelo, e passei meu braço pelo dele. Ele mudou de posição, de modo a fazer com que minha mão ficasse na dobra de seu cotovelo. Depois, cruzou o outro braço diante do corpo e me manteve perto, cobrindo a minha mão com essa sua de um jeito complicado com que eu não estava acostumada.

Ao nos aproximarmos do que, na minha opinião, era a entrada de um palácio, as portas foram abertas por completo por um homem em uniforme de mordomo.

— Bem-vindo de volta, senhor — o homem, mais velho, anunciou quando Nile nos conduziu até a entrada.

Ouvi o mordomo dizer a mesma coisa para Noah, que se aproximava por trás.

— Vejo que foi rápido em assumir o comando, irmão — Noah ralhou.

— Hum. O que serve para um serve para o outro. Ah, ali está ela... — Nile ergueu a cabeça em direção à escada de mármore branco com parapeito dourado que acabava no meio do ambiente.

Uma mulher alta e magra, por volta de uns sessenta anos, descia os degraus devagar. As mãos pendiam com delicadeza nas laterais do corpo enquanto ela flutuava escada abaixo. Vestia uma saia lápis azul-marinho ajustada ao corpo e que acabava na altura dos joelhos, com uma camada de renda da mesma cor por cima. Usava uma blusa de mangas três quartos com o mesmo detalhe de renda. Uma faixa de cetim dava a volta no pescoço, acentuando seu rosto. Os cabelos eram uma mistura de loiro-dourado com grisalho natural. Ela tinha uma maquiagem clássica composta de lápis, rímel, rosto rosado e batom vermelho aplicado à perfeição. Seus olhos eram de um cinza de aço e avaliaram nosso grupo num nanossegundo.

— A que devo este prazer? — disse, com um tom britânico digno da realeza. Pelo menos era o que parecia para mim, com base no que via na tevê quando alguém assistia a *Downton Abbey*.

Ela se aproximou e beijou a bochecha de Nile sem encostar, depois sorriu de leve enquanto o fitava nos olhos antes de repetir o processo com Noah. Só que segurou o rosto de Noah e mexeu nas camadas mais compridas de cabelo.

— Você está precisando de um corte. Vamos providenciar isso.

Noah só deu um largo sorriso divertido, enquanto ela abaixava as mãos e as colocava diante do corpo.

— Nossa governanta. — Nile se curvou de leve. — Viemos para casa para apresentá-la à nossa noiva, a senhorita Ruby Dawson.

As sobrancelhas da mulher se estreitaram por um momento antes de pousar o olhar em Noah e depois me analisar de cima a baixo.

— Ruby Dawson, esta é Eudora Bancroft — ele informou.

— Muito prazer — disse.

— Nile, você deve estar brincando — a senhora Bancroft declarou sem qualquer alegria.

— Ele está dizendo a verdade. — Noah sorriu, depois se esticou e segurou a minha mão livre na dele.

O olhar dela passou por mim até chegar na minha mão entrelaçada a Nile. Desde que tinha entrado na casa, agarrava o cotovelo dele como se fosse morrer e não sentia confiança suficiente para soltar. O olhar descarado dela não deixava passar nada, reparando em como Noah segurava minha outra mão.

— Vocês querem que eu acredite que esta… — Apontou para o meu corpo dos pés à cabeça — é sua noiva? De qual de vocês?

Fez uma carranca ao observar meus sapatos de salto alto cor-de-rosa, que havia combinado com meus jeans prediletos, uma blusa branca de seda *de verdade* e um blazer de couro perto. Todos os itens que a equipe de Madame Alana tinha acrescentado ao meu guarda-roupa para me fazer ter mais cara de rica. Eu estava me achando sexy pra caramba. Parada ali, diante daquela mulher classuda, entendi que ela achava que eu não valia nada.

— De nós dois, na verdade. — Noah riu.

— Ela mais parece uma pedinte que vocês podiam ter apanhado na Rua Hessle, em Hull.[8] — Estremeceu. — Querem que eu acredite que um de vocês vai dar a ela o nome Pennington? — A mão dela subiu para o peito, como se fosse desmaiar ali mesmo. Se estivesse usando pérolas, ela as agarraria, com certeza.

— Cuidado com o seu tom. Ela vai se tornar uma Pennington. Nós a escolhemos por motivos que não vêm ao caso. Ruby deve ser tratada

---

[8] Referência a uma área pobre, retratada em fotografias nos anos 1970, na cidade de Hull, no litoral central da Inglaterra. (N.T.)

com o máximo respeito em todos os momentos. O que necessitamos que faça, senhora Bancroft, é que a treine. Ensine a ela como funciona o nosso mundo e a torne a mais impecável das esposas de um Pennington — Nile acrescentou. — Não tenho dúvidas quanto à sua capacidade. Também a encarregaremos dos preparativos do casamento. Um de nós dois vai se casar com a senhorita Dawson em vinte e oito dias.

— Vinte e oito... — Ela arfou. — É inadmissível. Não se pode dar a uma mulher menos de um mês para planejar um casamento. Ainda mais um casamento digno do nome *Pennington*.

Nile sorriu.

— E, ainda assim, temos total confiança nas suas habilidades para não apenas torná-lo um evento possível, mas real. Agora, se nos der licença, vou levar a senhorita Dawson aos seus aposentos. Espero que já os tenha preparado, conforme solicitado.

— Claro. Me ofende que tenha pensado o contrário. Cuido dos meus meninos e desta propriedade. — Ergueu o queixo com altivez.

— E o faz muito bem, governanta. — Noah se aproximou dela e jogou os braços para lhe dar um abraço. Ela o abraçou de verdade por um momento antes de lhe dar uns tapinhas no peito e se afastar, como se ficasse constrangida pela demonstração pública de afeto.

— Não tenho certeza se compreendo bem no que vocês dois se meteram desta vez, mas estou contente que estejam em casa. Sugiro que todos vocês descansem. Discutiremos o tópico do casamento com mais detalhes durante o jantar. Às oito em ponto. E, senhorita Dawson, por favor, vista-se de modo adequado para o jantar — avisou, subindo e descendo os olhos sobre meu corpo com óbvio desgosto.

Assenti, sem saber o que mais fazer. Eu queria dizer a ela que estas roupas valiam mais do que qualquer outra peça que já tivera na vida, mas, por algum motivo, sabia que ela não se importaria nem um pouco com isso. Este lugar, a limusine, o jatinho particular... os Pennington eram muito mais ricos do que eu poderia ter imaginado. E isso me dava mais motivos para fazer o que fosse necessário para conquistar a velha rabugenta que parecia ter uma influência maternal sobre os dois homens.

— Hum… Ela é… legal? — Procurei dizer algo positivo enquanto Nile me conduzia pela grandiosa escadaria e virava à esquerda, em direção à escada que terminava num corredor comprido cheio de portas.

Ele riu com suavidade.

— "Legal" não é uma palavra usada para descrever uma mulher como Eudora Bancroft. "Composta" seria mais adequado.

— Isso ela é mesmo — murmurei, a exaustão da viagem se instalando nos meus ossos e me deixando muito sonolenta.

Nile parou diante de uma porta onde minhas malas já esperavam. Não percebi os empregados subindo a escada.

Estranho.

— Vou deixá-la descansar. Se quiser comer algo, basta pegar o telefone. Os criados da casa cuidarão de qualquer pedido seu. — Apontou para o quarto. — O banheiro fica ali, armário daquele lado. — Assenti, chutando os sapatos e arrancando a jaqueta. — Me despeço agora. Conversaremos mais durante o jantar. E não se preocupe com a senhora Bancroft. Ela acabará gostando de você com o passar do tempo. — Sorriu com gentileza, o olhar pairando sobre meus lábios como se fosse me beijar de novo.

Prendi a respiração, esperando que ele fizesse isso, surpresa com quanto apreciaria esse simples gesto de tranquilização.

Em vez disso, ele se curvou de leve, fechou a porta e saiu.

Precisando dormir mais do que qualquer outra coisa, fui arrancando as roupas até ficar nua e depois me joguei na cama imensa. O tecido que parecia cetim deslizou pela minha pele nua como um bálsamo calmante.

Aquela mulher nunca vai gostar de mim, pensei, meus sentidos afetados pela privação. *Vou ter que encontrar um jeito de conseguir o apoio dela ou isso tudo vai acabar muito mal.* Esfreguei o rosto, bocejei e fechei os olhos, desmaiando de vez.

EPISÓDIO 32

AMOR À PRIMEIRA VISTA

DAKOTA

Estava rodeada pelas chamas do inferno enquanto começava a acordar, aos poucos, depois do que me pareceu uma década dormindo. O calor cercava meu corpo — pelas costas, pernas e até mesmo a curva do pescoço. Era o tipo de calor incrível e gostoso que dá vontade de ficar na cama aqueles quinze minutos a mais, ou para sempre, e que, no fim, faz com que as pessoas cheguem atrasadas ao trabalho. Numa fazenda, já estamos atrasados no segundo em que acordamos, por isso eu não ligava muito se atrasasse o horário de alimentação dos cavalos em quinze minutos. Apesar de que a velha égua Marigold, que pertencera à minha mãe, mostraria sua irritação com bufadas e chutes na terra quando eu chegasse. O maldito animal olhava de esguelha melhor do que eu, e isso queria dizer alguma coisa.

Ao piscar os olhos ainda pesados de sono, percebi que o calor não era de uma coberta — bem, não no sentido convencional. Era Sutton. Meu marido. O homem não só tinha encaixado seu corpo imenso contra minhas costas, mas tinha me deitado de lado e plantado a tora que era a sua coxa por cima da minha perna, mantendo-me presa. O peito dele cobria meu corpo da bunda até os ombros, e ele tinha enfiado o rosto no meu pescoço. Eu o sentia respirar contra a minha pele enquanto dormia. Envolvia-me por completo com um dos braços e, por baixo da camiseta abandonada dele que eu tinha surrupiado na noite anterior, ele agora segurava meu peito com a palma da mão.

Nunca, em todas as experiências sexuais que tive até os meus vinte e quatro anos — não que tenham sido muito vastas —, dormi com um homem que se agarrava a mim como se eu fosse o seu travesseiro de abraçar.

Pior, eu havia dormido o sono dos mortos. Melhor do que em casa, na minha própria cama. Algo em ter uma rocha de homem como aquele às suas costas convence o cérebro a acreditar que se está segura e protegida. E eu sentia isso tudo mesmo. Embora odiando de corpo e alma.

Determinada a escapar daquele grude em mim, ergui a camiseta que vestia, desenrosquei a mão dele do meu peito e a tirei dali. Depois, agarrei-me na beirada do colchão e fui deslizando, centímetro por centímetro, até que, por fim, eu me soltei da pegada dele.

Escorreguei para fora da cama e afastei os cabelos emaranhados do rosto, pretendendo usar o banheiro. Ignorei aquele anexo ao quarto principal, o que tinha usado na noite anterior para escovar os dentes e lavar o rosto.

Andando de mansinho pelo corredor, fui ao segundo banheiro, encontrando uma escova de dentes novinha numa gaveta com outras tantas ao lado de um tubo de pasta de dentes. Todas as escovas tinham o logo do dentista local a que todos iam. Sutton devia fazer sua profilaxia lá e depois largava as escovas extras no banheiro de hóspedes.

Um monstrinho de olhos verdes corria em minhas veias enquanto eu escovava os dentes, fazendo-me indagar para quantas mulheres ele tinha oferecido uma dessas escovas de brinde. Inferno, ele poderia ter pedido um punhado de uma vez que o dentista não negaria. Independentemente do que a minha família dizia, o resto do povo de Sandee *adorava* o clã Goodall. Achavam que eles eram "os caras". Não só o Velho Goodall era visto como um fazendeiro pioneiro ao lado do meu avô Earl "John" McAllister, mas eles também doavam muito dinheiro para instituições de caridade locais. Pagavam pela reputação deles, se quer saber a minha opinião. O dinheiro não deveria comprar o apoio das pessoas, mas com certeza era isso o que acontecia. Ainda mais em Sandee, onde as pessoas não tinham muito juízo. Só o que viam eram os sorrisos largos e brilhantes dos Goodall, além dos cheques gordos que eles assinavam para os necessitados. Não sabiam o que se passava por trás das portas fechadas — os acordos comerciais que eles arruinavam para os McAllister ou o valor adicional que pagavam pelos cavalos no segundo em que sabiam que o meu pessoal estava interessado em dar lances. Era um infindável círculo do inferno para mim e para a minha família que só iria piorar assim que meu pai descobrisse que me casei com o inimigo.

Encarando minha forma desarrumada, de quem acabou de sair da cama, suspirei e pressionei as mãos na bancada da pia. Ontem fomos dormir direto, ambos desmaiando por completo assim que nos deitamos. Tenho quase certeza de que dormi mesmo antes de encostar a cabeça no travesseiro. Tenho absoluta certeza de que não percebi quando Sutton se juntou a mim e me envolveu como se fosse uma sanguessuga depois que nos revezamos para usar o banheiro.

Meu estômago roncou, e eu o esfreguei, imaginando se Sutton tinha estocado a geladeira antes de viajar para Vegas. Assim que abri a porta, o cheiro de café fresco e bacon frito permeou o ar. Segui meu olfato com a boca salivando até a entrada da cozinha americana. Parada diante do fogão, estava uma mulher curvilínea e de cabelos escuros, vestindo uma camisa de flanela, jeans e chinelos.

Chinelos?

Franzi o cenho e pigarreei.

A mulher se virou e escancarou a boca de surpresa ao dar uma boa olhada em mim. Usava um par de óculos de armação roxa de plástico na ponta do nariz, preso a uma correntinha de contas que dava a volta no pescoço. O rosto era marcado por linhas de expressão, e ela não usava quase nada de maquiagem. Apenas o suficiente para enaltecer as bochechas arredondadas e os olhos verdes que combinavam à perfeição com os de Sutton.

Merda. Merda. Merda.

Fiquei inquieta. Joguei o corpo de um lado para o outro e puxei a barra da camiseta de Sutton o máximo possível para baixo nas coxas, mas, para uma mulher alta como eu, mesmo descalça, a peça parava logo abaixo da terra prometida.

— Hum, olá? — murmurei, meu rosto e meu pescoço enrubescendo de vergonha.

A mulher piscou algumas vezes, a pinça parada no ar enquanto ela tirava os óculos e os olhos se arregalaram uma vez mais.

— Não... — arfou. — Você não pode ser quem estou pensando que é. — Depois olhou para o teto. — Deus, sei que tem me dado dicas de que tenho que trocar esses óculos de farmácia, mas, por favor, me diga que os meus olhos estão me enganando! Por certo estou ficando cega... — ela prosseguiu.

Permaneci atordoada, até que um antebraço musculoso surgiu ao redor da minha cintura e o rosto de Sutton se aninhou na lateral do meu pescoço, entre os meus cachos. O olhar afiado da mulher absorveu toda a cena enquanto ele afastava os meus cabelos e depositava uma fileira de beijos por todo o meu pescoço. Tremi e agarrei com as mãos o braço dele na minha cintura para ter algo a que me apegar enquanto morria umas mil vezes seguidas diante da matriarca da família Goodall.

— Dia, mãe. Bom te ver, mas acho que vou ter que te pedir para começar a bater antes de me surpreender com café da manhã daqui em diante. Tenho o palpite de que Dakota pode não gostar muito de convidados que aparecem de surpresa.

Ela engoliu em seco, e continuei a pensar num milhão de coisas para dizer, mas nada se adequava a essa situação.

— Filho, gostaria de me apresentar à sua... amiga? — A voz dela tremia enquanto diminuía o fogo e deixava o pegador na bancada.

Ele inspirou fundo e me passou para o seu lado, o braço forte dando a volta nos meus ombros e me aconchegando bem onde ele queria. Tive que conter o impulso de dar uma cotovelada nas costelas dele por causa dessa demonstração de possessividade, algo que teria feito se eu não estivesse tão sem ação por me ver de frente com a mãe dele.

— Bem, isto vai abalar um pouco a vida de todos, mas te apresento Dakota McAllister-Goodall... *minha esposa.* — As palavras dele demonstravam orgulho, não arrependimento, algo que não tive tempo algum para digerir.

A mãe dele recuou um passo, encostando o corpo na bancada para não perder o equilíbrio.

Fechei os olhos e inspirei bem fundo, soltando o ar devagar para acalmar os nervos.

— Sua esposa? — disse num fio de voz.

Ele assentiu, apertou-me num abraço de lado e beijou minha têmpora.

— É. — O tom dele era gentil, quase... amoroso.

— Dakota? — ela reiterou, apesar de saber muito bem qual era o meu nome.

— Aham — ele murmurou junto aos meus cabelos.

— Está se referindo a Dakota McAllister, que mora aqui ao lado e administra toda a fazenda McAllister? — ela acrescentou sem necessidade.

Ele deu um largo sorriso e baixou o olhar para mim.

— Viu, doçura? Todos sabem que é você quem manda ali naquela fazenda.

Antes que eu pudesse comentar sobre a observação bem incomum, mas muito perspicaz, acerca do que acontecia na fazenda da minha família, a mãe de Sutton levou a mão à testa.

— Está quente aqui? — Tocou na testa e, então, nas bochechas. — Está quente aqui — afirmou e foi até a pia funda e abriu a torneira, molhando as mãos. Levou uma mão molhada à nuca e depois às faces.

— Você está bem, mãe? — Sutton me soltou para cuidar da mãe.

Cruzei os braços diante do peito e os esfreguei, de repente sentindo frio sem o abraço dele, que me mantinha aquecida e centrada. Sentia como se estivesse prestes a voar para longe e desejei ter a habilidade de conseguir mesmo fazer isso para poder desaparecer.

— E você disse que essa mulher é a sua esposa? O que diabos quer dizer com isso, filho? — Ela abanou a mão diante do rosto corado.

— Dakota e eu nos encontramos em Vegas numa viagem de negócios. Foi amor à primeira vista — ele mentiu sem pestanejar. — Meio que só aconteceu e acabamos nos casando. Agora voltamos para casa e aqui estamos nós.

— Amor à primeira vista? — ela sussurrou, parecendo cem por cento descrente. — Como pode ser? Ela é uma... uma *McAllister*!

McAllister muito bem poderia ser o nome de Satã pelo desgosto implícito em uma só palavra.

— Eu vou... — Apontei para o quarto. — Me vestir e ir até... a minha fazenda para... ver como estão as coisas. Fique com a sua mãe — afirmei e desapareci pelo corredor o mais rápido que os meus pés conseguiam me levar.

Comecei a me arrumar rápido assim que saí do campo de visão, escancarando a mala e pegando jeans e meias. Arranquei a camiseta de Sutton e a larguei na cama antes de vestir uma camiseta com sutiã embutido e apanhar uma das minhas camisas preferidas, com estampa de xadrez verde, para vestir por cima. Em seguida, enfiei os pés no meu velho par de botas e fui para o corredor.

Ao passar correndo pela cozinha, ouvi as palavras que saíram da boca da mãe dele, as quais nunca poderia deixar de ouvir:

— Como pôde se casar com uma mulher da *família mais feia* que este estado já viu? Você partiu meu coração, Sutton. É melhor encontrar uma maneira de consertar isso! — exclamou, as palavras suplicantes e agora abafadas pelas lágrimas que ela vertia.

As palavras dela continuaram a ferir enquanto eu tomava o caminho de casa.

A família mais feia.

Nunca pensei que fosse feia. Eu só me considerava mediana em questão de beleza. Mas isso definitivamente não se aplicava a toda a minha família. Savannah era cobiçada pelos homens. Seus flamejantes cabelos ruivos eram herança genética dos nossos antepassados irlandeses. Até minha mãe, Carol, e minha avó, Amberlynn, tinham sido beldades. Todos diziam isso. O que significa que ela estava se referindo a mim.

Eu era a feia.

E tudo bem, porque achava que as pessoas mais feias o eram por dentro, e não por fora. E o plano não era impressionar a mãe de Sutton. O plano era salvar as terras da minha família, e era isso o que eu estava fazendo.

Disparei a correr, atravessando a propriedade, pulei a cerca que dividia as nossas fazendas e segui em frente até chegar ao celeiro. Ali, eu me abaixei, apertando com a mão a madeira que meu amado avô tinha usado para a construção, e vomitei. Despejei para fora tudo o que ainda restava no estômago enquanto o ácido das palavras dela continuava a me ferir.

— Que diabos você está fazendo aqui? Você não disse que ia ficar fora semanas, meses até, não só uns dias? — A voz arrastada do meu pai penetrou o torpor e o ódio provocados pelas palavras de Linda Goodall.

Ergui a cabeça e limpei a boca com o dorso da mão, que depois passei na manga da camisa, não dando a mínima se ficaria com cheiro de vômito. A minha vida tinha virado um monte de merda. Eu podia muito bem acrescentar o esterco das baias à lista.

— Ah, bem, estou de volta. E já transferi o dinheiro que disse que conseguiria. Devemos ficar bem por enquanto. — Não queria que ele soubesse que o depósito de Savannah estava em outra conta à espera de ser usado quando eu tivesse um tempo de fazer a contabilidade. Ele tampouco ficaria com o dinheiro que ganhei assim que me casei com Sutton havia duas noites.

Meu pai virou a garrafa de Jack Daniel's, e vi o líquido âmbar bater no vidro e depois descer para a garganta dele.

— Pai, são sete da manhã. Talvez seja bom dar um tempo na bebida. Dar uma mão por aqui? — ralhei ao começar a me mover.

Quando tentei dar a volta para entrar no celeiro, ele esticou o braço e seus dedos retorcidos me agarraram pelos cabelos. Ele me puxou com tanta força que gritei e me arqueei para trás, a coluna se torcendo de dor quando fui lançada para o chão.

Minha bunda latejou no instante em que bateu na terra dura, fazendo-me gritar. Depois, quando ergui os olhos, percebi o naco de cabelos que meu pai ainda segurava como se fosse um troféu.

Ao fundo, notei o som de um veículo se aproximando pelo caminho de cascalho quando meu pai me empurrou para o chão com um chute no peito. Caí para trás, raspando as palmas na terra seca, cheia de pedriscos cortantes.

— Não se atreva a falar com seu pai assim, mocinha. Eu faço a porra que eu bem entender. Ouviu bem? Esta fazenda é *minha*. Minha terra. Faço o que bem quiser com ela. — Ele arrotou alto e cuspiu aos meus pés. — E você é uma filha inútil, fraca, assim como a sua mãe era.

Expirei com força ao me forçar a ficar de pé, erguendo-me com ajuda das palmas machucadas, sentindo a parte de trás da cabeça da qual ele tinha arrancado cabelo.

— Você vai acabar com o legado da família. — Estreitei o olhar enquanto a raiva me rasgava por dentro. — Savannah e eu não vamos continuar só vendo você fazer isso — berrei e andei batendo os pés com força até ficar de frente com ele.

Os olhos dele estavam vidrados por conta do álcool, e, quando me aproximei, senti o hálito, que fedia como esgoto.

— Vamos comprar a sua parte, seu merda. Depois vamos te chutar para fora da sua própria fazenda — ameacei com escárnio. E foi nessa hora que ele largou a garrafa de Jack e me atacou mais rápido do que imaginava ser possível para um bêbado. Com as mãos, ele me agarrou pelo pescoço, interrompendo o fluxo de ar, depois me lançou contra o celeiro, fazendo minha cabeça quicar na superfície de madeira com força.

Vendo estrelas, comecei a chutar, desesperada, mas não rápido o bastante. Mesmo sendo um bêbado, ele estava acostumado a brigas em bares; era ágil e tinha prática. Usou essas habilidades de memória muscular quando voltou a bater minha cabeça contra o celeiro, fazendo com que as estrelas de dor se tornassem pontos de luz e escuridão. Foi quando ele lançou o braço para trás e me socou direto no rosto.

Uma dor excruciante implodiu dentro do meu crânio, espalhando um fogo por meu olho e meu maxilar.

Ouvi um rugido temeroso, como se um leão ou um tigre tivesse conseguido entrar na propriedade e estivesse puto pra caramba. Em seguida, meu pai sumiu, tendo sido afastado de mim por uma força invisível. E, então, esse leão agarrou meu pai e começou a socar o rosto dele contra o chão, uma vez depois da outra.

Só que não era um leão. Era Sutton.

Apoiei-me na parede e fui escorregando até o chão, a cabeça e o coração latejando de agonia. A mãe de Sutton saiu da caminhonete e veio logo na minha direção, enquanto alguns outros vaqueiros, incluindo o Jarod de Savannah, corriam para apartar a briga.

— Oh, Deus amado. — A mãe de Sutton amparou meu rosto. — Pobrezinha. Não consigo acreditar… Quem é que faz isso com a própria filha? — Começou a limpar meu rosto com um lenço, e sibilei de dor enquanto minha visão oscilava. — Vamos pedir ajuda. Alguém, chame um médico! — ela exclamou, parecendo preocupada, quando há menos de meia hora eu era apenas uma pessoa feia para ela.

— Por que está me ajudando? — perguntei, cuspindo sangue. O gosto de cobre fez meu estômago se retorcer, e voltei a sentir náusea. Eu devia ter mordido a língua.

— Mãe, saia da frente. — Ouvi o timbre grave e retumbante.

— Sutton, meu bem, deixe que eu cuido dela até o médico dar uma olhada nos ferimentos. — Ela tentou ajudar, mas ele não iria permitir nada daquilo.

— Juro por Deus, me deixe ver a *minha mulher*! — ladrou para que o mundo inteiro ouvisse.

Bem, com isso ele entregou o jogo, junto ao fato de que todos agora sabiam que o meu pai me batia. Apesar de que fazia tempo que não era tão ruim assim. Em grande parte porque eu evitava o maldito o máximo possível. Eu não devia tê-lo enfrentado.

O lindo rosto de Sutton entrou no meu campo de visão enquanto uma dor excruciante se espalhava por cada centímetro do meu corpo. Meu marido de pouco tempo era puro ouro, reluzindo contra a luz do sol que o iluminava por trás. Minha visão começou a ficar turva, e tentei lutar contra isso piscando, mas a dor era quase impossível de suportar por muito mais.

— Você o matou? — perguntei com a voz fraca, o sangue escorrendo pelo canto da boca, descendo pelo queixo. — Espero que sim. — Meus olhos estavam tão pesados que senti como se ímãs estivessem unindo as pálpebras.

— Ele nunca mais vai te machucar. Só respira, gata. Vou buscar ajuda.

— A promessa de Sutton se infiltrou no meio da escuridão, engolindo-me por inteiro.

— Não faça uma promessa que não consegue cumprir — sussurrei e deixei que a escuridão me levasse.

EPISÓDIO 33

POR QUE ESTÃO PELADOS?

Savannah

O avião parou num solavanco de alta velocidade no aeroporto de Oslo. Erik ergueu minha mão e beijou a parte interna do meu punho. Estremeci com o toque íntimo ao perceber que tinha buscado a mão dele durante uma turbulência no voo e não soltei mais.

Ele deu um sorriso radiante, o bigode e a barba se espalhando pelo lindo rosto. Erik era tão... *tão másculo*. Os cabelos terminavam pouco abaixo do queixo numa confusão de mechas onduladas pelas quais eu queria passar os dedos. E o corpo — bom Deus, era surreal.

Pigarreei e tirei a mão da dele.

— Melhor? — ele perguntou.

Assenti.

— Agora que aterrissamos, muito melhor. Apesar de que dormi bastante bem nesta poltrona confortável, considerando as horas de voo.

— É um trajeto e tanto mesmo, mas a companhia foi excelente. — A voz sonolenta de quem acabara de acordar soava como se ele tivesse feito gargarejos com uma caixa de pedras, o que surtiu o efeito adicional de me aquecer e me agitar por dentro. — Está pronta para ir para a minha casa e conhecer a minha família?

Até ele dizer isso.

Engoli em seco e mordi o lábio inferior antes de desviar o olhar, incerta em relação a como responder. Eu sabia que iria conhecer a família dele em algum momento, só nunca cheguei a pensar que seria assim que pousássemos na Noruega.

Ele franziu o cenho.

— O que foi? — Erik perguntou, esticando-se para segurar meu queixo entre o polegar e o indicador, forçando-me a encará-lo. — Não tenha medo de me contar nada. Nunca. Sempre serei franco e direto com você. Espero o mesmo em troca. *Ja?* — Ele usou *ja*, a palavra em norueguês que, conforme havia me ensinado, significava "sim".

Afastei o nervosismo e me virei de frente para ele enquanto a comissária fazia os procedimentos antes do nosso desembarque.

— É só que... não sei. Acabamos de chegar. Mal tive tempo de aceitar de fato que estamos noivos, muito menos que vou conhecer meus futuros sogros. — Enruguei o nariz. — E se eles não gostarem de mim? Quero dizer, como poderiam? Nunca nos vimos. Eles vão ficar tão confusos com tudo isso quanto nós mesmos estamos, e estou com medo do que vão pensar de mim quando descobrirem os detalhes do noivado. — Juntei as mãos no colo para que ele não as visse tremendo. — Faz sentido?

Ele assentiu e pôs uma mão no meu joelho. Estava quente e cobria todo o meu joelho e um pouco de minha coxa. Sem pensar, cobri a mão dele com a minha, buscando o seu calor.

— Faz todo sentido. Primeiro, deixe-me tranquilizar uma das suas preocupações. — Ele sorriu com suavidade. — Não temos que contar nada aos meus pais sobre o nosso noivado. Nós nos conhecemos em Vegas, enquanto viajávamos. Foi um romance arrebatador e queremos levar nosso relacionamento além. Eu prometo, eles ficarão surpresos, mas irão nos apoiar.

Senti o lábio tremer à medida que a esperança começava a me dominar.

— Acha mesmo?

— Sim, *elskede*. Meus pais são muito amorosos. Embora talvez fiquem surpresos por querermos nos casar oficialmente.

Estreitei os olhos.

— Por quê?

— Os noruegueses não se casam tanto como os estadunidenses e, com certeza, não tão jovens.

Pisquei, surpresa.

— Então o que acontece quando desejam ter um compromisso duradouro, para a vida inteira?

O sorriso dele foi efervescente.

— Temos filhos. E, mesmo depois disso, muitos casais não se casam, porque temos leis que garantem direitos e responsabilidades iguais dos pais em relação à criança.

— Puxa, que diferente. Agora você me deixou curiosa a respeito da idade média com que as pessoas acabam se casando na Noruega...

— Preparada para ser surpreendida? — ele riu.

— Fala logo, grandão! — brinquei, sentindo a pressão de conhecer os pais dele se esvaindo a cada palavra que o meu noivo dizia.

— Quarenta — disse de pronto.

Meu queixo caiu.

— Não pode ser!

Ele assentiu com ênfase e fez o sinal da cruz sobre o coração.

— Juro.

Bem nessa hora, Ingrid, a comissária, avisou-nos que estávamos prontos para desembarcar e que nossa bagagem já estava sendo levada para o carro que Erik solicitara.

Erik me ajudou a levantar e, então, manteve aberta a jaqueta jeans e o cachecol que eu havia trazido para o avião. Enfiei um braço e depois o outro pelas mangas e levantei o cabelo, deixando que ele caísse pelas costas. As mãos dele repousaram sobre meus ombros, mas, antes que eu pudesse sair, ele me puxou, fazendo com que minhas costas encostassem no peito dele. Mergulhou o queixo na curva do meu pescoço e inspirou fundo.

— Seu cheiro é divino, Savannah. Como frutos silvestres açucarados. — Cheirou meu pescoço. — Isso me deixou louco o voo inteiro. — Gemeu baixo.

Um orgulho feminino se espalhou pelo meu peito e me deu uma súbita descarga de confiança que me fez virar no seu abraço e pousar as mãos no quadril estreito dele. Levantei o queixo e olhei para ele de modo furtivo. Foi uma manobra de recato fingido, mas, por algum motivo, eu queria ser audaz. Arriscar-me com esse homem do jeito que ele se arriscou comigo.

Lambi os lábios e percebi quando os olhos dourados dele se iluminaram com interesse.

— Então, o que vai fazer a respeito? — provoquei o homem lindo e gigantesco diante de mim.

Ele ergueu as mãos e as enfiou entre meus cabelos na nuca. Em seguida, abaixou-se, deixando o rosto a um só centímetro do meu.

— Está me atiçando, *elskede*?

Abri um sorriso largo. Não tive como evitar. Queria parecer sexy e autoconfiante, mas aquele homem me via como a mulher que eu era.

Inexperiente. Incerta. Nervosa. Excitada. *Vulnerável.*

Tudo isso misturado num único pacote. Uma mulher diante de um deus viking ridículo de lindo querendo que ele a considerasse bonita. Especial.

— O que *elskede* quer dizer? — sussurrei, sentindo o hálito dele resvalar no meu quando expirava.

— Significa "amada" — murmurou.

Arfei, e, antes que eu pudesse indagar mais, seus lábios pressionaram os meus.

Buscando. Tomando. Devorando.

Só que não era ele quem estava tomando. Ah, não. Era eu. Como se ele tivesse acendido um fósforo dentro de mim, ateando-me fogo.

Eu me queimei em seu beijo.

Em questão de segundos, eu me agarrava aos ombros largos, quase subindo no homem, como se ele fosse uma árvore, querendo chegar mais perto. Ele não desapontou. Puxando-me para seus braços, protegendo-me de toda e qualquer fonte externa, ele me beijou com intensidade. Uma mão presa nos meus cabelos, a outra envolvendo minha cintura, segurando-me com força.

Gemi enquanto minha língua estalava contra a dele e suspirei ante o prazer puro que nos envolvia. Estávamos numa bolha de prazer. Um porto seguro onde eu podia deslizar as mãos pelos cabelos sedosos dele. Espalmar a mandíbula barbada e apreciar os pelos macios que pinicavam a minha palma. Os lábios dele eram volumosos, suculentos e se moviam sobre os meus com tanta perfeição que mais parecíamos duas pessoas que se beijavam há anos, que sabiam o que cada um gostava, à diferença do toque de parceiros novos experimentando um ao outro.

O som da porta do avião se abrindo e uma rajada de ar fresco na pele dos meus antebraços me arrancou do melhor beijo da minha vida. Cambaleei para trás, me afastando de Erik, e levei a mão à boca, chocada com o tamanho do meu descontrole por causa de um único beijo.

O beijo dele.

Não o de Jarod.

Fechei os olhos e virei de costas, inspirando fundo algumas vezes para voltar a ser dona de mim. Ouvi Erik se mexer atrás de mim e, assim que me senti mais controlada mental e emocionalmente, virei-me para encará-lo.

Ele sorria como um doido, sem dar uma de descolado. Foi sincero em me mostrar como gostou do nosso beijo.

Sem nem uma palavra, ele me pegou pela mão e me conduziu para fora do avião, escada abaixo, acomodando-me no banco do passageiro de um SUV elétrico verde-escuro da Audi.

Passei as mãos pelo couro enquanto ele entrava naquele carro maneiro demais.

— Este carro é elétrico mesmo?

Ele sorriu com prazer.

— *Ja.* Gosto da ideia de ser o mais ecológico possível, além de só fazer dinheiro. — Ele piscou.

— É muito legal. — Estiquei a mão e passei os dedos pelo painel elegante.

— Vamos comprar um para você. Pode escolher a cor que quiser. — Ligou o carro e acelerou, seguindo as placas da pista até a saída.

— Não, não, não, não tem por quê. Não preciso de nada. Quero dizer, não preciso de nada *agora*. Talvez eu possa só pegar o seu emprestado se você tiver que trabalhar ou sei lá. Tenho certeza de que vai querer que eu faça alguma coisa com o meu tempo enquanto estiver ocupado com sei lá o que precisa fazer — disparei a falar como uma boba.

Ele sorriu e deu risada.

— Deixe de ficar nervosa. Temos bastante tempo para descobrirmos tudo juntos. O mais importante é que, depois de planejarmos e realizarmos o casamento, precisamos arranjar um jeito de você voltar para a faculdade. Descobrir o melhor modo de continuar os estudos. Se isso significar que temos que nos mudar para os Estados Unidos, é o que faremos.

Fiquei atordoada. Literalmente muda.

— Hum, eu... imaginei que tivesse que esperar para voltar a estudar. — Passei por cima do nervosismo, como ele havia sugerido.

Ele balançou a cabeça.

— Tolice. Não há razão para você não continuar os seus estudos. É importante assegurar a educação necessária para seguir na profissão que escolheu.

Hum. Eu não sabia como interpretar o que ele estava dizendo. Pensando bem, não havia parâmetros para o que deveríamos fazer depois que assinássemos o contrato do Leilão de Casamentos. Talvez isso fosse normal. A verdade é que ele não parecia ter um plano já estabelecido para o nosso casamento. Ele acabara de dizer que descobriríamos tudo juntos e, pela primeira vez, eu acreditava mesmo que essa era sua intenção.

— Para onde vamos? — Mudei de assunto, sem querer ficar muito animada com a possibilidade de continuar estudando, apesar do meu compromisso contratual de três anos de casamento.

— Vou levá-la a um parque. Um dos grandes jardins secretos de Oslo. Pensei que seria bom esticarmos as pernas e sair um pouco, ver o que a bela Noruega tem a oferecer, antes de levá-la para casa. Que tal?

Fiquei radiante de felicidade.

— Parece incrível. Bem o que eu precisava. Ar fresco e natureza. Estar ao ar livre é uma das coisas a que estou acostumada, vivendo numa fazenda.

— Aposto que sim. Embora ache que você ficará surpresa com o que está prestes a ver — declarou de modo misterioso.

Sentindo-me muito melhor depois do voo e daquele beijo intenso, recostei-me no banco e observei a cidade de Oslo pela janela, absorvendo cada detalhe incrível do que conseguia ver.

— Por que estão pelados? — Estava diante de uma incrível estátua esverdeada de bronze de um homem desnudo que tinha não apenas um nem dois, mas quatro bebês voando ao seu redor. Os bebês pairavam no ar como se tivessem sido chutados, jogados ou até mesmo caído do céu.

Passei para a estátua seguinte ao longo de uma comprida ponte no meio do Parque Vigeland. Essa era de um homem nu abraçando uma mulher nua, que envolvia o tronco dele pelas pernas, empurrando a cabeça dele para longe. Ele a abraçava e ela o afastava. Outra era de um homem se esticando para trás, segurando uma mulher, as costas dela contra seu peito, os pés chutando como se tentasse se soltar, mas ele a mantinha presa. E ainda havia outra de um homem idoso agarrando outro mais jovem, surrando-o, o punho firme erguido sobre a cabeça como se estivesse pronto para atacar. Ver e interpretar cada nova escultura provocou uma reação visceral em mim.

Cada uma era surpreendente por seu realismo e movimento, apesar de atingirem um tom emocional raivoso que eu guardava bem dentro de mim, escapando de um lugar íntimo que eu raramente visitava.

Erik me pegou pela mão e me conduziu para uma escultura menor que cheguei a reconhecer. Talvez a tenha visto em alguma aula de História da Arte Europeia, já que todo o parque era dedicado ao trabalho de um artista, Gustav Vigeland, um escultor muito famoso do século XIX.

— Vigeland acreditava que, despido de roupas, era possível enxergar apenas a arte, as emoções e as expressões reais que ele tentava transmitir. Se acrescentamos roupas, estilos de penteados e afins, a arte fica inserida num determinado período. Do modo como estão agora, estas esculturas ressoarão nas pessoas daqui a centenas de anos como se tivessem sido feitas ontem, e não cem anos atrás.

— Puxa. — Passei diante da escultura de um bebê bravo. A escultura era perfeita, capturando o tamanho exato de uma criança pequena de pé, desde as bochechas fofas e a cabeça arredondada até os pés largos e os punhos fechados. Uma das mãos não apresentava o verde platinado e se destacava do restante, ostentando um brilho bronze e dourado que se assemelhava à cor dos olhos de Erik.

Erik se aproximou por trás e apontou para a mão.

— Toque nela.

Fiz uma careta.

— Por quê? — Eu não era de ficar tocando em coisas sobre as quais nada sabia. Ainda mais em obras de arte.

Ele deu de ombros, foi até a estátua de quase um metro na lateral da ponte de concreto e passou a mão larga sobre a do bebê.

— Dizem que traz sorte. — Ergueu a mão e gesticulou para que eu fosse até ele.

Revirei os olhos e bamboleei até ele, depois fiz como ele havia pedido e repousei a minha palma na pequenina mão de bronze. Ela estava surpreendentemente quente ao toque, como se cada pessoa que a tocou tivesse deixado um pedaço da sua energia para trás, conectando-nos todos por esse ínfimo fio na matriz gigante do nosso mundo.

Erik me conduziu adiante pela ponte até uma colina onde havia um monolito gigante. Havia diversas esculturas ao seu redor, todas de granito. O espantoso era que cada uma consistia num único bloco sólido de granito a partir do qual o artista esculpira uma imagem. E, se a minha visão não me falhava, elas tinham sido feitas em escala quase perfeita. Havia amantes, crianças, até indivíduos idosos, com pele flácida e rostos cansados.

— Todas elas mostram o ciclo da vida. Cada etapa. — Erik apontou para uma seção de cada vez, para eu poder ver como a obra avançava.

— Incrível. E o monolito? Por que é feito de corpos? — Devia ser a peça mais extraordinária, ainda que assustadora, de todo o parque. Havia tantos corpos, uns por cima dos outros. Criando uma estrutura imensa que se erguia em direção ao céu.

— Há um total de cento e vinte e uma figuras humanas. Homens e mulheres de diferentes idades, com as crianças no topo. É interpretada pelos estudiosos como o olhar de Vigeland sobre a ressurreição, a luta, o desejo por algo além. Quem sabe até de uma força superior.

— Espiritualidade — murmurei. — Sinto como se as pessoas estivessem tentando encontrar sua conexão com Deus.

Ele sorriu.

— É possível. Para mim, a arte significa o que sentimos quando a vemos.

— E como você se sente agora? — Olhei para a escultura e, quando me virei, descobri que ele olhava para mim.

Naquele momento, seus olhos eram um portal transcendente direto para a sua alma.

— Abençoado.

EPISÓDIO 34

CONFIE EM MIM

JOEL

— Observe-a com atenção — avisei Alan, um dos meus melhores seguranças.

— Como uma águia, chefe — ele prometeu.

Inclinei a cabeça.

— Ela vai tentar escapar para trocar de lugar com a criança. Se algo acontecer a ela, culparei você e toda a sua equipe.

Alan cruzou os braços diante do peito, plantou os pés afastados e assentiu.

— Muito bem. — Dei um tapa no ombro dele.

Ao andar pelo corredor do hospital, peguei o celular e liguei para um número que achei que nunca fosse usar na vida.

— Castellanos, há quanto tempo, *mi amigo*. A que devo a honra da sua chamada? — Diego Salazar, o chefe regional da máfia latina que controlava a Costa Oeste, atendeu-me como se fôssemos amigos de verdade. Aquela, sem dúvida, era uma combinação improvável, mas tínhamos nos conhecido há alguns anos quando eu, sem querer, ajudei-o numa situação difícil, na qual salvei sua vida.

Foi uma situação bizarra, e a verdade é que eu estava no lugar certo, na hora certa. Ainda assim, muitos motoristas não pararam. Minha limusine seguia para o aeroporto de Las Vegas quando vimos um Hummer novinho em folha bater num SUV de vidros escuros. Tiros saíram pela janela do Hummer, que depois se chocou de frente repetidas vezes contra o SUV, atingindo-o com tanta força e velocidade que o veículo acabou rodando e colidindo com outro carro, indo parar no acostamento da autoestrada. O Hummer saiu em disparada, deixando para trás o outro carro cravejado de balas. Instruí meu motorista e meus seguranças que encostassem e, juntos, acabamos salvando Diego e sua amada "Baby Mama", como ele chamava a mãe do seu filho, assim como seu irmão. Infelizmente o motorista teve ferimentos muito graves, mas, por termos salvado três vidas, Diego deixou claro que me devia três favores. Nunca os havia cobrado.

Até aquele momento.

— Estou numa situação que requer atenção imediata — disse com objetividade ao telefone.

— O seu desejo é uma ordem — Diego afirmou prontamente.

Minha pulsação voltou ao ritmo normal pela resposta.

— Você conhece Aiden Bradford? — grunhi, incapaz de esconder minha raiva.

— *El cabrón* que é dono do El Diablo Hotel e se considera o rei de Las Vegas? — Ele riu com escárnio.

— Esse mesmo. Ele pegou algo que chamo de meu e quero de volta. Agora. O tempo é de suma importância. — Infundi nas palavras a frustração que sentia em meus ossos.

— O que ele pegou? Farei com que meus homens tomem de volta — Diego afirmou enquanto me aproximava da limusine.

O motorista abriu a porta e entrei.

— Para o El Diablo Hotel. Agora! — ladrei. — Uma criança. Éden. Com cerca de três anos. A criança é da minha noiva.

— Ele separou uma criança *da mãe*? — Diego rosnou.

Diego tinha alguns filhos e não encarava com bondade quando um homem tirava uma criança da família.

— Na verdade, ele a pegou da sua própria cama no meio da noite, depois acossou o avô, que agora está no hospital.

— Quanto sangue você quer? — Diego perguntou de chofre, indo direto ao ponto. — Meus homens podem deixar a situação bem feia, *ese*.

Por mais que quisesse que Aiden sofresse e que isso fosse feito de modo a desencorajá-lo a tentar voltar a fazer mal a Faith, eu preferia castigá-lo de um modo que se estendesse por anos, não horas ou dias. E sabia que Diego e seus capangas podiam fazer, fariam e *já tinham feito* coisas hediondas. Eu não via problema algum com o modo com que faziam justiça, mas o sistema penal dos Estados Unidos, sim. E, francamente, eu preferia arruiná-lo a destruir tudo o que ele mais amava.

Seu dinheiro. Seu hotel. Sua reputação.

— Machuque, mas não mate. Quero que ele sinta o sabor da vingança que planejei. Mas preciso que a criança esteja na minha limusine, na frente do hotel, o mais rápido possível. Não me importo com o que você tiver que fazer para que isso aconteça. Traga-me a menina, ilesa, e estamos quites. Estou cobrando os meus três favores de uma só vez.

— Não, *mi amigo*. Este vale apenas por um. Eu lhe devo um favor para cada vida salva. *Tres vidas. Tres favores* — disse em espanhol. — Tenho homens no entorno do hotel e contatos infiltrados. Meus homens trarão a criança. Ligo assim que ela estiver conosco — disse, desligando de repente.

Meu celular tocou segundos depois. Vi que era Alan, um dos seguranças que deixei encarregado por Faith.

Gemi. Faith não iria atender ao meu pedido de permanecer fora daquilo. A mulher não estava acostumada a ter alguém digno de confiança ou em quem se apoiar além do próprio pai. Tudo isso mudaria agora que ela era minha noiva. Trazer de volta sua sobrinha em segurança seria um grande passo para conquistar a confiança e a lealdade dela.

— O que foi?

— Ouvi um telefonema que ela deu. Pretende se entregar no lugar da sobrinha, como você suspeitava — sussurrou Alan.

— Claro que ela quer fazer isso. Só fique de olho nela. Vai tentar escapar da sua proteção. Deixe-a pensar que conseguiu, mas fique por perto.

— Entendido. Eu o manterei informado. — Alan encerrou a ligação.

Inspirei fundo, soltando o ar bem devagar, frustrado. Àquela hora, deveríamos estar no jatinho, partilhando um delicioso brunch. Eu gostaria de conhecer um pouco mais a menina antes de apresentá-la à minha filha, Penélope. Agora temia que ela ficasse na defensiva, assustada, agarrando-se à tia por ter passado por uma experiência traumatizante numa idade tão tenra. Isso fez com que eu quisesse voltar a ligar para Diego, pedindo que fizesse o pior que conseguisse. Ah, mas eu me vingaria por Faith. O homem merecia muito mais do que uma morte rápida nas mãos de estranhos. Quando aquele merdinha desse seu último respiro, ele o faria sabendo ser merecedor de cada minuto de sofrimento. E por ter abusado de uma linda jovem cujo único equívoco foi ter se apaixonado pelo homem errado.

A morte era pouco para um tipo como Aiden Bradford.

Paramos diante do El Diablo, o imenso hotel que se gabava de oferecer todo tipo de atividades pecaminosas e hedonistas, atendendo a casais e solteiros que quisessem participar desses atos de tamanha devassidão. Eu não era de julgar, já que cobrava preços incrivelmente altos pelas vivências mais luxuosas, mas havia algo de repugnante e perigoso na forma com que Bradford geria seus negócios. Era como se o fedor e a podridão do local grudassem na pele das pessoas que saíam do seu resort.

— Vai sair do veículo? — perguntou Carlo, meu braço direito, motorista, conselheiro e tudo o mais.

Balancei a cabeça.

— Vamos esperar pelos homens de Diego... Ah, ali estão. — Sorri satisfeito enquanto via seis homens de aparência duvidosa entrarem no saguão do hotel. Dois vestiam ternos pretos impecáveis, enquanto os demais pareciam ter acabado de sair da prisão. Tatuagens cobriam rostos, braços, pescoços, mãos e tudo o mais que não estivesse escondido pelas roupas. Um carregava uma barra de ferro sobre o ombro e assobiava alguma canção. Outro tinha um fuzil pendurado nas costas, visível aos olhos. Não estavam nem aí. Ninguém mexia com a máfia latina. Quem mora em Las Vegas sabe muito bem disso. O que foi provado de pronto quando os dois seguranças do hotel recuaram e saíram de vista.

— Inteligentes — murmurou Carlo enquanto assistíamos ao espetáculo. — Planeja ir atrás?

Balancei a cabeça, negando. Diego me garantiu que cuidaria do assunto, e eu precisava estar de fora do que quer que fosse acontecer para poder garantir a segurança da menina.

— Excelente. Eu bem que gostaria de voltar inteiro para Amara. — Ele sorriu, referindo-se à sua bela esposa, que o esperava na Grécia.

Ajustei os punhos da camisa, mas fiquei de olho na porta do saguão pela qual os capangas de Diego desapareceram.

— Diga a Amara que Faith e eu os receberemos para jantar assim que tudo se acalmar em casa.

— Ela vai adorar. Ela ama ficar com Penny. Vem insistindo em termos um bebê só nosso.

Franzi o cenho.

— Então lhe dê um.

Carlo esfregou o rosto.

— É muita responsabilidade, como você bem sabe.

Concordei.

— É, mas a recompensa é muito maior do que o peso da responsabilidade. Isso eu lhe garanto. Penny é a minha luz. Meu farol. É ela quem me leva de volta para casa. E, logo, terei também Faith e Éden. Uma casa repleta de amor e alegria. É tudo o que poderia querer, tudo de que preciso.

— Acha que consegue voltar a amar depois de Alexandra? — Carlo perguntou hesitante.

— Alexandra era o meu mundo. Eu a amei mais do que jamais imaginei ser possível. Em seguida, Penny chegou, e esse amor mudou para acrescentá-la ao meu coração. Quando perdi Alexandra, acreditei por muito tempo que já tinha conhecido o único e grande amor da minha vida. E depois, ao pôr os olhos em Faith, algo dentro de mim se acendeu. Ela foi feita para ser minha.

— Vejo o modo com que a olha — Carlo admitiu. — Ela é especial.

— Ela é. — Não havia motivos para negar. Eu jamais negaria meu amor por Alexandra nem o substituiria pelo de Faith. No entanto, abriria um espaço no meu coração como Alexandra me pedira.

— Estou feliz por você, Joel. — Carlo deu um tapinha na parte de trás do banco de couro.

Estava prestes a agradecer quando meu celular tocou.

— Está feito. Temos a menina. Ela não está ferida. Assustada, mas indo até você — Diego me deu a notícia.

— Obrigado, Diego — agradeci enquanto vasculhava a entrada do hotel com os olhos, esperando que a criança me fosse trazida.

— Sempre que precisar, *mi amigo*. Eu ainda lhe devo favores. Esse foi fácil, meus homens gostaram de machucar *la mancha en la Tierra*. — A mancha da Terra. Aprendi espanhol fazendo muitos negócios na Espanha, mas as expressões mexicanas, mesmo as misturadas com o inglês, costumavam ser as minhas prediletas. Eles tinham um talento para misturar palavras e gírias que não se ouvia na Europa.

Ele desligou e meu celular tocou outra vez. Dessa vez era Alan, que estava de olho em Faith.

— Ela está indo. Tentou sair pelo banheiro do hospital para escapar da nossa supervisão. Deixamos que pensasse ter conseguido. Nós a seguimos para o saguão, onde parou junto à entrada de emergência. Está andando de um lado para o outro, à vista da minha equipe.

— Excelente. Não a deixe entrar em nenhum carro. Não me importo se tiver que atirar nos pneus. Faça o que for preciso.

— Lá está ela — anunciou Carlo, saindo do veículo.

Ergui os olhos e notei um rapaz latino imenso com tatuagens no pescoço e nos braços vindo a passos largos na nossa direção. Ele segurava Éden com delicadeza, e a menininha se agarrava ao pescoço dele como se ele fosse seu Super-Homem pessoal.

— Recuperamos Éden — relatei a Alan e desliguei. Em seguida, abri a porta enquanto o grupo de seis homens se aproximava. — Ei, querida — falei baixinho, colocando a mão nas costas dela.

A menininha virou a cabeça e arregalou os olhos ao me reconhecer. Em seguida, jogou-se nos meus braços. Os olhos dela estavam esbugalhados, cheios de medo.

Eu a segurei firme, inspirando o cheiro adocicado de maçã dos seus cabelos.

— Mimi? Vovô? — choramingou com o lábio tremendo.

— Eu vou levar você para Mimi agora mesmo, está bem? — declarei com suavidade.

Lágrimas caíram pelas bochechas dela e eu as enxuguei antes de aninhar a garota junto ao peito. Ergui o olhar para os homens ainda parados ali.

— Obrigado. Por favor, estendam minha gratidão ao chefe de vocês.

Nenhum deles disse nada, apenas assentiram, viraram-se e voltaram pelo caminho de onde vieram. Eu não fazia ideia de qual era a situação na gaiola dourada de Aiden Bradford e não me importava. Confiava em Diego para manter a promessa de machucar sem matar o homem. Isso me bastava.

Amparei Éden junto ao peito e voltei a entrar na limusine.

— De volta ao hospital — instruí Carlo, que voltou correndo para o banco de motorista.

Éden me abraçou com força pelo pescoço, sem querer se mover nem um centímetro do meu colo enquanto seguíamos o trajeto. Murmurei uma canção de ninar grega que a minha mãe me ensinara e que eu também havia ensinado a Penny. Isso a relaxou o bastante para que fechasse os olhos e cochilasse de leve.

Paramos na frente do hospital e mandei Carlo ir até o pronto-socorro, onde já conseguia ver Faith andando de um lado para o outro, os cabelos bagunçados de tanto que ela tinha mexido neles. Os olhos dela se tornaram duas órbitas de fogo azul ao perceber a chegada do carro.

Um dos meus seguranças saiu e apontou para a porta.

— Entre — ordenou.

— Onde está Éden? — Faith exigiu saber. — Aiden prometeu uma troca. Quero vê-la em segurança antes que eu entre no carro com você.

Éden deve ter ouvido a voz da tia, porque acordou de repente nos meus braços.

— Mimi! — exclamou.

— Éden, meu amor! — Faith a chamou, e a observei correr pela porta aberta e enfiar a cabeça no carro, sem se preocupar mais com a própria segurança.

Soltei a menina e deixei que ela engatinhasse até Faith. Ela abraçou a criança e, em seguida, ergueu os olhos.

Seu olhar revelou choque, alívio e algo que abalaria meu mundo pelos dias que ainda estavam por vir.

Confiança.

— Você... — sussurrou.

— Eu disse que cuidaria de você e de Éden. Sou um homem de palavra, Faith. — Sorri com suavidade e apontei para o banco de couro. Ela deslizou o corpo para junto de mim, com Éden agarrada ao peito.

— Não sei como agradecer — disse num fio de voz, as lágrimas enchendo os lindos olhos. Jurei para mim mesmo que ela não choraria com tanta frequência no futuro. Eu garantiria que seus dias fossem repletos de alegria e felicidade.

Por fim, sorri.

— Estou certo de que encontrará um modo de me agradecer. — Sorri com malícia, permitindo que o carro fosse tomado pelo calor e pela química da tensão sexual que parecia estar sempre fervilhando o ar quando compartilhávamos um espaço fechado e pequeno.

Ante a minha resposta, ela deixou a cabeça cair para trás e gargalhou, com os cílios negros ainda banhados pelas lágrimas. Continuou rindo desimpedida, e me enchi de orgulho por ter sido o motivador daquela reação.

— Éden, meu amor, me deixe dar uma olhada em você — ela pediu à menina, amparando o rostinho redondo. — Você tomou algum remédio ou comeu alguma coisa?

A menina assentiu.

— Comi donuts.

O maxilar de Faith se contraiu.

— Precisamos verificar a glicemia dela. E ainda não tive notícias do meu pai — gaguejou, e seu corpo começou a tremer todo. Imaginei que a descarga de emoções e o trauma a tivessem deixado abalada.

— Vamos entrar, fazer com que examinem Éden e descobrir o que está acontecendo com o seu pai. Depois disso, teremos uma longa conversa sobre como você ignorou tudo o que combinamos e se recusou a confiar que eu cuidaria da situação.

Ela engoliu e assentiu.

— Não vou repetir esse erro.

— Promete? — eu a desafiei, inclinando a cabeça para trás.

Faith voltou a assentir.

— Faz tempo que não posso confiar em ninguém, Joel. Pelo menos em nenhum homem, mais especificamente. Hoje você provou que é possível. Sou imensamente grata. — Ela acariciou os cabelos compridos da sobrinha, que chupava o polegar, em movimentos tranquilizadores.

— Ainda vamos conversar sobre isso... mais tarde. — Meu tom não admitia discussões.

Saímos do carro e minha equipe nos acompanhou pelo saguão até perto de onde o pai dela recebia cuidados.

— Hum, Joel? — ela sussurrou.

— Sim, Faith — respondi enquanto pressionava a mão na lombar dela, incitando-a a seguir pelos corredores.

— O que aconteceu com Aiden? — A voz dela não passava de um sussurro, e odiei perceber que só a menção daquele nome diminuía a sua força de alguma forma.

— Acho melhor deixarmos essa conversa para outra hora, não? — Gesticulei para Éden, que ainda escondia o rosto no pescoço da tia, espiando para fora com olhos desconfiados.

— Ele está vivo? — Ela engoliu em seco.

— Sim. — Foi tudo o que disse.

Fechou os olhos por um breve momento e depois engoliu.

— Então ainda pode me pegar. — Essa foi a última coisa que ela disse ao nos aproximarmos do balcão de enfermagem com Éden. Fiquei para trás e deixei aquelas palavras ressoando em minha mente.

Ele ainda pode me pegar.

Precisaria de um plano para atacar Aiden mais cedo do que havia pensado. Faith ainda tinha medo do homem e acreditava que, enquanto ele estivesse vivo, continuaria desprotegida.

Ela era minha, minha para amar e respeitar, e para proteger.

Ou seria, em breve.

Aiden Bradford tinha que ser eliminado.

EPISÓDIO 35

FÁCIL DE AGRADAR

Noah

A governanta sentava-se com as costas eretas como uma vara enquanto o relógio da sala de jantar continuava a marcar os segundos. Agora já passava das oito e meia, e Ruby não estava à mesa de jantar.

A senhora Bancroft, a mulher que criara a mim e ao meu irmão depois do falecimento dos nossos pais, levantou a mão direita num gesto curto e firme, que poderia muito bem ter sido feito pela Rainha Elizabeth II. Os criados do serviço do jantar que aguardavam com ansiedade na periferia da sala moveram-se de pronto, servindo o vinho que a senhora Bancroft escolhera a dedo e a entrada nos pratos aquecidos. Um deles retirou o prato e os talheres de Ruby, para que não houvesse lembrete da ausência de um dos convidados.

— Parece-me que a mocinha de vocês é incapaz de chegar num horário estabelecido — comentou com desaprovação antes de sorver um gole de vinho.

Os lábios de Nile se torceram, mas ele era sofisticado e cavalheiresco demais para responder ao comentário com uma risada quando a nossa adorada governanta estava irritada.

— Ela não é uma "mocinha" e passou por experiências demais nos últimos tempos — observei, sentindo-me protetor em relação a ela.

— E você espera que eu tolere um comportamento tão inapropriado quanto perder o jantar sem nem ao menos um aviso ou uma desculpa? — replicou.

Nile meneou a cabeça.

— Nada disso. O que suspeito que Noah esteja querendo dizer é que chegamos logo antes de apresentá-la a você. Viemos direto do Heathrow. A senhorita Dawson teve um longo e exaustivo dia, e chegou a mencionar quanto estava cansada antes. O meu palpite é que ela esteja dormindo profundamente, e não ignorando de propósito o convite para o jantar.

A senhora Bancroft emitiu um som reservado e apanhou a colher, deixando-a pairar acima da sopa enquanto mantinha uma mão ao colo.

— E é desejo de vocês que ensine etiqueta à estadunidense?

— Você nos faria um enorme favor, governanta — concordei, pegando minha colher agora que a dama à mesa o fizera.

O sabor de pepino fresco e gelado deliciou o meu paladar.

— Isto está excelente. Meus cumprimentos.

A governanta ergueu o queixo e me presenteou com um sorriso de leve.

— Sim, está. Uma receita que o chef vem aperfeiçoando há anos. Eu gosto, em especial, do toque de pimenta-caiena — observou. — Ansiava poder conhecer mais sobre a futura esposa durante o jantar. Uma pena, isso terá que esperar até que ela se digne a nos agraciar com a sua presença. — O olhar dela se desviou outra vez para o relógio do outro lado da sala. Agora nos aproximávamos de um quarto para as nove horas. Quase sessenta minutos completos depois do horário estabelecido para o jantar.

— Senhora Bancroft, compreendo que seja uma situação pouco usual, portanto, permita-me esclarecer como acabamos nela. — Nile apoiou a colher ao lado de seu prato e se recostou na cadeira para dedicar toda a sua atenção à governanta. — Como bem deve saber, vovô estabeleceu um critério rígido em relação à divisão da herança entre mim e meu irmão.

Ela abaixou o talher e colocou ambas as mãos no colo.

— Desenvolva.

— Vovô queria garantir que o legado Pennington se perpetuasse. Seu plano grandioso foi o de forçar seus netos a se casarem se quisessem garantir os dois por cento adicionais das Empresas Pennington. Essa pequena vantagem permitirá que o irmão Pennington casado controle a maior parte dos bens da família.

A boca dela se revirou num sorriso genuíno.

— Entendo. A velha raposa tinha uma carta na manga, no fim.

— Sim, tinha. — Nile sorriu com zombaria.

Observei os dois conversando enquanto os criados trocavam a sopa por um fumegante prato de bife Wellington e aspargos assados. Salivei, já que não fazia uma refeição de verdade desde que saímos de Las Vegas, escolhendo recuperar meu sono de beleza, já que decidira visitar alguns dos meus estabelecimentos sem demora. Quem sabe na companhia da adorável Ruby.

— Agora entende o que há em jogo — concluiu Nile, explicando o plano grandioso do nosso avô.

— E a garota? Vocês só a apanharam na rua? — perguntou, cortando a perfeita massa dourada que envolvia o bife.

Dei um largo sorriso.

— Não. Nós a compramos num leilão.

O garfo com o pedaço de comida caiu e bateu no prato de uma maneira nada adequada a uma dama.

— Não aprecio mentiras, Noah — ela me repreendeu de imediato, voltando direto ao seu papel de governanta, mentora, educadora... mãe.

Ergui as mãos em sinal de rendição.

— Eu juro, não estou contando nenhuma mentira. Participamos do Leilão de Casamentos. Nós a escolhemos entre um grupo de mulheres dispostas a se casar por dinheiro por um período mínimo de três anos. Depois desse tempo, o casal pode permanecer casado, se assim o desejar, ou se divorciar em termos amigáveis.

— Que tolice! — A voz dela se ergueu de raiva. — Vocês dois poderiam ter a jovem de boa posição social que quisessem em seus braços. Uma duquesa, quem sabe. Até mesmo alguma herdeira real distante na linha de sucessão de algum trono europeu. E escolheram se casar com uma estadunidense sem refinamento e educação? Que blasfêmia! — Apanhou o vinho e bebeu bem mais do que ela própria consideraria adequado ou educado à mesa de jantar.

Nile apanhou a taça e a sustentou entre os dedos no ar.

— Não temos a menor expectativa de que aceite ou aprove a nossa escolha. Contudo, como está a serviço da nossa família e estivemos com você mais tempo do que com nossa mãe, desconsideraremos essa sua explosão, tomando-a pelo que de fato é: preocupação pelos jovens que educou.

Todavia, governanta, já não somos mais jovens que pode controlar com facilidade com a sua desaprovação. Tomamos uma decisão que atende às nossas necessidades e aos nossos desejos. É sua responsabilidade, como nossa governanta e matriarca da família, apoiá-la.

Meu irmão foi um tremendo de um canalha, mas estava com toda a razão. Eu jamais teria coragem de contradizer Eudora Bancroft. Poucos conseguiam. Nile era a exceção.

— Nile, meu rapaz, você sabe que só digo isso por amor. — Ela esticou a mão para dar um breve tapinha na dele.

— Sei disso. Nós estamos decididos. Amanhã você começará a treinar a senhorita Dawson. Começando com etiqueta à mesa. Por favor, aproveite essa oportunidade para descobrir o que ela gostaria em nosso casamento. — O olhar dele disparou para o meu.

— Ou para o *meu* casamento com aquela pedra preciosa. — Encarei-o. Típico de Nile sempre tirar proveito. Ele tentaria garantir o apoio da governanta para que Ruby o escolhesse e faria parecer com que fosse ideia da senhora Bancroft. Canalha manipulador.

— Devo dizer mais uma coisa. — Ela falou naquele seu tom altivo que me fazia sorrir. — Não importa o que acontecer, vocês dois precisam lembrar que são irmãos de sangue e de nascimento. Não permitam que esta competição os afaste. Vocês estão brincando com fogo, do modo como a situação se apresenta. E a única certeza quando se brinca com fogo é a de que acabamos nos queimando. Dois irmãos, uma mulher. Isso significa problemas, de qualquer ponto de vista.

— Francamente, governanta, não estou preocupado. Ruby jamais escolheria um engomadinho de terno quando pode ter um parceiro divertido que pretende idolatrá-la. — Sorri como um maníaco e mordi a ponta do aspargo fumegante. As nuances de manteiga chamuscada permearam minha língua, e murmurei de contentamento.

— Devemos aumentar a aposta fraterna? — sugeriu Nile.

Dei de ombros.

— Conte comigo. Quais os termos?

Nile esfregou o lábio inferior com o polegar.

— Se conseguir a mão de Ruby, não só garante os dois por centro das ações, como eu lhe darei meu amado carro como presente de casamento.

Fiquei atento, sentando-me mais ereto na cadeira.

— Em troca do quê, caso eu perca? — Meu coração acelerou dentro do peito e senti o suor umedecer minha testa. Eu amava o precioso Aston Martin One-77 dele quase tanto adorava a minha Ferrari FXX-K.

— A Ferrari, óbvio — ele me desafiou.

Meu carro esportivo era a única coisa que comprei com o meu dinheiro que amava de verdade. Aquele carro representava não só o meu sucesso, por ser a primeira coisa que adquiri depois de, por fim, ter obtido um lucro absurdo com as minhas boates, mas também preenchia aquela minha necessidade de garoto de obter coisas belas e inatingíveis. Eu até tinha um carrinho do mesmo modelo na minha mesa na sede nas Empresas Pennington, no centro de Londres.

Eu seria capaz de apostar a única coisa que me faria chorar caso perdesse?

— Trata-se apenas de um carro, irmão. Por que tanta tristeza? Está com medo de perder? — Nile me provocou, uma sobrancelha vistosa se erguendo no alto da testa.

Eu odiava sua capacidade de fazer isso. Quando criança, tentei milhares de vezes erguer a sobrancelha do modo que ele e nosso pai faziam, mas nunca aperfeiçoei essa arte. Balancei a cabeça. Meu ego se inflamou quando a conhecida rivalidade fraterna deu o ar de sua desgraça entre nós.

— Nem um pouco preocupado. Concordo com a aposta e com os termos. — Cravei outro aspargo com tanta força que os dentes do garfo bateram na louça do prato que estava na nossa família há gerações.

— Noah — a governanta repreendeu meu comportamento inadequado.

— Perdão. — Mudei de assunto, querendo ignorar Ruby, o casamento, minha adorada Ferrari e a ridícula aposta com a qual acabara de concordar.

No dia seguinte, entrei na ala da mansão que continha a sequência de suítes de hóspedes. Infelizmente, estava um tantinho atrasado.

A senhora Bancroft estava parada junto à porta de Ruby com uma camareira que batia com força à porta.

Antes que pudesse interferir nessa maneira já tensa com que a senhora Bancroft estava prestes a abordá-la, a porta se abriu e Ruby apareceu. Ela vestia um roupão comprido e elegante, cor de sangue, que reconheci de imediato. Era o mesmo que usara no palco ao revelar seus atributos diante dos ricos e famosos havia meros dias.

Os cabelos dourados estavam emaranhados enquanto ela esfregava os olhos, agarrando o cetim precariamente entre os seios com uma mão. Notei que não usava calcinha, pois não havia nenhuma marca nos quadris, e os mamilos estavam rijos contra o deleitável tecido. Se estivesse sozinho à porta, eu a teria cobiçado abertamente e feito algum comentário inapropriado que a faria corar e rir. Ela ficava magnífica quando ria, algo que deixava sua luz interior fluir sem reservas.

A governanta acenou para a criada, que se afastou apressada.

— Senhorita Dawson, se tem a intenção de se casar com um dos herdeiros Pennington, terá que se esforçar muito mais do que apenas rolar para fora da cama a uma hora destas parecendo ter sido atropelada por um caminhão de lixo. Tenha alguma decência, criança.

Ruby piscou diversas vezes e pigarreou.

— Hum, sinto muito. Estou atrasada pro jantar de vocês? — perguntou naquele delicioso sotaque sulista que me deixava de pau duro.

— Jantar? Criança, você dormiu a noite toda e perdeu o jantar. Já são dez e meia da manhã — a governanta a avisou com uma carranca. — Existem aparelhos maravilhosos chamados alarmes. Por favor, familiarize-se com eles, visto que temos um cronograma rígido a seguir durante as próximas semanas. Não temos nenhum momento a perder, se devemos prepará-la para o seu casamento.

A mão de Ruby deslizou de onde segurava o roupão para cobrir a boca em choque, presumidamente por estar preocupada por ter não só perdido o jantar, mas dormido até aquela hora. Ver o medo e a preocupação surgir naquele rostinho bonito... Eu poderia devorar aquela inocência a mordidas.

— Sinto muito! Puxa vida! Nunca durmo muito bem, mas essa cama parece uma nuvem. — Ela apontou com o polegar por cima do ombro e, ao fazer isso, o cetim sobre o peito se abriu, e um seio lindo e arredondado apareceu para dar um alô.

O bico era um disco marrom-escuro do tamanho de uma moeda de dois centavos que eu queria lamber, mordiscar, enterrar os dentes até ela gritar por clemência.

A governanta arquejou, recuou e se virou de costas de repente.

Ruby franziu o cenho, e o olhar dela por fim encontrou o meu.

Apontei para o peito dela sem dizer palavra.

Ela baixou o olhar e uma expressão horrorizada tomou conta de seu rosto antes de ela se apressar a se cobrir. O rosto e o pescoço assumiram um tom de rosa-choque que quase combinava com o roupão. O lábio de baixo tremeu por um momento antes de ela firmar a mandíbula, pressionar os lábios e aprumar a coluna.

Nunca senti mais orgulho de uma mulher como naquele momento.

Estava enfrentando uma situação completamente bizarra e, no entanto, teve força e garra de aceitá-la e combatê-la.

— Peço desculpas pela minha aparência e por ter perdido o jantar. Isso não vai acontecer de novo. Se me der um tempo para tomar banho e trocar de roupa, participarei de bom grado de qualquer coisa que tenham planejado. Não sou a melhor aluna da turma, mas aprendo rápido, e isso deve contar *pralguma* coisa.

— *Para alguma*. Pa-ra al-gu-ma — a governanta enunciou as palavras com correção.

Ruby cerrou os dentes e, em seguida, de maneira surpreendente, sorriu e repetiu de modo perfeito:

— *Para alguma*.

— Eu a aguardo na sala de jantar formal em uma hora — a senhora Bancroft exigiu, virou-se e saiu sem dizer mais nada.

— Uau, que merda — murmurou Ruby.

Aproximei-me dela e afastei umas mechas soltas de cabelo do rosto.

— Vai ficar tudo bem. Ela será firme como você, mas, um dia, você lhe será grata.

— Se é o que você diz. — Suspirou. — Te vejo lá embaixo?

Balancei a cabeça.

— Não, mas hoje é a minha noite de levar você para sair. A senhora Bancroft já sabe que suas aulas devem terminar às seis para você poder vestir algo mais adequado a uma noitada na cidade.

— Aonde vai me levar? — perguntou, os olhos se iluminando com uma centelha de animação.

Sorri e remexi as sobrancelhas enquanto recuava daquela tentação.

— Logo descobrirá.

— Nem uma dica? — insistiu. — O que devo vestir?

Deixei meus olhos percorrerem o corpo quase descoberto.

— O que você está vestindo é sexy pra caramba, mas agora sei que fica ainda mais estonteante sem nada.

As bochechas dela voltaram a corar, e ela me atingiu com um sorriso presunçoso, quase pecaminoso.

— Vou tomar o cuidado de mostrar muito deste corpo que você gosta tanto — ela me provocou de propósito.

— Não me ameace com diversão, amor. Posso aceitar tudo o que me oferecer.

Ela inclinou a cabeça para trás e soltou uma gargalhada melodiosa. Fiquei feliz em ter sido capaz de fazê-la rir depois do pequeno embate com a senhora Bancroft.

— Boa sorte hoje. Você vai precisar — avisei. A governanta não seria fácil de agradar. Ao contrário de mim. Ruby me agradava só pelo fato de existir.

EPISÓDIO 36

JÚRI. JUÍZA. EXECUTORA.

SUTTON

Trinta minutos antes da briga...

— Como pôde se casar com uma mulher da *família mais feia* que este estado já viu? — As palavras da minha mãe saíam trêmulas de emoção. — Você partiu meu coração, Sutton. É melhor encontrar uma maneira de consertar isso! — exclamou, apontando o dedo para o meu peito.

Eu me virei a tempo de ver o lindo traseiro da minha esposa num jeans justo disparar pela porta da frente o mais rápido que as botas surradas podiam levá-la. As mesmas botas que usava quando se casou comigo.

Com poucos passos, cheguei à janela e a vi correndo pelas nossas terras na direção da própria fazenda. Depois do que a minha mãe tinha dito, quem é que poderia culpá-la?

— Meu Deus do céu, mãe! — gritei, sentindo a fúria na pele. — Que diabos você estava pensando? Dizendo essas merdas na frente da minha mulher? Ela. É. A. Minha. Esposa. Mãe! Não uma mulher qualquer com quem trombei na rua.

— Sutton, eu não consigo... O que o seu pai vai pensar disso? O seu avô? Meu Deus! — Ela esfregou a testa. — Isso é inaceitável.

— O que é inaceitável é a minha mãe vir aqui e fazer a minha esposa se sentir um lixo na própria casa. Porque é isso o que é. A casa dela — berrei, deixando isso bem claro.

— Você espera que eu simplesmente a aceite? Uma McAllister? — Ela apoiou a mão no peito, e lágrimas encheram seus olhos.

— Sim, espero. Espero que a minha mãe, a única mulher a quem sempre admirei, desse a porra de uma oportunidade para a mulher com quem *escolhi* me casar. Você a rotulou como um traste por causa do sobrenome dela. Isso vai contra tudo o que você e o papai sempre nos ensinaram.

— Não é justo você nos cobrar isso quando se trata deles, e você bem sabe disso! — reclamou.

— Não é justo? Você acabou de chamar a família dela de feia e me disse que preciso consertar essa situação. Para você, o meu casamento é uma *situação*. Chegou ao menos a pensar que me casei com ela porque a amo? Porque quero envelhecer com ela? Porque vejo algo nela que você não vê? Deus do céu, mãe! Você deu uma olhada nela e virou júri, juíza e executora num único respiro. Ela não teve qualquer chance. E você, entre todas as pessoas da minha vida, era a *única* com quem eu contava para me apoiar. Para dar a Dakota uma chance de te conquistar sem a reputação da família dela pairando sobre a cabeça. E o que você fez? Você a chamou de feia e deixou bem claro que ela não é bem-vinda.

— Filho, eu não a chamei de feia. Eu me referia à família dela. Ela é tão linda quanto a mãe dela era. A mulher com quem o *seu pai*, há muito tempo, queria se casar, até que Everett a roubou dele. Eu fui só a substituta de Carol McAllister, de acordo com o povo da cidade. — Ela fungou e desviou o olhar.

— Ah, entendi. E por causa de uma mágoa de quase trinta anos atrás, deu só uma olhada na minha esposa e acabou com ela no ato. Só porque você tem assuntos mal resolvidos com o papai por se sentir a segunda opção, depois de Carol McAllister. Consegue entender como tudo isso é errado? Magoou uma jovem, uma mulher que, por acaso, é muito importante para mim, por causa de suas próprias inseguranças?

— Sim! — ela exclamou e bateu as palmas na lateral do corpo, evidentemente incomodada. — Está bem, sim! Fiz isso. — Ela esfregou a testa e começou a andar de um lado para o outro. — Meu bom Deus, o que eu fiz? — disse, ofegando. — Eu *não* sou assim. Não consigo acreditar que despejei meus demônios naquela pobre garota. Ela deve saber como essa mudança na nossa dinâmica familiar será ruim, e acabei de provar que ela tem razão em ter medo. — Levou o punho à boca e balançou a cabeça. — Me desculpe, meu filho. — Seus lábios tremeram. — Eu sinto muito.

Expirei pelas narinas, a frustração percorrendo minhas veias, e apontei para a janela.

— Não é comigo que você tem que se desculpar. Desligue isso. — Apontei para o fogão e para o bacon que ela fritava junto às batatas que chiavam. Minha mãe gostava de preparar um café da manhã de recepção para mim quando eu voltava de viagem. Ela gostava de cuidar de todos os filhos, inclusive se metendo sempre que tinha chance. Hoje ela viu muito mais do que gostaria.

Comecei a sair da cozinha em direção à suíte de casal.

— Vou me trocar, e eu e você vamos à fazenda McAllister para que possa se desculpar com ela. Cara a cara. Talvez mais tarde, esta semana, você possa nos conquistar com seus poderes culinários. — Abri o braço na direção da cozinha onde ela estivera preparando um típico café da manhã de fazenda.

Ela assentiu e revirou os dedos.

— Sim. Vou fazer isso. Eu... sinto muito, filho. Estou envergonhada pelo modo como reagi. Você tem razão. Eu deveria conhecer melhor a garota sem que o passado pese no meu julgamento. Vou conversar com ela. Vou consertar isso.

— É melhor se esforçar, mãe. Dakota não vai a parte alguma — avisei.

Não tão cedo, lembrei a mim mesmo. *Não se eu puder evitar.*

Minha mãe se empoleirava no banco do passageiro da minha caminhonete como a verdadeira garota do interior que era enquanto eu descia os degraus da frente de casa dando passos duros com minhas botas. Dei a volta na caminhonete e subi. As chaves já estavam ali, já que não tínhamos que nos preocupar com ladrões de carros, como o pessoal da cidade. Havia muita coisa boa de se estar bem distante dos limites da cidade, longe da agitação urbana. Não que Sandee não tivesse sua cota de brigas de bar e adolescentes desajuizados dirigindo tratores ou derrubando vacas só para se divertir. Essas bobagens sempre deixavam as cidadezinhas mais interessantes, mas não havia muitos crimes de verdade por estas partes.

Guiei a caminhonete pela nossa entrada e, ao chegar ao fim dela, virei duas vezes à direita para adentrar a fazenda McAllister. Foi quase um retorno. Indo devagar, passamos pelo cascalho em direção ao celeiro deles. Sabia que atrairíamos um pouco de atenção, mas não me importei. De jeito nenhum eu deixaria aquela situação de merda entre as duas mulheres mais importantes da minha vida continuar por muito tempo.

— Ah, não. Já estou vendo Everett logo ali. — Ela ergueu o queixo, apontando para o fim da estrada. — Parece que ele já está pegando pesado na bebida de novo — mamãe murmurou enquanto nos aproximávamos devagar pela estradinha. Mesmo daquela distância dava para ver que ele cambaleava. Largou alguma coisa no chão e, do nada, atacou Dakota, virando-a e arrastando-a pelo chão.

Minha mãe arfou na mesma hora que eu ladrei:

— Que porra é essa? — Afundei o pé no acelerador, fazendo pedriscos voarem no meu rastro, a traseira da caminhonete derrapando pela velocidade.

Observei Dakota se levantar e apontar para o maldito bêbado. Quando ele a agarrou pelo pescoço e a jogou contra o celeiro, não uma, mas *duas* vezes, eu me retraí e enfureci, agarrando o volante o mais forte que conseguia, precisando chegar até ela naquele instante. Os cabelos loiro-acobreados dela voaram na brisa quando McAllister socou com violência o rosto da própria filha. Meti a mão na buzina o mais alto possível para chamar a atenção dele. A buzina fez barulho, ecoando pela propriedade, o que tornava o som ainda mais imponente.

Não funcionou. Ele não parou.

Eu estava de mãos atadas. Mesmo enfiando o pé no acelerador, não ia rápido o bastante. Uma aura de ódio, vil e pútrido, fervilhava ao meu redor. Só conseguia pensar no que faria com aquele porco nojento quando botasse as mãos nele.

Minha mãe gritou pela janela enquanto eu via, horrorizado, McAllister socar a minha esposa no rosto pela segunda vez. Quando eu freei, fazendo barulho, ela tentava chutá-lo, e saltei para fora do veículo.

— Sai de cima dela! — berrei o mais alto que pude, movendo-me numa corrida desenfreada. Minha pulsação tinha duplicado de velocidade.

Minha testa e minhas costas estavam cobertas de suor. Eu não teria notado se estivesse cercado por chamas. Só havia uma coisa em minha mente.

Destruí-lo.

Protegê-la.

Vi os olhos dela rolarem para trás no segundo em que agarrei os ombros franzinos de Everett McAllister. Arranquei-o de cima dela e o joguei no chão como a merda na sola do meu sapato que ele era. E, quando olhei para o rosto dele, cheio de desdém, perdi a visão e passei a enxergar apenas vermelho.

Vermelho, como a pressão do meu corpo inteiro parecia ao vê-lo em minha mente batendo na minha mulher repetidas vezes, num horrendo filme sem fim.

Vermelho, como a cor que o rosto dele assumia sob a minha pegada, conforme eu o sufocava.

Vermelho, como o sangue que jorrava da boca e do nariz dele, conforme eu o socava uma vez depois da outra, até só enxergar carne.

Carne vermelho-sangue no lugar de seu rosto.

Foram necessários três homens para me tirar de cima de Everett McAllister. As juntas da minha mão tinham um tom rosado doentio, algumas machucadas e sangrando pelo choque contra o rosto dele.

Em algum lugar nos recessos da minha mente, eu havia perdido o controle. Sabia que só o que importava era retribuir o tormento que esse homem causara à família dele e à minha ao longo dos anos. Fazê-lo pagar pelo que fizera. Os boatos que percorreram a cidade sobre Carol ter se matado, por ter sofrido a vida inteira com a violência dele, passavam pela minha cabeça. Abandonando duas meninas com aquele inútil porque já não lhe restava mais nada. Nenhuma vontade de viver. Arrasada de todos os modos possíveis.

Aquele homem levou a mãe de Dakota à morte. Colocou a família toda em maus bocados enquanto jogava o legado da família no lixo com apostas e bebida. Nada disso se comparava ao fato de ele ter botado as mãos na minha esposa. Ninguém encostava a mão numa mulher na minha presença e saía ileso.

— Espero que você apodreça no inferno! — rugi e movi os ombros da esquerda para a direita, tentando escapar dos homens que me seguravam. — Me soltem! Preciso cuidar de Dakota!

Ao me aproximar, vi minha mãe ajoelhada e cuidando de Dakota, largada contra a lateral do celeiro. O rosto dela estava crispado de dor. Ao mesmo tempo, vi as luzes piscantes da viatura do xerife conforme ele se aproximava pelo caminho para carros. Relanceei para Jarod, que apontava e gesticulava para a cerca que delimitava nossas terras. Meu pai e meu irmão haviam se aproximado a cavalo e já prendiam os animais à cerca ao passarem por cima dela. Eles deviam estar verificando as cercas quando ouviram a confusão.

— Sutton! Filho! — meu pai me chamou, correndo na minha direção, mas eu o ignorei, precisando chegar até Dakota.

— Porra. — Limpei o sangue que escorria pela minha bochecha. O filho da puta covarde tinha me arranhado como um poltrão.

— Por que está me ajudando? — Consegui escutar a pergunta arrastada feita por Dakota. Cerrei os dentes. Eu listaria cada sofrimento que ele lhe impusera e me vingaria mais tarde. Não estava tentando tirar tudo dos McAllister. Não era capaz de me lembrar da última vez que havíamos nos metido nos assuntos deles, apesar de Everett McAllister ficar espalhando pela cidade, para quem quisesse ouvir, que oferecíamos preços mais baixos, roubávamos negócios pelas costas deles e merdas do tipo. Agora… eu faria tudo o que estivesse ao meu alcance para acabar com ele. Queria que ele fosse embora de Sandee sem qualquer centavo no bolso.

Dakota cuspiu sangue enquanto eu me mantinha de pé atrás da minha mãe, avaliando a situação. Senti tensão por todo o corpo enquanto via o estado da minha esposa. Perfeita como um pêssego há não mais do que uma hora, aquecida e segura na nossa cama, envolta em meus braços.

— Mãe, saia da frente — grunhi baixo na garganta, cerrando os punhos pela necessidade de segurar Dakota, de abraçá-la junto ao peito e tirar toda a dor dela.

— Sutton, meu bem, deixe que eu cuido dela até o médico dar uma olhada nos ferimentos… — minha mãe tentou dizer, mas eu não iria permitir nada daquilo.

— Juro por Deus, me deixe ver a *minha mulher*! — ladrei. Ouvi arquejos e murmúrios ante a minha admissão, mas não dei a mínima atenção, concentrado só na minha garota.

O olho esquerdo de Dakota estava fechado pelo inchaço, o osso do malar tinha o dobro do tamanho normal e o nariz estava manchado de vermelho pelo sangue que escorria dele, sem falar no que descia pelo queixo desde o corte do lábio.

— Você o matou? — perguntou com a voz fraca, abrindo e fechando os olhos como se tentasse enxergar com ambos, mas um estava machucado demais. — Espero que sim — sibilou e gemeu.

Eu me agachei e segurei o rosto dela entre as mãos.

— Ele nunca mais vai te machucar. Só respire, gata. Vou buscar ajuda.

— Não faça uma promessa que não consegue cumprir — sussurrou. E acabou desmaiando.

Eu me lancei para a frente quando o corpo dela foi caindo de lado e a ergui nos braços, como se fosse uma princesa.

— Filho, o que está acontecendo? Everett McAllister está dizendo que você o atacou? — meu pai perguntou enquanto eu levava a minha esposa para a ambulância que chegava.

Ouvia Everett berrando e gemendo ao longe, exclamando que eu o ataquei e que deviam me prender. Não dispensei nem um único olhar para ele ou para o xerife Hammond. Não enquanto a minha esposa precisava de mim. Ela era a minha única prioridade.

Minha mãe fez um sinal na nossa direção, e meu pai me seguiu enquanto eu esperava que os paramédicos abrissem a porta de trás.

— Traga-a para cá — Bobby, um antigo amigo da escola, orientou-me. Depois de se formar no colégio, Bobby fora direto para o curso de treinamento de paramédicos e, desde então, era o melhor da cidade. Muitas pessoas em Sandee contavam com ele para cuidar dos moradores.

Transferi minha garota para a maca, e Bobby e seu parceiro começaram a trabalhar, verificando os sinais vitais e avaliando o que havia acontecido.

— Ela recebeu várias pancadas no rosto. A cabeça dela se chocou pelo menos duas vezes contra o celeiro. — Minha mãe dava a descrição detalhada do que vimos. Minha raiva se renovou com a lembrança de tudo a que assistimos.

— Sutton! — uma nova voz me chamou, mas fiquei imóvel como uma estátua enquanto observava a equipe cuidar de Dakota.

— Ela vai ficar bem? — perguntei.

Bobby assentiu.

— Sim, ela já está recobrando os sentidos. Precisamos levá-la ao hospital para fazer uma tomografia. Saberemos mais quando ela for examinada por um médico.

— Vou com vocês. — Botei um pé na ambulância.

— Sutton, precisamos conversar sobre o que aconteceu aqui, filho. — Meu pai pôs a mão no meu ombro, mantendo-me no lugar.

O xerife se aproximou por trás dele.

— Everett McAllister está alegando que você o atacou de repente. Isso é verdade, Sutton? — O xerife Hammond pegou uma caderneta e começou a escrever.

— Xerife, com todo respeito, você pode me interrogar no hospital. Neste momento, tenho que estar ao lado de minha esposa.

— Esposa? — o xerife e meu pai repetiram ao mesmo tempo, a surpresa impregnando aquela única palavra.

Entrei na ambulância.

— Sim, Dakota McAllister agora é Dakota McAllister-Goodall. Minha esposa.

EPISÓDIO 37

O MUNDO ATRAVÉS
DOS OLHOS DELA

ERIK

Savannah encarava feliz tudo o que via do meu país natal como se fosse de fato mágico. Eu acreditava que a Noruega inteira possuía uma majestosidade. Existe um quê de diferente na mistura da natureza com a vida agitada, que dava ao meu país, e em especial a Oslo, uma qualidade orgânica, terrena, que não encontramos em muitos destinos turísticos ou metrópoles. O ar aqui é tomado por uma brisa fresca do oceano. Os fiordes são de um verde vívido que não pode ser imitado, mesmo através das lentes de uma câmera potente.

Era o meu lar.

E eu morria de orgulho por poder levar a minha noiva para experimentar toda essa glória.

Fomos de carro até pouco depois dos limites da cidade, para uma área mais rural, onde estava localizada a propriedade da minha família. Foi onde comecei as tentativas de produzir o lúpulo que tornava a minha cerveja onipresente nos lares de todo o planeta.

Mal podia esperar para mostrar tudo a Savannah. Experimentar o mundo através dos olhos dela, ou estando ao seu lado, tornava tudo mais especial. Mais singular. Ela trazia consigo uma leveza interior e uma visão imaculada sobre tudo o que se tornara corriqueiro para mim. Antes, voltar para casa era um esforço para satisfazer minha mãe e meu pai, mas agora ansiava em apresentá-los para a mulher que escolhera para mim. Partilhá--los com ela, bem como o amor deles, e vê-la florescer sob seu olhar me deixaria muito feliz.

LEILÃO DE CASAMENTOS – VOLUME 1

Relanceei para ela enquanto percorríamos o caminho longo e sinuoso para carros que dava em minha casa.

— Você mora aqui? — Ela arfou e se sentou mais ereta, com os olhos arregalados e quase encostando o nariz na janela.

— Meus pais são os donos da casa e desta propriedade em particular. Já que sou filho único, tento vir ficar com eles o máximo possível. Tenho outras casas na Noruega e na Europa, e ficarei muito contente em mostrá-las para você nas próximas semanas.

Ela assentiu com avidez.

— Eu adoraria. Nunca viajei antes, mas sempre quis. Não consigo acreditar que estou na Noruega, a meio mundo de distância de Montana. É muito difícil mesmo acreditar no tanto que minha vida mudou em apenas poucos dias.

Estendi o braço e peguei na mão dela enquanto seguia pela estradinha até chegar à nossa casa. Apertei o botão que abria um dos portões da garagem e estacionei.

— Você se arrepende do compromisso que assumiu? — Desliguei o carro, soltei o cinto de segurança e me virei de frente para ela.

Ela balançou a cabeça e também tirou o cinto.

— Não. Sempre que tomo uma decisão, faço isso sem ficar lamentando o que poderia ter acontecido caso tivesse feito uma decisão diferente. A vida é repleta de uma infinidade de caminhos. Cada escolha que fazemos nos leva por uma rota específica. Com um pouco de sorte, é aquela a que estávamos destinados. Não sabemos se será a melhor decisão para a nossa vida ou se será a pior. Só o que podemos fazer é nos esforçar para transformar essas decisões em algo positivo. Eu não me arrependo de você. — Ela levantou a mão e amparou o meu rosto. — Cada momento em que você partilha algo seu comigo faz com que eu goste ainda mais de você. Somos um casal que vai se amar? Não sei. Isso vai levar tempo…

Ela baixou o olhar, desviando-o, revirando os dedos no colo. Um tique nervoso que já a vi fazendo algumas vezes.

294

— Ei, ei, está tudo bem. Não espero que se apaixone por mim numa troca de olhares. Tudo isso foi tão repentino... Eu também não estava preparado para essa surpresa.

Essa admissão a fez sorrir com suavidade e voltar a me fitar com aqueles brilhantes olhos azuis. Os cabelos ruivos formavam um halo de cachos ao redor do rosto pálido de faces coradas. Era um anjo de carne e osso.

Meu anjo.

Olhar para ela duplicava o tamanho do meu coração. Havia tanto bombeando em minhas veias, resvalando na superfície da pele e tentando sair. Fazia dois anos que eu não sentia *nada*. Alegria, felicidade, contentamento, a sensação de estar vivo — tudo isso me abandonou depois do acidente. Um pedaço de mim desapareceu naquele dia, e eu o vinha buscando desde então.

Quando Savannah e eu trocamos olhares em meio ao salão escuro do leilão, algo voltou a funcionar. Do nada, eu estava "sentindo" de novo. Sentimentos profundos que tinha escondido e evitado por mais de dois anos. Tinha tentado recuperar essa sensação de estar vivo fazendo coisas malucas que assustavam meus pais e deixavam meu melhor amigo, Jack — que também comandava a empresa —, um poço de preocupação.

Ainda assim, eu não tinha sido capaz de me livrar do medo. Da tortura daquela experiência. Até então, eu despertava à noite com suor escorrendo pelas têmporas e pelo peito enquanto imagens do acidente escapavam de onde eu as tinha trancado para ser capaz de seguir em frente nas horas em que estava acordado. Não encontrara a paz desde então. Até ela. A presença de Savannah acalmava aquele lugar horrendo dentro de mim, do qual vinha me escondendo por anos.

— Estar perto de você, passarmos esse tempo juntos, eu sinto que... isso é certo. E espero que, no decorrer das próximas semanas, você passe a sentir o mesmo.

Ela se esticou e pegou minha mão uma vez mais.

— Caso eu me esqueça ou não venha a dizer isso o suficiente, obrigada por tudo. Por me escolher. Por me trazer para o outro lado do mundo e vivenciar coisas novas. Por ser gentil e paciente enquanto nós descobrimos o que fazer de tudo isto juntos.

Em seguida, ela se inclinou para a frente e encostou os lábios frescos nos meus, em um beijo suave.

A fragrância de frutos silvestres dela envolveu meus sentidos, e inclinei a cabeça, tomei seu ar e sua boca num beijo mais intenso. No começo, ela foi devagar, ao contrário do nosso beijo no avião, mas, no instante em que as nossas línguas se tocaram, não consegui conter um gemido e me aproximei, grunhindo na boca dela com atrevimento. A reação dela foi como o miado de um gatinho contente por ter acabado de beber leite.

O beijo se estendeu por minutos, horas, o que pareceu ser uma *eternidade*. O carro ficou embaçado por causa da nossa respiração arfante e enfiei a mão por baixo da jaqueta dela, até a cintura, onde conseguia provocar a pele nua com que me deparei. Esgueirei as mãos por baixo da camisa dela, e ela se arqueou contra mim, tentando se aproximar enquanto aquela pele macia atiçava a ponta dos meus dedos. Gemi na boca dela, mordendo o lábio de baixo, enquanto as mãos dela agarraram meus cabelos.

Afastei a boca e enterrei os dentes na lateral do pescoço, saboreando a pele com voracidade, enquanto deslizava as mãos para a frente da camisa, espalmando os seios. Ela fora agraciada com bem mais do que o equivalente a uma mão cheia, preenchendo bem minhas mãos gigantes, que envolviam cada globo coberto de renda.

Passei os polegares nos mamilos por cima do tecido, e ela arfou e gritou, por isso repeti o gesto uma e outra vez. Ela vibrava de desejo, a pele corada enquanto eu deslizava a língua pelo colo exposto pelo decote generoso da camisa. Seu peito ofegava, e os seios incharam em minhas mãos quando os ergui para lamber o vão que não estava coberto pelo sutiã.

Tudo estava saindo do controle e ficando meio frenético quando ouvimos uma batida à janela do carro.

Savannah gritou e se agarrou a mim, esmagando minhas mãos nos seios enquanto olhava por cima do ombro.

Duas pessoas estavam ao lado do carro, os cachos loiros da minha mãe brilhando na luz da garagem enquanto ela acenava.

Tirei as mãos dali e apoiei a cabeça no ombro de Savannah quando fui tomado por uma risada.

— São meus pais, *elskede*. Eles devem ter ficado superanimados ao verem meu carro se aproximar. Vamos, venha conhecê-los. — Beijei-a na testa, discretamente removi as mãos de debaixo das roupas dela e me virei para abrir a porta do carro. Dei a volta pelo porta-malas antes de ser atacado pelo abraço da minha mãe.

— *Min sønn!* — *Meu filho!*, minha mãe exclamou ao encostar a cabeça no meu peito. — Sentimos sua falta — prosseguiu em norueguês.

— *Sønn.* — Meu pai se aproximou, sua voz grave era como um bálsamo sobre o caos que se criara nos últimos dias. — *Velkommen hjem.* — Bem--vindo ao lar, ele disse ao pigarrear, as palavras carregando uma nota de emoção profunda.

Soltei minha mãe e abracei meu pai. Ele me deu alguns tapas nas costas e apertou meus ombros, mostrando seu amor de uma maneira física quando mais palavras lhe fugiram.

Já fazia um tempo que eu não voltava para casa. Quase seis meses. Sabia que se preocupavam sem trégua com o filho único, mas respeitavam a minha necessidade de seguir o próprio caminho de descoberta. Para reencontrar a mim mesmo e um sentido de propósito. E esse caminho me levou a Savannah.

Falando nela… Soltei meus pais e me virei para minha beldade, parada de pé ao lado do veículo, parecendo um pouco perdida e deslocada, mas, ainda assim, ostentando uma beleza etérea.

Dei os poucos passos que me separavam dela e passei o braço ao seu redor.

— Mãe. Pai. Quero que conheçam uma pessoa.

O rosto inteiro da minha mãe se iluminou como se Deus em pessoa tivesse enviado um raio de sol dourado do paraíso, fazendo-a reluzir. Ela uniu as mãos em posição de prece e as encostou aos lábios.

— Esta é minha noiva, Savannah McAllister. Savannah, estes são meus pais, Henrik e Irene Johansen. — Abri um sorriso, mas isso não era nada comparado com a alegria extrema da minha mãe, que começou a pular e bater palmas. Ela acabara de ter todos os seus desejos atendidos, a não ser pelos netos, que queria no futuro. Em contrapartida, conhecer Savannah faria com que esse sonho voltasse a ser acalentado.

— *Gratulerer, sønn!* — Meu pai me parabenizou enquanto minha mãe corria em nossa direção. Ela puxou Savannah para seus braços e disparou a falar num norueguês rápido sobre quanto ela estava feliz. Quanto Savannah era linda. Quanto não podia esperar para conhecê-la.

— Mãe, desacelere. — Ri. — Savannah é americana. Ela fala inglês. — Gargalhei quando Savannah abraçou a minha mãe com o rosto pálido como o de um fantasma.

Minha mãe recuou, ainda abraçando minha garota.

— Então temos que lhe ensinar norueguês, *ja*?

Savannah sorriu.

— *Ja*. Sim! Essa palavra eu conheço!

— Viu, ela já está aprendendo. Minha nora é inteligente. Já sei disso. — Ela passou o braço ao redor da cintura de Savannah e a conduziu para a casa. — Venha, *skatt*, vocês devem querer beber algo quente junto à lareira. Vou trazer comida. Queremos saber de tudo. Não queremos, Henrik? — instigou ao arrastar Savannah para longe de mim.

Meu pai me deu um tapa nas costas.

— Ela é linda, Erik.

Assenti.

— Com certeza é.

— Está feliz, *sønn*? — perguntou com uma pontada de tristeza, sabendo que eu vinha tendo dificuldades para me reencontrar já havia algum tempo.

Eu me retraí ao ouvir o tom hesitante com que me abordou. Como se eu fosse frágil. E, talvez, durante os dois últimos anos, havia sido mesmo. Mas agora tinha mais motivos para viver. Muitos mais do que achei ser possível.

— Estou chegando lá, pai — admiti. Ergui o queixo na direção de Savannah, que entrava em casa com minha mãe. — Ela tem ajudado.

— Já vejo um novo brilho no seu olhar. Fico feliz por você. Venha, vamos intervir antes que sua mãe a afugente.

Quando terminamos de comer e beber o enorme banquete que meus pais prepararam, Savannah se enroscou ao meu lado no sofá, com os pés para cima, os joelhos sobre meu colo, e adormeceu. Por um bom tempo, eu só deixei que dormisse enquanto eu colocava a conversa em dia com meus pais, contando trechos da nossa jornada e que tínhamos toda a intenção de nos casarmos dentro de um mês. Eles não precisavam saber dos detalhes — que tínhamos assinado um contrato que nos obrigava a casar num prazo máximo de trinta dias nem que havia dinheiro envolvido, mas não fizeram perguntas.

Isso me fez perceber como me mantive reservado e isolado das pessoas que mais me amavam. O fato de eu trazer uma mulher para casa, declarar que iríamos nos casar dali a um mês e receber uma aceitação sem ressalvas da parte deles me mostrou quanto eu estava diferente. Como a nossa relação havia mudado. Nos últimos dois anos, eles rezaram e desejavam que eu encontrasse algo que me trouxesse, o filho deles, de volta.

Para eles, o meu retorno para casa e a notícia de que iria me casar atendia às suas preces. E também fez com que eu me sentisse um merda. Eu estava vivendo no piloto automático desde o acidente, mas, com isso, afastei todos a quem eu amava. Deixando que me vissem desaparecer um pouco a cada novo dia em que passava debaixo de uma nuvem escura.

Aquele era o fim dessa época. Eu viveria para cada novo dia. E Savannah tornava essa decisão anda mais radiante.

Encerrei a conversa com meus pais, ergui Savannah nos braços e sorri quando ela resmungou algo ininteligível contra meu peito. Carreguei-a pelo comprido corredor que levava para a minha ala da casa e a levei direto para a cama. Minha mãe já tinha tomado a liberdade de arrumar a cama para mim enquanto eu e Savannah nos refrescávamos para o jantar, portanto consegui deitar minha preciosa garota na nossa cama.

Ela despertou bem quando puxei o suéter pela cabeça dela.

— Com ou sem sutiã? — perguntei, admirando a linda pele à mostra e desejando poder tocar e saborear cada centímetro dela. Mas ela estava praticamente morta em pé. Depois da estadia em Las Vegas e da longa viagem, do passeio no parque e do jantar regado a bebida com meus pais, ela estava acabada.

Deixei-a sentada ali onde estava, de olhos fechados, e fui apanhar uma das minhas camisetas no armário.

— Sem — resmungou, desabotoando a calça e se erguendo só o bastante para poder empurrar o jeans para o chão.

Levei as mãos às costas dela, abri o fecho de metal e a peça de renda se soltou nas minhas mãos. Desviei o olhar e coloquei a camiseta por cima da cabeça. Ela passou os braços pelas mangas, e o tecido deslizou por seu corpo nu. Ajudei-a a se deitar e se acomodar na cama, cobrindo-a com cobertas fofas.

Depois disso, acendi a lareira para que o quarto ficasse aquecido e iluminado o suficiente para o caso de ela despertar confusa a respeito de onde estava no meio da noite. Em seguida, tirei todas as minhas roupas, exceto a cueca boxer, e me arrastei para a cama com a minha noiva.

Sem me importar mais em manter uma distância entre nós, ainda mais depois daqueles dois beijos, encaixei o corpo às costas dela, que dormia de lado. Passei o braço ao seu redor e me enrosquei no corpo dela, sentindo o maior contentamento de toda a minha vida.

Ela ronronou de leve e encostou a bunda em mim, aproximando-se.

— Tive um dia maravilhoso — murmurou, o sono se apossando ainda mais dela.

— Eu também, *elskede* — murmurei contra seus cabelos, fechando os olhos. — Durma bem.

— Hummm, boa noite, Jarod. Eu te amo.

Meus olhos se abriram na mesma hora.

Quem diabos era Jarod?

AGRADECIMENTOS

Tenho que agradecer aos leitores. O primeiro episódio de *Leilão de Casamentos* surgiu na nova plataforma Kindle Vella, da Amazon, em julho de 2021. Eu não fazia ideia do que a plataforma faria nem sequer se haveria audiência para uma série ficcional seriada. Vocês, leitores, mostraram-nos que era exatamente o que desejam ler, disparando esta saga para a primeira posição em questão de semanas. Quando este livro for lançado, a saga terá mais de um MILHÃO de episódios lidos. Sem vocês, nada disso jamais teria acontecido. Obrigada. Obrigada por permitirem que eu fizesse aquilo que de fato acredito ser o motivo pelo qual fui enviada ao mundo — contar complicadas e cativantes histórias de amor que possam ajudar os leitores a se encontrarem quando estão se apaixonando.

Para o meu marido, Eric, que me conhece melhor do que ninguém e me ama mesmo assim… somos você e eu, amor! Sempre.

Para a melhor assistente pessoal, Jeananna Goodall, por mergulhar de cabeça nesta louca e nova aventura comigo. *Leilão de Casamentos* foi um empreendimento imenso, com um processo de produção de mais de um ano, e você esteve comigo em todos os segundos. Nos altos, nos baixos e em tudo o que houve no meio. Espero que usar o seu sobrenome para o melhor caubói tenha demonstrado quanto sou grata pelo comprometimento e pelo amor puros que dedicou a esta saga. Desejo que, um dia, estejamos sentadas lado a lado para vê-la ganhar vida nas telas de cinema. Não seria épico?

Para Jeanne De Vita, minha editora pessoal, aposto como você não fazia ideia de onde estava se metendo quando concordou em editar estes episódios conforme eu os escrevia. A maioria dos editores entraria em pânico com um prazo apertado desses, mas não você. Você se dedicou por inteiro, e sou muito grata. Tenho certeza de que os leitores também.

Para Michael Lee, por ser minha estrela do rock do marketing e perito "em tudo o que é britânico". Você é o cara, meu amigo!

Para a minha equipe alfa-beta, Tracey Wilson-Vuolo, Tammy Hamilton--Green, Gabby McEachern, Elaine Henning e Dorothy Bircher, por serem a equipe de leitores beta mais comprometida que esta indústria já viu. Não conheço um único autor que tenha uma equipe tão focada em dar feedbacks em questão de horas após o recebimento de um episódio como a minha. Vocês são os meus unicórnios no mundo beta. Eu me comprometo a sempre demonstrar meu amor e minha gratidão pela dádiva que os seus serviços representam para mim e para o meu trabalho. Sou uma autora de sorte, pois tenho uma irmandade ao meu lado. Amo cada uma de vocês. Agradeço do fundo do meu coração.

Para minha agente literária, Amy Tannenbaum, junto à Agência Jane Rotrosen. Preciso agradecê-la pelo fato de conseguir escrever esta saga. Sem o seu constante encorajamento e apoio, *Leilão de Casamentos* nunca teria ganhado vida. A sua crença em mim e na minha forma de expressão é uma lição de humildade. Obrigada.

Para Liz Berry, Jillian Stein e MJ Rose, da Blue Box Press. Fico muito animada por fazer parte dessa família. Sabia do fundo do coração que vocês eram a equipe certa para pegarem este meu bebê e fazê-lo abrir as asas e voar. Eu não poderia estar mais contente com a visão que vocês tiveram para a saga, e anseio em assistir a este universo crescer para se tornar algo único nos anos que estão por vir.

SOBRE AUDREY CARLAN

Audrey Carlan é uma autora best-seller da lista dos livros mais vendidos do *The New York Times*, do *USA Today* e do *The Wall Street Journal*. Escreve histórias que ajudam os leitores a se encontrarem quando estão se apaixonando. Alguns dos seus trabalhos incluem a série A garota do calendário, que foi um fenômeno mundial, a série Trinity e a série International Guy. Seus livros foram traduzidos para mais de trinta e cinco idiomas em todo o mundo. Recentemente, seu romance *Resisting Roots* foi transformado em filme pela PassionFlix.

NEWSLETTER

Para novidades sobre lançamentos e sorteios, assine a newsletter de Audrey: https://audreycarlan.com/sign-up

REDES SOCIAIS

Audrey ama se comunicar com seus leitores. Você pode segui-la ou entrar em contato por quaisquer destes meios:

- www.audreycarlan.com
- audrey.carlanpa@gmail.com
- facebook.com/AudreyCarlan/
- twitter.com/AudreyCarlan
- instagram.com/audreycarlan/
- tiktok.com/@audreycarlan